# BRENDA JOYCE
## La Novia Robada

Editado por Harlequin Ibérica.
Una división de HarperCollins Ibérica, S.A.
Núñez de Balboa, 56
28001 Madrid

© 2006 Brenda Joyce Dreams Unlimited, Inc. Todos los derechos reservados.
LA NOVIA ROBADA, Nº 56 - 1.2.08
Título original: The Stolen Bride
Publicada originalmente por HQN Books.
Traducido por María Perea Peña.

Todos los derechos están reservados incluidos los de reproducción, total o parcial. Esta edición ha sido publicada con permiso de Harlequin Enterprises II BV.
Todos los personajes de este libro son ficticios. Cualquier parecido con alguna persona, viva o muerta, es pura coincidencia.
™TOP NOVEL es marca registrada por Harlequin Enterprises Ltd.
® y ™ son marcas registradas por Harlequin Enterprises Limited y sus filiales, utilizadas con licencia. Las marcas que lleven ® están registradas en la Oficina Española de Patentes y Marcas y en otros países.

I.S.B.N.: 978-84-671-5901-1
Depósito legal: B-55105-2007

## Prólogo

*Askeaton, Irlanda, junio de 1814*

La llamada de lo desconocido. Estaba allí, a su alrededor, en su interior; la llamada de la aventura era una inquietud apremiante. Nunca la había sentido con más fuerza, y era imposible seguir ignorándola durante más tiempo.

Sean O'Neill se detuvo en el patio de la casa solariega que había sido de su familia durante cuatro siglos. Él había reconstruido los muros que tenía frente a sí con sus propias manos. Había ayudado a los artesanos del pueblo a reemplazar las ventanas, y los antiguos suelos de piedra del interior.

Con un ejército de sirvientas, había rescatado las espadas quemadas del salón principal, todas ellas herencias de la familia. Sin embargo, los tapices que adornaban la estancia se habían quemado por completo.

También había arado los campos carbonizados y ennegrecidos junto a los arrendatarios de las tierras de los O'Neill, día tras día y semana tras semana, hasta que la tierra fue fértil de nuevo. Había supervisado la selección, compra y transporte del ganado vacuno y bovino que había reemplazado a los rebaños destruidos por las tropas británicas en aquel negro verano de 1798.

En aquel momento, erguido sobre su montura, con las alforjas llenas, observaba cómo las ovejas pastaban con sus crías en las colinas que había detrás de la casa, bajo los primeros rayos de sol.

Él había reconstruido aquella finca con el sudor de su frente, y a veces, con lágrimas también. Había reconstruido Askeaton para su hermano mayor, durante los años que Devlin había pasado en el mar, como capitán de la marina real, luchando en la guerra contra los franceses.

Devlin había vuelto a casa unos días antes con su mujer americana y su hija. Se había licenciado de la marina y Sean sabía que iba a quedarse en Askeaton. Y así era como debían ser las cosas.

Sintió inquietud. No estaba seguro de qué era lo que quería, pero sabía que su tarea allí había terminado. Había algo allí fuera, esperándolo, algo grande que lo llamaba como las sirenas llamaban a los marineros. Sólo tenía veinticuatro años y sonreía al sol, exultante y preparado para cualquier aventura que el destino quisiera proponerle.

—¡Sean! ¡Espera!

Sintió una breve incredulidad al oír la voz de Eleanor de Warenne. Sin embargo, debería haber sabido que ella estaría despierta a aquellas horas, y que lo sorprendería mientras él se disponía a partir.

Desde el día en que la madre de Sean se había casado con el padre de Eleanor, ésta se había convertido en la sombra de Sean. Aquello había ocurrido cuando ella era una pequeña de dos años y él era un sombrío niño de ocho.

Cuando eran niños, Eleanor lo había seguido como un perrito, algunas veces divirtiéndolo y otras veces molestándolo. Y cuando él había comenzado la restauración de las tierras de su familia, ella había estado a su lado, de rodillas, sacando piedras rotas del suelo con él. Cuando Eleanor había cumplido dieciséis años, la habían enviado a Inglaterra; desde entonces, ya no parecía la pequeña Elle. Sean se volvió hacia ella con incomodidad.

Y ella lo alcanzó apresuradamente. Siempre había tenido un paso de zancadas largas, nunca el paso gracioso de una dama. Aquello no había cambiado, pero sí todo lo demás. Sean se puso muy tenso, porque ella estaba descalza y sólo llevaba un camisón de algodón blanco.

Y en aquel instante, no supo quién era la mujer que lo estaba llamando. El camisón le acariciaba el cuerpo como un guante de seda, indicando curvas que él no podía reconocer.

—¿Adónde vas? ¿Por qué no me habías despertado? ¡Iré a montar contigo! Podemos echar una carrera hasta la iglesia y volver —dijo Eleanor.

De repente, sin embargo, se quedó callada, inmóvil, mirando con los ojos muy abiertos las alforjas del caballo de Sean. La sonrisa se le había borrado de los labios. Él notó su sorpresa, seguida por la comprensión, pero aún estaba luchando con la impresión que él mismo había experimentado.

Siempre pensaría en Elle como una niña poco elegante, alta y desgarbada tuviera la edad que tuviera, con la cara muy delgada y angulosa, y con el pelo recogido en unas trenzas que le llegaban a la cintura. ¿Qué le había ocurrido en aquellos dos años? Sean no estaba seguro de cuándo se habían desarrollado en su cuerpo aquellas curvas tan poco recatadas y femeninas, o de cuándo se le había llenado la cara, convirtiéndose en un óvalo perfecto.

Él apartó la vista del cuello de su camisón, que le había parecido indecente. Después apartó la vista de sus caderas, que no podían pertenecerle a Elle. Le ardían las mejillas.

—No puedes ir por ahí en camisón. ¡Te va a ver alguien! —exclamó.

La noche anterior, Sean había estado sentado frente a ella en la mesa, y también se había sentido incómodo; cada vez que miraba a Elle, ella sonreía e intentaba mantener la mirada. Después, Sean había hecho todo lo posible por evitar el contacto visual.

—Me has visto mil veces en camisón —dijo ella lentamente—. ¿Adónde vas?

Él la miró. Sus ojos no habían cambiado, y Sean se sentía agradecido por aquello. Tenían el color del ámbar y la forma de una almendra, y en ellos, él siempre había podido descifrar el estado de ánimo de Elle, sus pensamientos, sus emociones. En aquel momento, ella estaba preocupada. La reacción de Sean fue inmediata: sonrió para reconfortarla. De algún modo, su deber había sido siempre aliviar los miedos de Elle.

—Tengo que irme —le explicó—. Pero volveré.

—¿Qué quieres decir? —le preguntó ella con incredulidad.

—Elle, hay algo ahí fuera, y necesito encontrarlo.

—¿Qué? —preguntó ella, con una mirada de horror—. ¡No! ¡Ahí fuera no hay nada! ¡Yo estoy aquí!

Sean se quedó callado, sin apartar la vista de Elle. Él sabía, como todo el mundo de sus dos familias, que ella había tenido un enamoramiento tonto y salvaje por él desde siempre. Nadie sabía exactamente cuándo, pero de niña, Elle había decidido que lo quería y que un día se casaría con él.

A Sean lo divertían aquellas afirmaciones. Siempre había sido consciente de que ella superaría aquellas tonterías con la edad. No tenían sangre común, pero él la consideraba una hermana. Eleanor era la hija de un conde, y un día se casaría con un hombre de título o muy rico, o ambas cosas.

—Elle —le dijo él con tranquilidad—. Askeaton le pertenece a Devlin. Ahora ya está en casa. Y yo tengo la sensación de que hay algo más para mí ahí fuera. Necesito irme. Quiero irme.

Ella había palidecido.

—¡No! ¡No puedes irte! No hay nada ahí fuera, ¿de qué estás hablando? ¡Tu vida está aquí! Nosotros estamos aquí, tu familia, y yo. ¡Y Askeaton es tuyo también, tanto como de Devlin!

Él decidió no rebatir aquello, porque Devlin le había comprado Askeaton al conde ocho años antes. Titubeó, intentando encontrar las palabras adecuadas para que ella lo comprendiera.

—Tengo que irme. Además, tú ya no me necesitas. Has crecido —dijo, y su sonrisa se apagó—. Pronto te enviarán de vuelta a Inglaterra, y ya no pensarás más en mí. Tendrás muchos pretendientes —añadió, y sin saber porqué, aquella idea le pareció rara y desagradable—. Vuelve a la cama.

Una expresión de pura determinación se reflejó en el semblante de Elle, y él se sintió tenso. Cuando ella tenía un objetivo, no había forma de impedirle que lo consiguiera.

—Voy contigo —anunció.

—¡Por supuesto que no!

—¡No se te ocurra marcharte sin mí! ¡Voy a pedir que me ensillen un caballo! —gritó ella, dándose la vuelta para entrar corriendo a la casa.

Sean la tomó por el brazo e hizo que se girara. En cuanto sintió su cuerpo suave contra el suyo, le falló el cerebro. Al instante, la apartó de sí.

—Sé que siempre te has salido con la tuya en todo, incluyéndome a mí. Pero esta vez no.

—¡Te has estado comportando como un idiota desde ayer! ¡Me has estado evitando! Y no te atrevas a negarlo. Ni siquiera me mirabas —exclamó Elle—. ¿Y ahora dices que me dejas?

—Me marcho. No te estoy dejando. Sencillamente, me voy.

—No lo entiendo —dijo ella con los ojos llenos de lágrimas—. ¡Llévame contigo!

—Vas a volver a Inglaterra.

—¡Lo odio!

Claro que lo odiaba. Elle era una flor silvestre, no una rosa de invernadero. Se había criado con cinco hermanos y había nacido para recorrer las colinas de Irlanda a caballo, no para bailar en los eventos sociales londinenses. En aquel momento, allí, frente a él, con las mejillas húmedas de lágrimas, parecía nuevamente una niña de ocho años, abrumada por el disgusto y muy vulnerable.

Y al instante, él la tomó entre sus brazos, como había hecho cientos de veces antes.

—No pasa nada —le dijo suavemente.

Sin embargo, en el momento en que sintió sus pechos en el torso, la soltó. Notó que le ardían las mejillas.

—¿Vas a volver? —le preguntó ella, aferrándose a sus brazos.

—Claro que sí —dijo él con sequedad, intentando apartarse.

—¿Cuándo?

—No estoy seguro. En uno o dos años.

—¿Uno o dos años? —repitió ella, llorando—. ¿Cómo puedes hacer algo así? ¿Cómo puedes dejarme durante tanto tiempo? ¡Yo ya te echo de menos! ¡Eres mi mejor amigo! ¡Yo soy tu mejor amiga! ¿No me vas a echar de menos?

Él se rindió y le tomó la mano.

—Claro que te voy a echar de menos —le dijo suavemente. Era la verdad.

—Prométeme que vas a volver por mí —le rogó ella.

—Te lo prometo —respondió Sean.

Mientras se miraban fijamente, tomados de las manos, ella lloraba. Con delicadeza, él se soltó. Era hora de marchar. Se volvió hacia el caballo y alzó la pierna hacia el estribo.

–¡Espera!

Él se dio la vuelta a medias, y antes de que pudiera reaccionar, ella le pasó los brazos por el cuello y lo besó.

Sean se dio cuenta de lo que estaba ocurriendo. Elle, la pequeña Elle, alta y delgaducha, lo suficientemente temeraria como para saltar de la vieja torre de piedra que había detrás de la casa y de reírse mientras lo hacía, lo estaba besando en los labios. Pero aquello era imposible, porque quien estaba entre sus brazos era una mujer, la dueña de un cuerpo suave y cálido, con unos labios abiertos y ardientes.

Horrorizado, Sean se retiró de un salto.

–¿Qué es eso?

–¡Un beso, tonto!

Él se limpió la boca con el dorso de la mano, sin salir de su asombro.

–¿No te ha gustado? –le preguntó Elle con incredulidad.

–No, no me ha gustado –gritó Sean.

Se había puesto furioso, con ella y consigo mismo. Subió al caballo rápidamente y la miró. Ella estaba sollozando en silencio, cubriéndose la boca con la mano.

Él no podía soportar que llorara.

–No llores. Por favor.

Ella asintió y luchó contra el llanto hasta que cesó.

–Prométemelo otra vez.

Él tomó aire.

–Te lo prometo.

Ella lo miró con los ojos llenos de lágrimas.

Entonces, Sean sonrió, aunque también tenía ganas de

llorar. Después agitó las riendas de su caballo y comenzó a galopar. No quería salir tan rápidamente, pero no podía presenciar más el sufrimiento de Eleanor. Cuando se sintió seguro de que podía hacerlo, miró hacia atrás.

Ella no se había movido. Seguía junto a las puertas de hierro de la finca, mirando cómo él se alejaba. Eleanor alzó la mano, e incluso desde la distancia, él percibió su miedo y su tristeza.

Él también alzó la mano para saludarla. Quizá aquello fuera lo mejor, pensó, temblando por dentro. Se volvió hacia el camino y siguió avanzando hacia el este.

Cuando llegó a la primera colina, se detuvo una última vez. Le latía el corazón con fuerza, aceleradamente, inquietantemente. Miró de nuevo a su casa. El edificio se veía tan pequeño como una casa de juguetes. Había una pequeña figura blanca junto a las puertas de hierro. Elle seguía sin moverse.

Y se preguntó si lo que estaba buscando no lo tenía ya en su poder.

7 de octubre, 1818, Adare, Irlanda

En tres días iba a casarse. ¿Cómo había ocurrido aquello?

En tres días iba a casarse con un caballero al que todo el mundo consideraba perfecto para ella. En tres cortos días, iba a convertirse en la esposa de Peter Sinclair. Eleanor de Warenne estaba asustada.

Iba tan inclinada sobre el lomo de su caballo que sólo veía su pelaje y su crin. Lo espoleó para que galopara más rápidamente, más peligrosamente. Eleanor quería correr más que su nerviosismo y su miedo.

Y brevemente, lo consiguió. La sensación de velocidad se hizo absorbente; no podía haber otro sentimiento ni otros pensamientos. El suelo era un borrón bajo los cascos del caballo. Finalmente, el presente se desvaneció. La euforia se adueñó de ella.

El amanecer iluminaba el pálido cielo. Finalmente, Eleanor se agotó, y también el semental que montaba. Se irguió y el animal aminoró el paso. Al instante, ella recordó su inminente matrimonio.

Eleanor hizo que el caballo disminuyera la velocidad hasta el trote. Había llegado al punto más alto de la colina, y miró hacia abajo, hacia su casa. Adare era la cabeza de las tierras de su padre, que abarcaban tres condados, cien pueblos, miles de granjas y una mina de carbón muy productiva, además de varias canteras.

Más abajo, la colina se convertía en un espeso bosque, y más allá, en una pradera exuberante que, atravesada por un río, terminaba en los jardines que rodeaban la enorme mansión de piedra que era su hogar. Aquella mansión, que había sido reformada cien años antes, era un rectángulo de tres pisos, con una docena de columnas que sujetaban el tejado y el frontón triangular. Había dos alas más detrás de la fachada, una reservada para la familia, y la otra para sus invitados.

Su casa estaba, en aquel momento, abarrotada de familia e invitados. Asistirían trescientas personas al enlace, y los cincuenta miembros de la familia de Peter estaban alojados en el ala este. El resto se quedaban en las posadas de los pueblos y en el Gran Hotel de Limmerick.

Eleanor miró hacia la finca, sin aliento, sudorosa; la trenza se le había deshecho, y vestía un par de pantalones que le había robado siglos atrás a alguno de sus hermanos. Después de su presentación en sociedad, dos años antes, le habían pedido que montara con un traje de amazona adecuado para una dama.

Sin embargo, se había criado con tres hermanos y con dos hermanastros, y pensaba que aquello era absurdo. Desde entonces, había comenzado a montar al amanecer para poder montar a horcajadas y hacer saltos, cosas imposibles de llevar a cabo con falda. La sociedad consideraría su comportamiento reprobable, y también su prometido, si descubría que a ella le gustaba montar y vestirse como un hombre.

Por supuesto, no tenía intención de permitir que nadie la descubriera. Quería casarse con Peter Sinclair, ¿verdad?

Eleanor no pudo soportarlo, entonces. Había pensado que su pena y su preocupación habían pasado hacía mucho tiempo, pero en aquel momento tenía el corazón destrozado. Sabía que debía casarse con Peter, pero con su boda tan cerca, tenía que admitir una verdad terrible y aterradora. Ya no estaba segura. Y más importante aún, tenía que saber si Sean estaba vivo o muerto.

Eleanor guió al caballo colina abajo. Tenía el pulso acelerado a causa de unos sentimientos que no quería experimentar. Él la había dejado cuatro años antes. Y el año anterior, ella había conseguido aceptar la realidad de su desaparición. Después de esperar su vuelta durante tres interminables años, después de negarse a creer la conclusión a la que había llegado su familia, se había despertado una mañana con una horrible certidumbre. Sean se había marchado para siempre. No iba a volver. Todos tenían razón: él no había vuelto a dar señales de vida. Casi con toda seguridad, debía de estar muerto.

Durante varios días había permanecido encerrada en su habitación, llorando la muerte de su mejor amigo, del chico con el que había pasado la mayor parte de su vida, del hombre al que amaba. Y a la cuarta mañana, había salido de su habitación y había ido a ver a su padre.

—Estoy lista para casarme, padre. Me gustaría que encontraras un candidato apropiado.

El conde, que estaba solo en la sala del desayuno, la miró boquiabierto.

—Alguien con un buen título y rico, alguien a quien le guste la caza tanto como a mí, y pasablemente atractivo —había proseguido Eleanor. Ya no le quedaban emociones. Añadió con expresión sombría—: De hecho, deberá ser un jinete excepcional, o no conseguiremos llevarnos bien.

—Eleanor... —le dijo el conde, poniéndose en pie—, has tomado la decisión correcta.

Ella había evitado la cuestión.

—Sí, lo sé.

Después, se marchó antes de que su padre pudiera preguntarle cuál era el motivo de tan súbito cambio de opinión. Eleanor no quería hablar de sus sentimientos con nadie.

Un mes después había tenido lugar la presentación. Peter Sinclair era el heredero de un condado y de unas tierras situadas en Chatton, y su familia era rica. Tenía su misma edad, y era guapo y encantador. Era un jinete experto, y criaba caballos pura sangre.

Eleanor había sentido desconfianza por su origen inglés, ya que durante sus dos temporadas sociales en Londres había sufrido la persecución de algunos mujeriegos, pero, al conocerlo, había sentido simpatía por él casi al instante. Él se había comportado de un modo sincero desde el principio. Aquella misma noche, ella había decidido que el matrimonio con él sería posible. La celebración de la boda se había fijado para poco después, dada la edad de Eleanor.

De repente, ella se sintió como si estuviera sobre un caballo salvaje, uno al que no podía controlar. Había montado durante toda su vida, y sabía que él único recurso que tenía era saltar.

Sin embargo, ella nunca había huido de nada, nunca en sus veintidós años de vida. En vez de eso, había ejercitado su voluntad y su habilidad sobre el caballo y había conseguido controlarlo.

Había intentando convencerse de que todas las novias estaban nerviosas antes de la boda; después de todo, su vida estaba a punto de cambiar para siempre. No sólo se casaría con Peter Sinclair, sino que además se iría a vivir a Chatton, en Inglaterra, dirigiría su casa y, pronto, llevaría un hijo suyo en el vientre. Dios, ¿podría hacerlo?

Ojalá supiera, al menos, lo que le había ocurrido a Sean.

Sin embargo, probablemente nunca lo sabría. Su padre y Devlin habían pasado años buscándolo, incluso a través de la policía, los Bow Street Runners. Sin embargo, nadie lo había encontrado. Sean O'Neill se había desvanecido.

Una vez más, se maldijo por haberlo dejado marchar. Eleanor había intentado detenerlo; debería haberlo intentado con más ímpetu.

Bruscamente, Eleanor detuvo su montura y cerró los ojos con fuerza. Peter sería un marido perfecto, y ella estaba muy encariñada con él. Sean no estaba. Además, Sean nunca la había mirado del mismo modo en que la miraba Peter. Su prometido era bueno, divertido, encantador, rubio y guapo. Estaba loco por los caballos, como ella. Era un estupendo partido, tal y como habrían dicho las debutantes de los bailes a los que ella se había visto obligada a asistir.

Eleanor taloneó al caballo para que siguiera avanzando. No sabía por qué se estaba mintiendo de aquella manera. Peter era un buen hombre, pero, ¿cómo iba a casarse con él cuando existía la más mínima posibilidad de que Sean estuviera vivo? ¡Por otra parte, ya no podía romper los contratos de matrimonio!

De repente, sintió un profundo pánico. En Londres, ella había sido todo un fracaso. Odiaba los bailes, donde la desairaban por ser irlandesa y alta, y porque prefería los caballos a las fiestas. Los ingleses habían sido terriblemente condescendientes. Y estaba segura de que también sería un fracaso en Chatton. Aunque Peter nunca hubiera cuestionado su origen, cuando la conociera también sería condescendiente con ella.

Porque ella no era una dama lo suficientemente educada como para ser una esposa inglesa. Las damas no montaban a caballo a horcajadas, con pantalones y a solas al amanecer. Y aunque algunas eran lo suficientemente valientes como para ir a la caza del zorro, las damas no disparaban carabinas ni practicaban la esgrima. Peter no la conocía en absoluto.

Las damas no mentían.

Era como si Sean estuviera a su lado, clavándole una mirada llena de acusaciones. Ojalá él no la hubiera dejado. ¿Cómo era posible que aquello siguiera haciéndole daño, a punto de casarse, y cuando había invertido un año entero de su vida en su relación con Peter?

Cerró los ojos otra vez y vio de nuevo a un hombre alto, moreno, de ojos asombrosamente plateados.

«Las damas no mienten, Elle».

Eleanor no pudo soportar aquella punzada de tristeza. No necesitaba aquellos pensamientos en aquel preciso instante. No quería tenerlos.

—¡Vete! —exclamó, casi llorando—. ¡Déjame en paz, por favor!

Sin embargo, el daño estaba hecho. Ella se había atrevido a dejarlo entrar de nuevo en su mente, y a tan sólo unos días de su boda, Sean no iba a marcharse.

Eleanor conocía a Sean desde que eran niños. La madre de Sean se había quedado viuda durante una terrible masacre provocada por los ingleses, y su padre, que también era viudo por aquella época, se había casado con Mary O'Neill y había acogido a Sean y a su hermano. Aunque nunca los había adoptado legalmente, había criado a los niños O'Neill junto a sus tres hijos y a Eleanor, tratándolos como si también fueran suyos.

Eleanor tenía tantos recuerdos... Incluso cuando era un bebé que apenas andaba, pensaba que Sean era un príncipe, aunque en realidad su familia era de la pequeña nobleza irlandesa, y católicos empobrecidos.

Ella había gateado tras él, llamándolo, intentando seguirlo a todas partes. Al principio, él había sido amable y la había llevado sobre los hombros, o la había tomado de la mano para devolvérsela a su niñera. Sin embargo, su amabilidad se había convertido en irritación cuando Eleanor había crecido y, de niña, había comenzado a esconderse en la clase en la que él tomaba sus lecciones, y le había aconsejado cómo hacer mejor las cosas. Sean llamaba al profesor y le decía a Eleanor que se marchara y se ocupara de sus asuntos. Por desgracia, incluso a los seis años, a Eleanor se le daban mejor las matemáticas que a él.

Si a Sean se le ocurría escapar de las lecciones durante un día, ella lo seguía hasta el estanque, decidida también a pescar. Sean intentaba asustarla con los gusanos, pero Eleanor lo ayudaba a ponerlos en los anzuelos. Ella también era mejor en eso.

—Está bien, mala hierba, puedes quedarte —refunfuñaba él finalmente.

Un antiguo dolor se estaba adueñando de ella, pero sin embargo se dio cuenta de que también estaba sonriendo. Había desmontado y caminaba con las riendas del caballo en la mano. Ya estaba cerca de los establos, y mientras avanzaban, el animal pastaba con satisfacción.

A Eleanor se le llenaron los ojos de lágrimas. Sean no estaba allí. Ella deseaba con todo su corazón que volviera, y lo echaba de menos, pero ¿de qué servía? La lógica decía que si hubiera querido volver, ya lo habría hecho. Y el sentido común le decía, además, algo mucho más doloroso: Sean nunca había demostrado que sintiera por ella otra cosa que afecto fraternal.

Al llegar junto a una de las entradas de la finca, Eleanor se dio cuenta de que se le acercaba un hombre. Al instante reconoció a su hermano mayor, Tyrell. Él estaba tan ocupado con todos los asuntos de las tierras, el condado y la familia que ya no pasaban mucho tiempo juntos, pero no había ningún hombre más sólido o más bueno que él.

Un día, Tyrell se convertiría en el patriarca de la familia, y habría que plantearle todos los problemas y las crisis, tanto personales como de otra clase, para que las resolviera. Ella lo admiraba mucho. Era su hermano favorito.

Tyrell se detuvo ante ella, y Eleanor se alegró mucho de habérselo encontrado. Era un hombre alto, musculoso y moreno. Sonrió y le dijo a su hermana:

—Me alegro de ver que estás bien. Te vi desde la ventana, y cuando bajaste del caballo, temí que hubiera ocurrido algo malo.

Eleanor esbozó una sonrisa forzada. Se sentía triste y frágil.

—Estoy bien. Decidí dejar pastar un poco a Apollo, eso es todo.

Tyrell la miró fijamente.

—Sé que siempre te ha gustado madrugar, pero creía que habíamos hecho el trato de que no montarías de este modo mientras tuviéramos tantos invitados.

Eleanor intentó seguir sonriendo, pero evitó su mirada.

—Tenía que montar esta mañana.

—¿Qué te ocurre? —le preguntó Tyrell sin rodeos, y cariñosamente, la tomó de la mano—. A la mayoría de las novias les gustaría poder dormir más para estar más bellas, cariño —le dijo.

—Dormir más no me va a acortar la estatura —respondió ella con sarcasmo—. Las bellezas de verdad no son tan altas como los hombres, y más altas que sus maridos.

Él sonrió brevemente.

—¿Has decidido que quieres un marido más alto? Es un poco tarde para cambiar de opinión.

Demonios, el primer pensamiento de Eleanor fue que a Sean apenas le llegaba por la barbilla, incluso con las botas puestas. Consternada, Eleanor se mordió el labio.

—Le tengo mucho cariño a Peter —murmuró—. No me importa que nuestros ojos estén a la misma altura cuando yo estoy descalza.

—Me alegro, porque él está muy enamorado de ti —le dijo Tyrell seriamente.

—¿De verdad lo crees? Voy a aportar una gran fortuna al matrimonio.

—Es muy evidente que está enamorado, Eleanor. ¿Por qué estás inquieta?

—Estoy confusa —respondió ella con un suspiro.

Él le señaló un banco de piedra con una expresión amable. Ella le entregó las riendas del caballo y ambos se sentaron.

—De veras aprecio a Peter —dijo—. Es muy inteligente y considerado, y he disfrutado durante el tiempo que hemos pasado juntos. Sabes que detesto los bailes, pero estos últimos meses, con él a mi lado, no me ha importado bailar.

—Él ha sido bueno contigo, Eleanor —le dijo Tyrell—. Toda la familia está de acuerdo en eso. Te va a convertir en una dama elegante y convencional.

—Yo he intentado de veras ser una dama —dijo ella.

«Las damas no mienten, Elle».

De nuevo, Eleanor sintió pánico. Se levantó con brusquedad.

—¡Tyrell! Sean me está obsesionando. ¡No puedo hacerlo! ¡De verdad, no puedo! Deberíamos cancelar la boda. No me importa convertirme en una solterona.

Él abrió los ojos de par en par.

—Eleanor, ¿qué es lo que ha motivado esto ahora? —le preguntó con cautela.

—¡No lo sé! Si al menos supiéramos dónde está Sean... si supiéramos lo que le ha ocurrido...

Tyrell permaneció en silencio.

Ella llenó aquel silencio.

—Sé que tú piensas que está muerto. Sé lo que dijo la policía. Yo aún lo echo de menos —susurró Eleanor.

Y para su asombro, se dio cuenta de que seguía echándolo tanto de menos que era como si le atravesaran el corazón con un cuchillo.

Tyrell le pasó el brazo por los hombros.

—Lo has querido durante toda la vida, y lleva cuatro años lejos de aquí. Estoy seguro de que una parte de ti lo añorará para siempre. Peter es un gran partido para ti, Eleanor, en todos los sentidos, y yo estoy muy contento porque sé que además está verdaderamente enamorado de ti.

Ella apenas lo oyó.

—¿Pero cómo voy a hacer todo esto si me siento así? ¡Estoy tan inquieta! Es casi como si Sean estuviera aquí y me impidiera seguir adelante. Voy a ser la esposa de Peter Sinclair. Voy a tener sus hijos. Voy a vivir en Chatton.

—¿Y si Sean estuviera aquí las cosas serían distintas?

—¡Sí! —respondió ella, y se ruborizó—. Comprendo lo que quieres decir. Él nunca me quiso como me quiere Peter. Lo sé, Ty. Entonces, ¿por qué tengo que estar pensando en él a todas horas?

—Todas las novias se ponen muy nerviosas antes de sus bodas, o al menos, eso me han dicho —le dijo Tyrell con una sonrisa reconfortante—. Quizá estés buscando excusas para posponer el evento, o quizá para huir.

Ella lo observó atentamente.

–Quizá tengas razón. ¿Qué debería hacer?

–Eleanor. Ya has esperado durante cuatro años a Sean. ¿Qué crees que deberías hacer? ¿Esperar otros cuatro?

Aquello era lo que su corazón deseaba. Finalmente, Eleanor dijo:

–Él no está muerto, Ty. Lo sé. Lo siento. Está muy vivo. Me ha hecho mucho daño, pero un día volverá y nos contará lo que ocurrió y por qué.

–Espero que tengas razón –dijo Tyrell con seriedad–. Una persona muy sabia dijo una vez que nosotros no elegimos el amor. El amor nos elige a nosotros. El amor verdadero nunca muere, Eleanor.

–¿Y qué hago? –le preguntó en tono suplicante su hermana.

–Sinceramente, no me sorprende que te sientas atormentada por sus recuerdos justo antes de tu boda. Teniendo en cuenta el pasado, sería raro que no pensaras en él. Pero eso no significa que tengas que cancelar tu boda con Sinclair.

–¿Qué quieres decir?

–Eleanor, deseo que tengas una vida propia. Tu hogar, tu familia, un futuro con la alegría de los hijos. Sean nunca correspondió a tus sentimientos, y no sabemos dónde está o si volverá algún día. Sinclair te está ofreciendo un futuro de verdad. Creo que sería un error que lo abandonaras en el altar. No encontrarás una oportunidad así de nuevo. Sinclair es estupendo para ti.

Eleanor se dio cuenta de que no le importaba lo que él le estaba diciendo. Se encorvó sobre el banco, consumida de desesperanza y duda.

Tyrell siguió hablando con delicadeza.

–Sinclair es un hombre honorable, y se ha enamorado de ti. ¿De veras estás pensando en romper el compromiso a causa de la remota posibilidad de que Sean vuelva y se dé cuenta de que te quiere?

Ella se sentía tan abrumada que no podía pensar con claridad. Tyrell tenía razón. Estaba siendo absurda. Y le había dado su palabra a Peter Sinclair.

—Claro que, si tú no quisieras nada a Sinclair, yo no querría que te casaras con él —prosiguió su hermano—. Pero, por lo que he visto, creo que le tienes mucho cariño. Me he sentido muy feliz al verte reír de nuevo, Eleanor. Y nunca pensé que te vería sonreír durante un baile.

Eleanor respiró profundamente y tomó una decisión.

—Tienes razón. Soy muy afortunada. Peter tiene título, es rico, guapo y bueno, y además me quiere. Debo de ser la tonta más grande del mundo por pensar en romper este compromiso a causa de un hombre que no me quiere, que ni siquiera está aquí. Un hombre que todo el mundo da por muerto.

—Nunca has sido tonta —replicó Tyrell—, pero me alegra que sigas adelante con la boda. No soy capaz de explicarte el placer que experimentarás al tener una familia propia.

—Tú escandalizaste a toda la sociedad al elegir a Lizzie en vez de casarte según tu deber, Ty. Te casaste por amor, por amor verdadero; así que yo no estoy tan segura de que vaya a disfrutar de todo lo que tú tienes.

—Nunca lo sabrás si no lo intentas —dijo él—. Yo nunca te animaría a este matrimonio si no tuviera grandes esperanzas para él. Quiero que te sientas amada y que seas feliz, Eleanor. Todos lo queremos.

Ella lo abrazó.

—¡Eres mi hermano favorito! ¿Te lo había dicho?

Él se rió.

—Creo que sí —le dijo él con una sonrisa de afecto—. ¿Y, Eleanor? No te vuelvas demasiado damisela, por favor.

Ella sonrió.

—Como es un truco, no tienes que temer que mi carácter se transforme demasiado. ¿No es prueba de ello mi atuendo? —dijo, y señaló los pantalones que llevaba puestos.

Tyrell no bajó la mirada.

—Sobre este tema, tengo una objeción. Eleanor, por favor, prométeme que volverás a ponerte el traje de montar. Al menos, hasta después de la boda y de la luna de miel. Y te aconsejo que después le pidas a Peter humildemente que te permita montar a horcajadas. No me cabe duda de que podrás convencerlo de cualquier cosa que desees de verdad.

Ella suspiró.

—Intentaré ser humilde, Ty. Y tienes razón. No necesito montar un escándalo. Entraré en casa sin que nadie me vea. ¿Están levantados los caballeros?

—Un grupo de ellos tiene intención de ir de pesca, así que ahora están en la sala del desayuno. Te sugiero que atravieses el salón de baile. Las señoras están dormidas, salvo mi esposa —dijo él, con una sonrisa.

—Gracias, Ty. Gracias por tus consejos. Me has calmado mucho. Ahora me siento mucho mejor.

Tyrell le besó la mejilla.

—Da la casualidad de que creo que estás haciendo lo correcto. Creo que, con el tiempo, tu amor por Peter aumentará. Cuando tengas sus hijos no lo lamentarás. Te mereces la vida que él te puede ofrecer. Sinclair puede darte muchas cosas.

—Sí. Tienes razón. De hecho, siempre tienes razón —dijo Eleanor, y sonrió a su hermano. Nunca estaba de más halagar al heredero del condado.

Él se rió.

—Mi esposa no estaría de acuerdo. No tienes por qué ser zalamera, querida.

—¡Pero si eres el más sabio de todos mis hermanos! ¿Te importaría llevar a Apollo al establo, por favor? –le preguntó.

—Por supuesto.

Eleanor lo abrazó y caminó hacia la casa para entrar al salón de baile por la terraza.

Tyrell se quedó allí, mirándola. Su sonrisa se desvaneció. Él había sido muy afortunado en la vida por haber podido casarse por amor. Y sabía que Eleanor estaba tan enamorada de Sean como siempre. Nunca había sido más evidente. Durante todos aquellos meses pasados, ella había estado actuando.

Tyrell no podía dejar de pensar en todo aquello. Su mujer lo había convertido en un romántico. Deseaba con todas sus fuerzas que las circunstancias fueran distintas, y que su hermana pudiera casarse con quien de verdad era su amor. Sin embargo, aquello no era posible, y Sinclair le estaba ofreciendo un futuro.

Aunque Sean volviera en aquel mismo momento, no podía ofrecerle nada a Eleanor.

Tyrell se puso muy tenso. Le había ocultado la verdad a su hermana, y deseaba que fuera lo correcto.

Porque la noche anterior, después de la cena, el comandante del regimiento estacionado al sur de Limerick, el capitán Brawley, había pedido una audiencia con el conde. Tyrell también había asistido, puesto que era su derecho. Y el joven capitán les había dicho que se había descubierto el paradero de Sean O'Neill.

Tyrell y su padre habían sabido que Sean había estado encarcelado durante los dos últimos años en una prisión militar en Dublin; aquello les había producido una fuerte impresión. Según el capitán, Sean había sido acusado de traición. No había explicación para aquel confinamiento tan largo ni del motivo por el que las autoridades no habían informado a la familia. Entonces, Brawley les había contado la noticia más impresionante de todas: Sean había escapado tres días antes.

Sean O'Neill se había convertido en un fugitivo buscado por las autoridades, que habían puesto precio a su cabeza.

Y Tyrell esperaba que apareciera en Adare en cualquier momento.

Todo el mundo pensaba que el infierno era un fuego abrasador. Todo el mundo se equivocaba.

El infierno era la oscuridad. El silencio, el aislamiento. Él lo sabía. Acababa de pasar dos años allí. Tres días antes, había escapado.

La luz le hacía daño en los ojos, y los sonidos normales lo asustaban; los ingleses lo perseguían, y no tenía intención de dejarse colgar. Por todas aquellas razones, había estado ocultándose en el bosque durante el día y avanzando camino al sur por la noche. Le habían dicho que en Cork había hombres que lo ayudarían a huir del país. Hombres radicales, hombres que también eran traidores, como él, y que no tenían nada que perder salvo la vida.

Estaba a punto de amanecer. Él estaba cubierto de sudor, después de haber viajado desde la prisión de Dublín a las afueras de Cork en tan sólo tres días, a pie.

Cuando se había dado cuenta de que quizá nunca saliera del agujero negro de su celda, había empezado a ejercitar su cuerpo para mantenerse fuerte, al tiempo que planeaba una fuga. Ejercitar el cuerpo había sido fácil. Había encontrado un hueco en la pared, y lo había usado para colgarse de él y subir a pulso.

En el suelo había hecho flexiones, y había mantenido en forma las piernas haciendo ejercicios de esgrima. Sin embargo, su cuerpo no estaba acostumbrado a andar ni a correr. Los músculos que no había usado durante dos años le gritaban de dolor. Y los pies era lo que más le dolía de todo.

Ejercitar la mente había sido mucho más difícil. Se había concentrado en problemas matemáticos, en geografía, en filosofía y en los poemas. Rápidamente se había dado cuenta de que debía mantener la mente ocupada, porque de lo contrario no podía evitar pensar. Y el pensamiento le hacía recordar, y recordar sólo le provocaba desesperación y miedo.

En la mano llevaba una antorcha. La antorcha era su tesoro más preciado. Después de haber estado inmerso en la oscuridad durante dos años, una fuente de luz era algo muy importante para él.

Sean O'Neill miró al cielo. Había comenzado a aclararse; ya no necesitaba la luz para seguir. El otro único superviviente de Kilvore le había dicho que llegara a una determinada granja todo lo rápidamente que pudiera, y él sabía que debía continuar, superar su miedo. Con cuidado, apagó la antorcha.

Blarney Road, la carretera en la que estaba, conducía al centro del pueblo. Un poco más adelante estaba la granja Connelly. Le habían asegurado que allí encontraría ayuda.

Mientras caminaba por el bosque, sin atreverse a usar la carretera, sino avanzando en paralelo a ella, le latía el corazón con fuerza. Durante las tres largas noches que había pasado viajando, había evitado todas las carreteras e incluso los caminos, manteniéndose en las colinas y el bosque.

Había oído tropas una vez, a ciento cincuenta kilómetros al norte del lugar en el que se encontraba en aquel momento. A horas de Dublín, había oído una cabalgata de caballos y se había asomado al camino desde las altas rocas de la cima de una colina. Abajo, vio los uniformes azules de un regimiento de caballería. La última vez que había visto a la caballería, habían muerto dos docenas de hombres, y también mujeres inocentes y niños. Aterrorizado, Sean se había vuelto a esconder en el bosque.

El cielo comenzó a ponerse de color rosa pálido. Aquel día tampoco iba a llover. Comenzó a ponerse tenso, pero estaba demasiado cerca de su objetivo como para detenerse. Sufriría a la luz del día, por mucho que le costara. Los sonidos del bosque que se despertaba ya estaban empezando a sobresaltarlo; los pájaros que comenzaban a cantar en las ramas de los árboles le hicieron llorar, como cada mañana desde que había conseguido escapar. Era un sonido precioso, tan inestimable como la antorcha que llevaba en la mano.

La carretera se curvó, y apareció una casa de campo con el tejado de paja. Detrás de la casa había un campo de maíz y un cobertizo.

Sean se detuvo detrás de un árbol, con la respiración entrecortada, y no del ejercicio, sino del miedo. Le resultaba muy difícil ver más allá de la casa, del sembrado y del cobertizo, debido a que en la prisión los ojos se le habían debilitado mucho. Finalmente, percibió un movimiento entre la casa y el campo de maíz; era un hombre, o al menos eso le pareció. Deseó con todas sus fuerzas que fuera Connelly.

Sean miró hacia ambos lados de la carretera, pero no divisó a nadie. No se fiaba de su vista, así que prestó atención para percibir algún sonido. Lo único que oyó fue el canto de los pájaros, y después de un momento, pensó que también podría detectar el crujido de las hojas, el susurro de la brisa.

Pensó que estaba solo.

Y comenzó a sudar de nuevo.

En aquel momento, el corazón le latía desbocadamente. Salió del bosque a la carretera, casi esperando que una columna de soldados se lanzara sobre él sin piedad. Sin embargo, no apareció ni un solo soldado, y él intentó respirar con más calma. No lo consiguió. Estaba demasiado asustado.

Parpadeó contra el cielo brillante y siguió cruzando la carretera.

El hombre lo vio y se detuvo.

Sean maldijo su visión y siguió hacia delante. Intentó hablar con gran esfuerzo. Justo antes de que lo confinaran en el aislamiento más absoluto, había habido un asesinato en la prisión, seguido de un terrible caos. A él lo habían golpeado salvajemente, y en el disturbio, le habían cortado el cuello. Después, nadie había enviado a un médico para que lo atendiera, y durante unos días Sean se había debatido entre la vida y la muerte.

Poco a poco, sin embargo, se había curado, aunque no por completo. Ya no podía hablar con facilidad; de hecho, formar las palabras le costaba un esfuerzo ímprobo, y le resultaba agotador. Por supuesto, no había tenido que hablar con nadie durante dos años, y una vez que se hubo dado cuenta de que apenas podía hacerlo, no lo había intentado.

En aquel momento, intentó pronunciar la palabra que tenía en mente.

—¿Connelly? —dijo lentamente, y oyó su propia voz, ronca y desagradable.

El hombre se acercó a él.

—Tú eres O'Neill —le dijo su interlocutor, y lo tomó del brazo.

Sean se quedó impresionado al sentir su roce, y alarmado al darse cuenta de que lo esperaban. Hizo un gesto de dolor y se alejó del otro hombre.

–¿Cómo lo sabes?

–Tenemos nuestro propio correo secreto –respondió Connelly. Era un hombre grande, fuerte, con una larga nariz roja y los ojos azules, muy brillantes–. Me han mandado un mensaje. Será mejor que entres.

Sean siguió al hombre a la casa, y cuando la puerta estuvo cerrada, sintió un gran alivio.

–Mi señora ya está con las gallinas –le dijo Connelly–. Ahora eres John Collins –le explicó. Mientras hablaba, miraba a Sean con preocupación creciente–. Pareces un esqueleto, muchacho. Te daré de comer y una cuchilla para que te afeites. ¡Malditos sean esos desgraciados ingleses!

Sean se limitó a asentir, y se palpó la espesa barba. No había podido afeitarse durante dos años.

Connelly titubeó, pero después le dijo:

–Siento lo que ocurrió en Kilvore. Lo siento mucho. Siento lo de tu esposa y tu hijo.

Sean se irguió. En la mente se le formó una imagen borrosa de una cara dulce con los ojos bondadosos, llenos de esperanza. Peg se había desvanecido en un recuerdo poco definido y doloroso, sin color, aunque él sabía que ella tenía el pelo pelirrojo. A Sean se le encogió el alma.

Al principio había sufrido, durante muchos meses. En aquel momento, sin embargo, ya sólo le quedaba el sentimiento de culpabilidad. Estaban muertos por su culpa.

–No te queda otro remedio que marcharte del país. ¿Lo sabes?

Sean asintió, aliviado por que hubieran interrumpido sus pensamientos. Había aprendido cómo evitar todo recuerdo de su breve matrimonio, salvo en las horas de la madrugada.

–Sí.

—Bueno. Ve directamente por Blarney Road hasta Blarney Street. Puedes cruzar el río por el primer puente. Sigue el río, te llevará hasta el muelle, Anderson Quay. El zapatero O'Dell te dará alojamiento.

Sean asintió de nuevo. Tenía preguntas, sobre todo, cuándo podría encontrar un pasaje y cuánto tendría que pagar, pero de momento, se sentía exhausto y hambriento. Sólo había comido una rebanada de pan en tres días. Y hablar le resultaba una difícil tarea. Intentó formar las palabras e inquirió:

—¿Cuándo? ¿Cuándo... podré salir del país?

—Siéntate, muchacho —dijo Connelly con expresión grave—. No lo sé. Todas las mañanas, al mediodía, ve a Oliver Street. Busca a un caballero que lleve una flor blanca en la solapa. Él podrá decirte lo que necesitas saber. Yo sólo soy un granjero, Sean.

—Mediodía —repitió Sean—. ¿Hoy? ¿Tengo que ir... hoy?

—No sé si el caballero estará allí hoy o mañana, o al día siguiente. Pero es un hombre bueno. Es toda una ayuda para los patriotas. Se llama McBane. No lo pierdas.

McBane, pensó Sean, y asintió.

Connelly se volvió y fue hacia la despensa. Después volvió con un plato de patatas cocidas y una gran rebanada de pan con queso. A Sean se le hizo la boca agua.

*La mesa estaba cubierta con un mantel blanco; la cristalería era de Waterford, la porcelana importada y los cubiertos de plata. La estancia estaba iluminada por enormes candelabros, y los sirvientes uniformados servían bandejas de venado, cordero y salmón. Las mujeres llevaban seda y joyas, y los hombres el traje de gala. El perfume flotaba en el aire...*

Sean se sobresaltó. No tenía derecho a recordar aquello. Se negaba a identificar aquellos recuerdos ni al hombre a quien pertenecían.

En vez de eso, comenzó a comer rápidamente el pan y el queso. El único pasado que quería recordar era el más reciente, su vida en la granja de los Boyle. De otro modo, nunca podría pagar por lo que les había hecho.

El ruido era ensordecedor.

Sean se detuvo al pasar la entrada del bar, abrumado por la cacofonía de sonidos. Tuvo el impulso casi irresistible de taparse los oídos con las manos. Las conversaciones escandalosas, las carcajadas, el arrastrar de las sillas, el tintineo de las latas eran un aluvión de sonidos que amenazaba con inmovilizarlo. Sean se quedó rígido de tensión. Y las luces brillantes eran cegadoras.

Había salido de la granja una hora después de llegar allí, y había seguido las instrucciones de Connelly. El zapatero, a quien había encontrado con facilidad, lo había alojado en una pequeña habitación que tenía sobre su taller.

Lo que sí le había resultado difícil había sido recorrer la ciudad, que despertaba a aquellas horas, con todo su bullicio. Sean se había quedado abrumado con la presencia de tanta gente, tanto a pie como a caballo, o en carretas y carruajes, y con tanta conversación y movimiento. Y también había mucha suciedad, mucho hollín, humo y basura. Se sentía extraño, un intruso, como un granjero del norte que nunca hubiera estado en una ciudad.

No había conseguido acostumbrar los sentidos a semejante descarga de estímulos durante las pocas horas que había pasado allí. Y en aquel momento, al entrar al pub, tuvo que taparse los ojos con las manos. Sintió una oleada de pánico, y su primer instinto fue el de huir.

Sin embargo, conservó la capacidad de razonar. Su mente pudo discernir que aquel establecimiento público abarrotado era preferible al oscuro agujero que había sido su celda. Y se dijo que, al final, se acostumbraría al ruido, a la luz y a la multitud.

Respiró profundamente y comenzó a avanzar por entre la gente, con cuidado de evitar el contacto físico con los demás. Había divisado una mesa solitaria al fondo, en la penumbra; cuando llegó a ella, se sintió más seguro, aliviado. Se sentó contra la pared, de modo que tenía la espalda protegida y podía abarcar toda la estancia con la mirada.

Observó a los treinta o cuarenta hombres que estaban presentes allí, todos bebiendo, riéndose, hablando o jugando a las cartas y a los dados. Una vez más, se sintió como un intruso. Aquellos hombres eran irlandeses, como él. Una vez, él había estado dispuesto a dar la vida defendiéndolos contra la tiranía y la injusticia, y casi lo había hecho. En aquel momento no sentía ningún vínculo con ellos. No sentía nada en absoluto, salvo confusión y sorpresa.

Fue entonces cuando vio acercarse a un hombre que llevaba una chaqueta de lana azul, una flor silvestre en la solapa y una pequeña cartera en la mano. Como temía una trampa, Sean dejó su daga, la que le había robado al guardia de la prisión al escapar, sobre su muslo, bajo la mesa.

El caballero lo vio y se detuvo ante la mesa.

—¿Collins?

Sean asintió al oír su apellido falso. Después le señaló la silla.

El hombre se sentó.

—Me dieron su descripción —dijo—. Por desgracia, tiene exactamente el aspecto que tendría un delincuente fugitivo.

Sean hizo caso omiso de aquel comentario. El hombre era alto y era pelirrojo. Llevaba un traje de buena lana y unos zapatos relucientes. Claramente, era de clase alta. Probablemente, era el hombre que Connelly le había indicado, alguien llamado Rory McBane.

Sean tardó un momento en hablar. Le resultaba un poco más fácil que al principio.

—¿Está solo?

—No me han seguido —respondió McBane, observándolo con cautela—. He tenido mucho cuidado. ¿Y usted?

Sean asintió. Su interlocutor siguió mirándolo fijamente, como si estuviera intentando discernir a quién estaba ayudando en aquella ocasión. Quizá McBane supiera que lo buscaban por asesinato. Quizá supiera que era un asesino y tuviera miedo.

—Todo lo que necesitará está en esa cartera —le dijo McBane después de un silencio tenso—. Hay algo de dinero y una muda de ropa. También un pasaje a Hampton, Virginia, en un barco de mercancías americano, el U.S. Hero. Saldrá pasado mañana con la primera marea.

Pronto sería libre. En cuestión de días, estaría cruzando el océano, alejándose de los ingleses y de Irlanda, la tierra donde había crecido y había pasado la mayor parte de su vida. Sabía que debía darle las gracias a McBane, pero en vez de eso, el corazón se le aceleró, como si estuviera intentando decirle algo. Sabía que debería sentirse exultante o aliviado, pero no notaba ninguna de aquellas cosas.

*El cristal tintineó. Las suaves conversaciones se sucedieron a su alrededor. Y unos ojos de color ámbar, brillantes y risueños, le sostuvieron la mirada.*

Sean sintió una fuerte tensión. No entendía por qué, de repente, la mente le estaba jugando aquella mala pasada. Estaba muy mareado. Quizá estuviera volviéndose loco, por fin. No podía dejarse llevar allí donde sus recuerdos querían trasladarlo. ¡No podía regresar a aquella vida! El pánico se adueñó de él.

—Necesita una buena cuchilla de afeitar —le dijo McBane, y la interrupción fue bienvenida—. He visto un póster de la policía con su retrato. Se parece mucho. Tiene que quitarse esa barba.

Sean se lo quedó mirando. Él había usado la cuchilla de Connelly, pero no era de buena calidad. Y McBane tenía razón. Necesitaba un buen afeitado, un cepillo del pelo y jabón.

Y su cabeza seguía vagando.

*Unos ojos plateados, brillantes, agradables, le devolvían la mirada desde el espejo. Allí se reflejaba un hombre guapo, moreno, que se estaba afeitando por la mañana. En aquel reflejo, había unas cortinas de terciopelo abiertas. Fuera, el cielo estaba azul, espléndido, y las colinas eran maravillosamente verdes. Se atisbaban las ruinas de una torre desde la ventana. Y se veía el mar.*

*¡Sean! ¿Vas a seguir perdiendo el tiempo, o nos vamos a montar a caballo?*

—¿Está bien? —le preguntó McBane.

Sean no entendió la pregunta. ¿Qué le estaba sucediendo? No podía pensar en aquel pasado. Él se había casado con Peg Boyle, decidido a conseguir amarla algún día, y a ser un buen padre para su hijo y para el hijo que llevaba en el vientre. Peg era la única mujer de la que tenía que acordarse. En aquel momento, deliberadamente, la recordó entre sus brazos, golpeada, maltratada, desanigrándose hasta morir.

—Mire, Collins, tengo entendido que ha pasado un infierno. Estamos en el mismo bando. Soy irlandés, como usted. Además, también he oído decir que es usted noble de nacimiento, y eso es algo más que tenemos en común. No tiene buen aspecto. ¿Puedo ayudarle de alguna manera? —le preguntó McBane, que aunque tenía una expresión de perplejidad, también estaba preocupado.

Sean no era capaz de encontrar alivio en el presente en aquel momento.

—¿Por qué... está haciendo esto? —le preguntó. Quería saber por qué un caballero arriesgaría su vida por él.

—Ya se lo he dicho. Ambos somos irlandeses, y yo soy un patriota. Usted luchó por la libertad de una manera, y yo lucho de otra, normalmente, con mi pluma, pero algunas veces, también, ayudo a hombres como usted.

Sean intentó sonreír.

—Gracias —dijo con la voz ronca.

—¿Hay algo más que necesite?

Sean negó con la cabeza. Lo único que necesitaba era navegar hacia una tierra diferente, hacia una vida distinta. Una vez que lo consiguiera, quizá dejara de recordar aquellos momentos de una vida que había dejado atrás, y que lo torturaban.

McBane se inclinó hacia él.

—Entonces, acuéstese y descanse hasta que parta el Hero. Yo me voy de Cork esta noche, pero me puede localizar en Adare. Está a sólo medio día de camino desde aquí, y nuestros amigos comunes pueden llevarme un mensaje.

Sean sabía que su cuerpo había permanecido inmóvil, pero el corazón le había dado un salto en el pecho, con una fuerza dolorosa y agotadora. Tuvo la sensación de que McBane acababa de apuñalarlo. ¿Sería aquello una trampa, después de todo? ¿O era su mente la que de nuevo lo estaba torturando con crueldad? ¿Acababa McBane de referirse a Adare?

McBane se puso en pie.

—Que Dios lo acompañe —le dijo a Sean.

Él, aturdido, no respondió.

McBane hizo un sonido de lástima, y después se dio la vuelta y se abrió paso entre la multitud. Sean permaneció sentado, paralizado. Debería dejar que McBane se marchara; de lo contrario, iba a perder lo que le quedaba de fuerza de voluntad. Pero, ¿y si McBane era parte de una trampa?

Sean no iba a volver a prisión y no iba a dejar que lo colgaran.

Sean siguió a McBane con la mirada. Esperó hasta que llegara hasta la salida, y después tomó la cartera y salió tras él. Lo siguió sigilosamente y lo agarró por detrás para aprisionarlo contra un muro. McBane se quedó paralizado.

–No… va… a Adare –gruñó Sean, furioso–. Esto es una burla… o una trampa.

–¡Collins! –jadeó McBane–. ¿Está loco? ¿Qué demonios está haciendo?

–¿Qué se propone? ¿Qué… trampa es ésta? –insistió Sean.

–¿Que qué me propongo? Estoy intentando ayudarlo a salir del país, idiota. ¡No deben vernos juntos! Mis opiniones en contra de los ingleses son bien conocidas. ¡Maldita sea! ¡Hay soldados por todas partes en la ciudad!

Sean lo empujó con más fuerza contra el muro.

–¡No puede ir a Adare! ¡Es un truco! –le gritó.

–¿Un truco? ¡Está loco! He oído decir que lo han tenido en aislamiento durante dos años. ¡Ha perdido la cabeza! Voy a ir a Adare porque soy amigo de la familia de la novia.

Y Sean perdió el control.

*Adare era su hogar.*

*Los prados verdes y los jardines de Adare eran tan espectaculares que los grupos de veraneantes ingleses pedían permiso para visitarlos. A menudo, también pedían permiso para visitar la mansión, y normalmente se les concedía si el conde o la condesa estaban en la residencia.*

Sean estaba temblando. No, Sean O'Neill había crecido allí. Él se había convertido en John Collins.

—Está muy pálido —le dijo McBane—. Suélteme, por favor.

Pero Sean no lo oyó.

*Aquella mañana habían tenido clase de ciencia y humanidades con el tutor, el señor Godfrey. Después habían pasado la tarde practicando la esgrima con un maestro italiano, ensayando pasos con el maestro de baile y aprendiendo técnicas avanzadas de equitación. Había cinco muchachos, jóvenes, guapos, fuertes, listos, privilegiados y más que un poco arrogantes. Y también estaba Elle.*

—¿Hay... una boda?

—Sí. Una boda muy importante, de hecho.

Sean cerró los ojos. No quería recordar un tiempo en que había tenido una gratificante sensación de pertenencia a una gran familia, de seguridad, de paz; pero ya era demasiado tarde.

Tenía un hermano, una cuñada y una sobrina; tenía una madre y un padrastro; y tenía hermanastros, y también tenía a Elle. Sean no podía respirar; estaba intentando con todas sus fuerzas mantener cerrada la compuerta que contenía sus recuerdos; si dejaba escapar alguno, le seguirían miles, y nunca conseguiría eludir a los ingleses, nunca podría huir del país, no sobreviviría.

Se alejó de McBane. El sudor se le resbalaba por la espalda. McBane estaba muy molesto. Se irguió y se colocó la ropa. Después, su irritación se transformó en preocupación al ver a Sean.

—¿Se encuentra bien?

McBane había mencionado a una novia. Sean lo miró.

—¿Quién se casa?

McBane lo miró con gran sorpresa. Después respondió con cautela:

—Eleanor de Warenne. ¿Conoce a la familia?

Sean se quedó tan anonadado que no podía moverse; la impresión que se había llevado derribó todas las barreras que él había erigido para evitar viajar de vuelta al pasado. Y Elle estaba en la puerta de su habitación, en Askeaton, con el pelo recogido en una larga trenza, vestida para montar, con una de las camisas de Sean y un par de pantalones de Cliff. *Aquello era imposible.*

*—¿Por qué tardas tanto? —le preguntó—. ¡Vamos a tomarnos el día libre! ¡se acabó rascar quemaduras de la madera. Has dicho que podíamos ir a Dolan's Rock. El cocinero ha preparado la comida en un paquete, y los perros están fuera, impacientes.*

Sean intentó recordar la edad que tenía Elle entonces. Era mucho antes de su primera temporada. Quizá tuviera trece o catorce años, porque era alta y delgada. No pudo evitar recordarlo todo.

*Él estaba sonriendo.*

*—Las damas no entran sin llamar a las habitaciones de los caballeros, Elle.*

*Tenía el torso desnudo. Se volvió desde el espejo y tomó una camisa blanca.*

*—Pero tú no eres un caballero, ¿verdad?*

*Él se abotonó la camisa tranquilamente.*

*—No, tú no eres una dama.*

*—¡Gracias a Dios!*

*Él intentó no reírse.*

*—¡No uses el nombre de Dios en vano! —exclamó.*

*—¿Por qué no? Tú lo haces mucho peor. Te oigo jurar cuando estás enfadado. Los chicos pueden decir palabrotas, y las chicas deben mover las caderas cuando andan, ¡y llevar horribles corsés!*

*Él miró su cuerpo delgado.*

*—Tú nunca tendrás que llevar corsé.*

*—¡Y es una suerte! —afirmó Elle.*

*Finalmente, su cara se ensombreció. Pasó por delante de él y se sentó en la cama deshecha.*

*—Sé que soy muy poco adecuada para ser una dama... —suspiró ella—. Estoy a régimen para engordar. He comido dos postres todos los días. No ha pasado nada. Estoy sentenciada.*

*Entonces, Sean no pudo evitar reírse.*

*Ella se puso furiosa y le lanzó una almohada.*

*—Elle, hay cosas peores que estar delgada. Probablemente, algún día dejarás de estarlo —le dijo.*

*Sin embargo, no podía imaginarla de otro modo que no fuera demasiado huesuda y demasiado alta.*

*Ella se levantó de la cama.*

*—Lo dices para consolarme. También me dijiste que dejaría de crecer hace dos años.*

*—Estoy intentando que te sientas mejor. Vamos. Si me ganas hasta Dolan's Rock, puedes quedarte aquí un día más.*

*Sus ojos brillaron.*

*—¿De verdad?*

*—De verdad —confirmó él con una sonrisa—. El último que llegue se marcha a casa hoy —le dijo, y se dirigió hacia la puerta.*

*Con un grito, ella lo adelantó y salió volando hacia las escaleras.*

*Él se estaba riendo, y cuando estuvo montado a caballo, ella llevaba varias colinas de ventaja.*

Sean se apartó de McBane, temblando. No podía pensar en aquello. Necesitaba tomar aquel barco y zarpar hacia América.

¿Cuántos años tenía Elle?, se preguntó sin poder evitarlo. La última vez que la había visto tenía dieciocho. Sean intentó desesperadamente cerrarle el paso a aquellos pensamientos en su mente, pero era demasiado tarde. Una imagen inolvidable se había formado en su cabeza: Elle, con su camisón de encaje blanco, junto a las puertas de Askeaton, una figura pequeña y triste que él veía desde la cima de la colina. Elle no se movía. Y él no necesitaba estar junto a ella para saber que estaba llorando.

*Prométeme que volverás por mí.*

Sean se sentía muy enfermo en aquel momento. Apenas podía respirar.

—¿Con quién... va a casarse? —susurró. ¿Acaso ella se había enamorado?

—¿Por qué me lo pregunta? —inquirió McBane—. ¿La conoce?

Sean miró a McBane, y por fin, lo vio. Tenía que saberlo.

—¿Con quién se casa?

McBane se quedó asombrado.

—El novio es el hijo de un conde, Peter Sinclair.

Al darse cuenta de que Elle iba a casarse con un inglés, Sean exclamó:

—¡Con un maldito británico!

McBane dijo con cautela:

—Tiene título y fortuna, y se dice que es un hombre guapo. He oído comentar que es muy buen matrimonio. De hecho, mi esposa me ha dicho que Sinclair está muy enamorado y que ella también es muy feliz. Mire, Collins, me doy cuenta de que está consternado. Pero lo estará más aún si una patrulla nos sorprende aquí. Tiene que volver a su escondite hasta que tenga que tomar el barco hacia América.

Tenía razón. Sean luchó por recuperar el sentido común. En un día se marcharía a América. Era cuestión de vida o muerte. Lo que hiciera Eleanor, con quién se casara, no era asunto suyo. En el pasado, él la habría protegido con su vida, pero entonces era un hombre diferente, con otra vida. Sean O'Neill había muerto poco después de aquella terrible noche de Kilvore. Se había convertido en un asesino buscado por las autoridades inglesas.

Aunque quisiera hacerlo, no podía volver, porque Sean O'Neill no existía.

Ya sólo era John Collins.

Miró a McBane.

—Tiene razón.

—Que Dios lo acompañe, Collins. Que Dios lo acompañe.

–Antes de que los caballeros nos retiremos a tomar el licor, me gustaría hacer un brindis –dijo el conde de Adare.

Todo el mundo quedó en silencio. Sentados a la mesa de la cena había cincuenta invitados y toda la familia de Warenne, excepto Cliff, que aún tenía que llegar, además de Devlin y Virginia O'Neill. La mesa estaba vestida con los mejores manteles de lino y servida con la cristalería y la porcelana más delicada. Había centros de flores del invernadero de la condesa. El conde presidía la cena, y la condesa estaba sentada frente a él.

Eleanor vio que su padre sonreía. Tenía una mirada de calidez y bondad en los ojos profundamente azules. Estaba mirando a toda su familia y a sus invitados, y finalmente se fijó en ella. Ella no podía mirarlo a los ojos; sabía que su padre estaba muy contento por que se casara con Peter, y no quería que supusiera que había pasado todo el día hecha un manojo de nervios. Su conversación con Ty no había tenido un efecto muy duradero.

Peter estaba sentado a su lado. Él había sido muy atento durante toda la velada, y estaba muy guapo con su traje de etiqueta. Al principio, a Eleanor le había resultado difícil reírse y fingir que no pasaba nada malo.

Sin embargo, y aunque no le gustaba demasiado, había tomado dos copas de vino tinto, y con el alcohol se había calmado.

Al instante, había disfrutado al escuchar todo lo que decía Peter, y se había estado riendo durante casi todo el tiempo. Eleanor nunca se había dado cuenta de lo gracioso que era su prometido. Y se preguntó por qué nunca se había dado cuenta de que también era muy guapo.

Si no hubiera sido escandaloso, quizá hubiera tomado una tercera copa de vino, pese a que la cena ya había terminado. Entonces, habría podido flotar durante el resto de la velada.

Peter le murmuró al oído, para que nadie más pudiera oírlo:

—¿Te encuentras bien?

Ella sonrió.

—Ha sido una noche maravillosa.

Él arqueó las cejas con sorpresa.

—Todas las noches son maravillosas si las comparto contigo —respondió.

Eleanor notó que se derretía con una agradable sensación. ¿Por qué había tenido dudas sobre aquel matrimonio?

—Eres un romántico, Peter —le dijo, riéndose, y le dio con el codo en el brazo.

—Siempre he sido un romántico en lo que a ti concierne.

Ella lo abanicó con las pestañas. ¿Cómo podía ser tan afortunada? ¿Por qué había estado disgustada? No lo recordaba con claridad.

La condesa estaba sentada frente al conde, al otro extremo de la mesa. Lord Henredon, el padre de Peter, estaba a su derecha. Mary dijo suavemente:

—¿Querido? Todos estamos esperando.

El conde carraspeó. Apartó la vista de su hija y se fijó en las caras expectantes de sus invitados.

—No sé cómo explicaros lo feliz que estoy porque mi querida y bella hija haya decidido, por fin, casarse. Y estoy aún más feliz de que vaya a casarse con el joven Sinclair. Evidentemente, el cambio de opinión requería al hombre adecuado. No recuerdo haberla visto nunca más dichosa. Por los novios. Que vuestro futuro esté lleno de amor, paz, alegría y risa —dijo el conde, y alzó su copa. Después, continuó—: También quisiera agradecerles a lord y lady Henredon su ayuda en la organización de esta monumental boda, y quiero darles las gracias a todos nuestros invitados por estar aquí. Sobre todo, al señor y la señora McBane, a lord y lady Houghton, a lord y lady Barton, en esta reunión familiar, que espero que sea la primera de muchas ocasiones felices. Y finalmente, quiero darle las gracias al joven Sinclair. Peter, gracias por hacer feliz a mi hija.

Después de su brindis de agradecimiento, el conde se sentó, mirando cariñosamente a Eleanor.

—A mí también me gustaría hacer un brindis —intervino Tyrell, sonriendo mientras se ponía en pie—. Por el hombre que se atreve a casarse con mi hermana. Hazla feliz, o tendrás que vértelas con sus cinco hermanos —le dijo a Peter.

Sinclair sonrió.

—Viviré para hacer feliz a Eleanor —dijo galantemente. Después añadió con desconcierto—: Disculpa... Eleanor tiene cuatro hermanos, ¿no?

Eleanor notó que se le borraba la sonrisa de los labios. Tenía tres hermanos y dos hermanastros. Todo el mundo lo sabía. ¿No lo sabía también Peter? Pero Sean se había ido, estaba desaparecido.

—¿He dicho algo inapropiado? —preguntó Sinclair con gran confusión—. Cliff no ha llegado todavía, pero con él, serían cuatro hermanos.

Eleanor clavó los ojos en el mantel. De repente, y pese al vino, se sentía triste. ¿Dónde estaba Sean? ¿Por qué no estaba allí? ¿No quería volver a casa?

El vino le había nublado la inteligencia. Sean no estaba allí, así que, ¿cómo iba a casarse? No podía haber boda sin Sean, porque él era el hombre con quien se suponía que iba a casarse. De repente, Eleanor tuvo una punzada de pánico.

—Lo siento, Eleanor —murmuró Tyrell.

Ella lo miró. Los efectos del vino se habían disipado como si se hubiera sumergido en una bañera de agua fría. Iba a casarse con Peter, no con Sean. Quería a Peter, o casi, y tenía que tomarse una tercera copa de vino antes de que la noche se estropeara.

Devlin O'Neill intervino. Había sido capitán de la marina británica, y aún conservaba la piel bronceada y el pelo rubio por el sol.

—Estoy seguro de que habrás oído los rumores, Peter. Tengo un hermano pequeño, pero desapareció hace cuatro años. Nadie ha visto a Sean, ni ha sabido nada de él, desde entonces.

Sinclair se quedó consternado.

—No, no lo había oído. Dios Santo, lo siento muchísimo, capitán —le dijo a Devlin. A Eleanor no le quedaba vino en la copa. Miró fijamente el cristal, deseando no haber conocido nunca a Sean, porque le estaba destrozando lo que se suponía que debía de ser el día más feliz de su vida. Y ella era feliz, ¿verdad? Le gustaba cómo la miraba Peter, y cómo sonreía. ¡Había sido muy feliz un momento antes! Iba a echar de menos a Sean para siempre, pero también iba a casarse con un hombre maravilloso, perfecto, aunque fuera inglés.

—¿Peter? —le dijo, sonriendo—. Me gustaría mucho tomar otra copa de vino —pidió. Sin embargo, él no tuvo oportunidad de responderle.

–Por Sinclair –dijo Rex de Warenne. Había perdido la pierna derecha en la guerra; en aquel momento, se puso en pie con ayuda de su muleta–. El marido perfecto para nuestra hermana. Eleanor, no hay ninguna novia más afortunada que tú.

Eleanor miró a Rex, preguntándose si se estaba burlando de ella. Había cambiado tanto desde que había vuelto de la guerra...

–Soy la mujer más afortunada de Irlanda –dijo con vehemencia.

Todo el mundo la miró.

Eleanor se preguntó, horrorizada, si había arrastrado las palabras.

Rex arqueó las cejas con escepticismo.

–¿De veras?

Eleanor lo miró nuevamente, y pensó que él sabía exactamente cómo se sentía. Claro que él tenía mucha afición al vino, y al brandy, sobre todo desde que había perdido la pierna. Quizá él le diera otra copa de vino, discretamente, por si acaso había cometido la terrible metedura de pata de embriagarse en compañía tan educada.

*Las damas no se emborrachan, Elle.*

Eleanor se sobresaltó en el asiento. Se dio la vuelta para buscar a Sean, pero no había nadie tras ella.

–¿Eleanor? ¿Qué ocurre? –le preguntó Peter rápidamente, preocupado.

–¿Está aquí? –dijo ella, agarrándose al respaldo de su silla.

El conde se puso en pie con decisión.

–Creo que deberíamos ir a tomar los licores. ¿Eleanor?

Eleanor se dio cuenta de que había estado a punto de sentarse de espaldas en la silla. Sean no estaba allí. Ella se sintió tan decepcionada que le costó mantener la compostura bajo tantas miradas.

Peter permaneció sentada junto a ella. Mientras los hombres salían, Rex se acercó a ellos cojeando. Era un hombre muy moreno y musculoso, la viva imagen de Tyrell, salvo que tenía los ojos marrones y no azules.

—Lo siento, Eleanor. No debería descargar mi malhumor contigo en esta ocasión tan feliz.

Ella había dejado de entender a su hermano años antes, cuando Rex había vuelto de la guerra, lleno de amargura y herido, y en aquella ocasión, tampoco tenía ni idea de qué quería decir. Sonrió y dijo, agitando la mano con exageración:

—Oh, Rex. Eres mi hermano favorito, y no puedes hacer nada malo. Lo sabes, ¿no?

Rex miró a Peter.

—Perdona un momento, Peter —le dijo.

Después tomó por el brazo a su hermano y la alejó de la mesa.

—¡Estás borracha! —exclamó en un cuchicheo.

—Sí, ¿verdad? —respondió ella con una gran sonrisa—. Ahora empiezo a entender por qué te gusta tanto beber. ¿Podrías conseguirme otra copa de vino tinto, por favor?

—Claro que no —respondió él, que estaba entre divertido y horrorizado—. ¿Estás pensando en sabotear tu propia boda?

Eleanor decidió analizar la palabra sabotaje.

—Mmm. Sabotaje significa ruina, ¿no? Pero, ¿en un sentido político? ¿Es un sabotaje un acto político? ¿Por qué estamos hablando del sabotaje?

—Deberías irte a tu habitación —le dijo Rex con firmeza, pero le temblaban los labios como si estuviera intentando no sonreír.

—No hasta que no me hayan besado —afirmó ella, y se alejó de su hermano. Se dirigió a Peter con una sonrisa.

Las damas se habían retirado a un salón contiguo. Su prometido la estaba esperando a solas junto a la mesa.

—¿Va todo bien? —le preguntó.

Eleanor se quedó sorprendida por la pregunta.

—Claro que sí —respondió, y lo tomó del brazo—. Estoy contigo —añadió.

Él se ruborizó.

—Eleanor, tú nunca bebes. Quizá debiera avisar a alguna de tus cuñadas y darte las buenas noches por hoy.

—¡Ésa es una idea pésima! —exclamó ella, y se acercó más a Peter—. No hemos estado a solas ni un momento durante todo el día —le dijo suavemente—. ¿No quieres que vayamos a ver las estrellas?

Él se ruborizó aún más.

—Iba a sugerírtelo. Te me has adelantado.

—Se me da muy bien adelantar a los chicos, y a los hombres —respondió ella con franqueza. Monto y disparo mejor que nadie.

Él la miró con los ojos abiertos de par en par.

—Oh —murmuró ella. «Las damas no montan y no disparan», pensó. «Las damas no mienten»—. Las damas no mienten —dijo en voz alta.

—¿Disculpa?

Quizá conversar no fuera la mejor idea de todas. Eleanor sonrió y tiró de él, suavemente, hacia las puertas de la terraza. Peter se relajó y le permitió que lo guiara hacia fuera.

Sean subió los escalones de la terraza. Estaba desierta y sin iluminar, e incluso antes de cruzarla, vio el interior de la casa, donde había una reunión. Se acercó a una de las grandes ventanas y miró al salón.

Presidiendo la mesa estaba el hombre que lo había

acogido en su casa después del asesinato de su verdadero padre, que lo había criado, que le había enseñado la nobleza y el honor, que lo había querido como a un hijo propio. Sean se aferró a la pared de la casa. Las rodillas le flaqueaban.

Y después vio a su hermano.

Devlin estaba en pie. Era un hombre alto y fuerte. Su mujer estaba sentada a su lado. Sean había reconstruido Askeaton para Devlin, y volvería a hacerlo sin pensarlo, si fuera necesario. También daría la vida por su hermano mayor.

Tragó saliva. La bella esposa de Devlin, Virginia, parecía muy feliz, y él se alegró con todo su corazón por los dos. Ella había salvado el alma de su hermano años antes, y por aquello, Sean siempre la querría.

Sus hermanastros también estaban poniéndose en pie. Había un ambiente festivo, cálido y luminoso en la estancia.

Y a Sean le resultó imposible no recordar todos los momentos que había pasado en aquel comedor con su padre, con sus hermanos, con su madre y con Elle. Como la marea del mar irlandés, las sensaciones y los momentos lo empaparon, exigiéndole atención, inspección, rememoración: una mañana de Navidad, una tarde oscura y fría, noches agradables frente al fuego, veladas de familia, camaradería fraternal y brandy. Sean tuvo que sacudir con fuerza la cabeza para librarse del pasado.

¿Por qué estaba haciendo aquello? Recordar la vida que había dejado atrás no iba a ayudarlo a eludir a los ingleses y huir del país. En unos minutos, robaría un caballo de los establos y se pondría en camino hacia Cork. Llegaría allí antes del amanecer. Después, zarparía hacia América.

Pero aún no podía marcharse.

Se recordó que estaba haciendo aquello porque Elle iba a casarse.

Sean apretó la cara contra el cristal, observando cómo Tyrell apretaba el hombro de Devlin. Los dos hombres se estaban riendo de algo mientras salían del comedor con los demás, y a Sean le resultó imposible negar el anhelo que sentía de entrar en aquella casa y formar de nuevo parte de su familia. Lo deseaba tanto que tuvo que hacer un esfuerzo muy grande por no dejarse llevar. Las autoridades inglesas habían puesto precio a su cabeza por traición, y él no tenía intención de hundir al conde y a sus hermanos consigo.

Las mujeres se estaban levantando también, preparándose para salir del comedor. Sean reconoció a Virginia; Tyrell rodeó con el brazo a una dama. El resto del grupo no le resultaba familiar, salvo su madre. La condesa seguía tan elegante como siempre, pero él se dio cuenta de que había envejecido. Y no se engañó: su desaparición debía de haberle causado mucho dolor.

Entonces, Sean se fijó en la dama que caminaba junto a Rex. Y se quedó paralizado.

Había cambiado, pero él la reconocería en cualquier parte. Y sintió tanto alivio que estuvo a punto de desmayarse contra la ventana. Elle.

Ya no quedaba nada de aquella niña delgada e intrépida. Sin embargo, si se atrevía a recordar la última noche que había pasado en casa, tuvo que reconocer que cuatro años antes había dejado en la puerta de la finca a una mujer que estaba floreciendo y que ya no tenía nada de niña. Sean había olvidado lo alta que era. Los ángulos y los planos de su cuerpo se habían convertido en curvas voluptuosas. La niña desgarbada era una mujer bellísima, tanto que podría dejar sin sentido a un hombre.

Al observarla mientras engatusaba a su hermano, Sean

tuvo la sensación de que el mundo entero se volvía del revés.

Tuvo pánico. ¿Qué estaba haciendo?

Al ser consciente de que estaba observando a Elle con hambre y necesidad, se tambaleó.

Aquello era imposible, pensó con incredulidad, con espanto. No podía desear a una mujer a la que había considerado su hermana durante toda su vida. Su cuerpo estaba respondiendo como lo haría ante cualquier mujer bella, debido a los dos años de celibato que había pasado en la prisión.

Elle estaba caminando junto a Rex y sonriendo a un caballero rubio, al que tomó por el brazo. Sean se dio cuenta de que aquél debía de ser Sinclair. Era un hombre guapo y privilegiado, con los ademanes de un noble. Sean lo despreció a primera vista.

Se dio cuenta de que estaba temblando de desesperación. Estaba furioso con ella, con Sinclair, consigo mismo. Por supuesto que Elle había crecido. Él tenía todo el derecho de sentirse sorprendido al ver la belleza en que se había convertido, pero no tenía derecho a sentir ninguna otra cosa. ¿Y adónde iba ella con Sinclair, de todos modos?

Se dio cuenta de que el salón de había quedado vacío, y oyó abrirse la puerta de la terraza. Al instante, oyó también la risa de Elle. Aunque aquel sonido le resultaba familiar, también tenía algo extraño y nuevo. Su risa había cambiado. Se había convertido en una risa seductora.

Él apretó la espalda contra la pared. La pareja apareció ante su vista, caminando hacia la balaustrada. Estaban tan absortos el uno en el otro que no se percataron de su presencia. Ella también se movía de un modo distinto. Sus pasos eran largos, pero el movimiento de sus caderas tenía sensualidad, algo que él odió al instante. Se movía como una mujer que sabía que la apreciaban y la admiraban, que la observaban.

—¿Te he dicho lo guapa que estás esta noche? —le preguntó Sinclair, tomándole ambas manos.

Sean se ahogó en silencio.

—Me parece que no —respondió Eleanor, sonriendo—. Pero si lo has hecho, siempre puedes decírmelo otra vez.

¡Estaba coqueteando! ¿Cuándo había aprendido Elle a coquetear?

—Eres tan preciosa —susurró Sinclair.

Sean detestó su voz enronquecida. No deberían estar a solas en la terraza, de noche. ¿Y dónde estaban los demás? Ella tenía cuatro hermanos para hacer el papel de acompañantes. ¿Por qué no había ninguno que lo estuviera haciendo?

—Y usted, señor, es muy galante y encantador —respondió suavemente Elle—. Soy muy afortunada por casarme con un hombre así.

—Con respecto a ti, un hombre nunca será lo suficientemente galante ni encantador —respondió Sinclair.

¿Acaso no sabía que su prometida era un demonio? ¿No sabía que galopaba, que daba puñetazos y que soltaba improperios? ¿No sabía que cazaba y pescaba? ¿O acaso Elle se había convertido en una debutante y una coqueta?

—Me alegro de que seas tan encantador —susurró Elle—. Te encuentro verdaderamente encantador, aunque tengas los ojos azules.

Sean no entendió a qué se refería, y pareció que Sinclair tampoco.

Hubo entonces un silencio tenso.

Sean tuvo ganas de darle un puñetazo a la pared, porque supo que Sinclair iba a besarla.

—¿Puedo besarte, Eleanor? —le preguntó.

—Pensaba que nunca ibas a preguntármelo —dijo ella con una suave carcajada.

Con incredulidad, Sean vio cómo Sinclair la tomaba entre sus brazos e inclinaba la cabeza hacia ella. La luna eligió aquel preciso momento para asomarse por entre las nubes e iluminó a los amantes. Sinclair había fundido su boca con la de ella, y ella le estaba devolviendo los besos aferrada a sus hombros.

Sean se apoyó contra el muro, furioso y paralizado, jadeando, y apartó la mirada. No podía asimilar que aquella mujer sensual que estaba en brazos de aquel hombre fuera Elle. No podía aceptar que fuera Elle la que estaba emitiendo aquellos sonidos suaves de placer. Ella se había convertido en una mujer muy deseable, pero Sean sabía que no tenía derecho a sentir por ella la lujuria que estaba sintiendo.

—Eleanor, te quiero.

La declaración entrecortada de Sinclair llamó de nuevo la atención de Sean hacia la pareja. Sinclair le había tomado la cara entre las manos a Elle, y estaba temblando visiblemente mientras ella le sonreía como si estuviera enamorada de él.

—Estoy intentando ser un caballero con todas mis fuerzas —susurró Sinclair—, pero me lo estás poniendo muy difícil.

—Estamos solos —murmuró Elle—. Nadie sabrá si estás siendo un caballero o no esta noche.

Sean iba a intervenir, pero se contuvo justo a tiempo. ¿Acaso estaba sugiriendo Eleanor que Sinclair se tomara más libertades? Ella había sido una niña salvaje y obstinada, y Sean sabía que era una mujer muy apasionada. ¿Se habría acostado ya con su prometido? Elle nunca se negaba nada que quisiera, y él la conocía lo suficientemente bien como para saber que su virginidad no le importaría nada.

Y se estaban besando de nuevo.

Entonces, Sean dio un puñetazo en la pared. Demonios, ¿dónde estaban sus hermanos? ¿Iba a tener que presenciar aquello durante toda la noche? Porque no creía que pudiera soportarlo.

Elle se sobresaltó en brazos de Sinclair.

—¿Qué ha sido eso? —preguntó, mirando a su alrededor.

Sean olvidó su dilema e intentó volverse invisible contra la pared.

—¿A qué te refieres? —le preguntó Sinclair con la voz ronca.

—¿No lo has oído? —preguntó Elle—. ¿Es posible que alguien nos esté espiando?

—Querida, ¿quién iba a espiarnos?

—Rex, ¿eres tú? —preguntó Eleanor con cara de pocos amigos.

—Oh, Dios —dijo Sinclair—. Tus hermanos son muy protectores contigo, lo cual es muy loable, por supuesto, pero todos y cada uno de ellos me ha dejado muy claro que debía ser todo un caballero hasta que estemos casados —le explicó, y después carraspeó—. Quizá debiéramos entrar de nuevo.

Elle sacudió la cabeza.

—¡Oh, no te preocupes por ellos! Se les da muy bien mandar y ordenar. Yo puedo manejar a mis hermanos. ¡No tengas miedo! Estoy disfrutando mucho de tus besos, Peter —añadió atrevidamente.

Sean tuvo ganas de agarrarla por las orejas como cuando tenía once años y de que se convirtiera de nuevo en una niña inocente.

De repente, la puerta de la terraza se abrió y sonaron unos pasos. Sean reconoció a Rex, y entonces se dio cuenta de que había perdido la mitad de la pierna derecha y de que caminaba con muleta. Se quedó mirando a su hermano, consternado.

Él no lo sabía.

Había estado alejado de casa durante tanto tiempo que, ¿cómo iba a saber que su hermanastro había sufrido semejante herida?

Rex se acercó cojeando a los amantes.

—Me pareció conveniente interrumpir esta encantadora escena. Vosotros dos no estáis casados todavía —dijo con una sonrisa desprovista de alegría.

Y en aquel mismo instante, Sean reconoció a un alma gemela. Rex había cambiado desde el interior. Aunque él nunca había lamentado la pérdida de su propia alma, sí sufrió por la pérdida de Rex.

—Tengo veintidós años —dijo Elle—. No necesito vigilantes.

—No estoy de acuerdo contigo —respondió Rex—. ¿Vamos? —añadió, aunque no era una pregunta.

Elle se enfadó.

—Oh, se me había olvidado, sois superior a mí, sir Rex —le dijo con desdén a su hermano.

Así que a Rex le habían concedido un título nobiliario. Sin duda, pensó Sean, lo habría ganado en el campo de batalla, y se sintió muy contento por su hermano.

—Sólo hasta que te hayas casado —dijo Rex con calma, y les hizo un gesto a los amantes para que lo precedieran hacia el salón.

Sean vio cómo Elle exhibía su infame mal carácter resoplando mientras caminaba, y cómo Sinclair, disgustado, la seguía. Sinclair nunca sería capaz de manejar a Elle, pensó, pero no sintió ninguna satisfacción. Estaba pensando en el hecho de que, en dos noches, Elle iba a estar en la cama de aquel hombre, y con todos los derechos.

De repente, Rex se puso muy tenso.

Sean dejó de respirar, consciente de que Rex acababa de sentir su presencia en la terraza. Rex, a punto de entrar en la casa, se volvió y miró hacia todas partes, incluyendo el muro en el que se estaba escondiendo Sean.

Y durante un momento, Sean pudo jurar que Rex lo había visto, que sus miradas se habían cruzado.

Pero se equivocó, porque Rex se volvió y entró cojeando en la casa. Sean se quedó solo, tragando el sabor amargo que le había producido en la boca todo lo que acababa de ver y oír.

# 4

Amaneció un nuevo día. Eleanor no había podido dormir apenas, tan sólo una o dos horas. Y durante aquel tiempo, había soñado con Sean, no con Peter. En sus sueños, Sean había vuelto a casa, pero había cambiado y tenía un rasgo inquietante y oscuro. Ella se había despertado asombrada, creyendo por un momento que sus sueños eran reales. Y cuando se había dado cuenta de que sólo eran sueños, se había sentido totalmente abatida.

Aquel día, hizo galopar a su caballo tan rápido como pudo. Inclinada sobre el cuello del semental como un jinete de Newmarket, hizo que tomara una curva especialmente marcada.

Y un hombre saltó directamente a su camino.

Eleanor tiró de las riendas con todas sus fuerzas. El hombre permaneció allí, sin inmutarse, como si fuera de piedra. El animal se irguió sobre los cuartos traseros y Eleanor reaccionó. Cuando consiguió calmarlo un poco, se dio cuenta de que nunca había estado más furiosa.

—¡Idiota! —gritó, alzando la fusta. Su primer instinto fue golpear a aquel intruso—. ¿Es que quiere morir? ¿Es que es un loco que quiere suicidarse?

Intentó que el caballo siguiera avanzando, decidida a rodear al hombre, pero él agarró las riendas.

Eleanor se enfureció mucho más, pero también sintió miedo. Nadie la había abordado nunca, de aquella manera. Taloneó al caballo, pero entonces su mirada se cruzó con la de aquel hombre.

Y el corazón se le paralizó en el pecho durante un segundo. Después comenzó a latir desbocadamente. Ella sólo sintió incredulidad y euforia.

Sean estaba en el camino, ante ella.

Sean había vuelto a casa.

Y Eleanor supo, inmediatamente, que le había ocurrido algo horrible. En un segundo, se dio cuenta de que estaba lleno de cicatrices y muy delgado. Pero era Sean. Con un grito de alegría, bajó del caballo de un salto. Se lanzó hacia él tan rápidamente que estuvo a punto de tirarlo al suelo. Lo abrazó con todas sus fuerzas y se aferró a él.

Sin poder evitarlo, empezó a llorar.

Lo había echado mucho de menos. Sólo entonces se dio cuenta de que había sido como si le hubieran sacado el corazón del pecho mientras continuaba latiendo.

Él no se movió, pero emitió un gemido ronco.

Aquel sonido cortó el júbilo de Eleanor, su alivio. Se dio cuenta de que estaba enganchada a su cuerpo delgado y musculoso con tanta fuerza como podía. No quería soltarlo por si acaso él se desvanecía en el aire. Él tenía la barbilla apoyada en la cabeza, y ella tenía la cara metida en su cuello. Sean siempre había sido delgado, pero en aquel momento sólo tenía músculo y huesos, sin más carne. Y aquel sonido ronco había sido de dolor y angustia. ¿Qué le ocurría?

De todos modos, había vuelto a casa, había vuelto a casa con ella, por ella. Eleanor notó una enorme presión por dentro, una poderosa combinación de todos sus sentimientos pasados y presentes, de haberlo echado tanto de menos y de necesitarlo en aquel momento. Aún lo quería. Nunca había dejado de quererlo. Eleanor alzó la cara y sonrió.

Él no le devolvió la sonrisa. Tenía una expresión de cautela, y se alejó rígidamente de ella.

Eleanor se angustió. No era posible que Sean desconfiara de ella. Se acercó para abrazarlo de nuevo y dijo:

—Sabía que volverías.

Él la esquivó.

—No.

—Sean, ¿no qué? ¡Has vuelto a casa!

Él no respondió. Se limitó a mirarla fijamente. Cuando ella lo miró a los ojos, intentando desentrañar aquel misterioso comportamiento, sólo vio una mirada vacía y desconfiada.

Eleanor se quedó asombrada, hundida; ellos nunca habían tenido secretos el uno para el otro. Los expresivos ojos de Sean siempre habían estado abiertos para ella. Sus preciosos ojos grises podían brillar de risa, de afecto, de bondad, o podían oscurecerse con ira, con determinación. ¿Cuántas veces habían intercambiado una mirada y cada uno de ellos había sabido lo que pensaba el otro?

Y su rostro también había cambiado, pensó Eleanor. Estaba descarnado, y tenía las mejillas y los ojos hundidos. Ella vio que tenía cicatrices en la cara y en el cuello y se estremeció. ¡Alguien había intentado cortarle la garganta!

—Oh, Sean —comenzó a decir, pero cuando intentó acariciarle una marca blanca que tenía en la cara, él se apartó.

Ella se quedó inmóvil. Su primera impresión había resultado ser cierta. A Sean le había ocurrido algo muy malo. Fuera lo que fuera, ella estaba allí para ayudarlo.

—¿Estás bien?

—Te has comprometido —dijo él.

Habló con un susurro que apenas era audible, como si hubiera perdido la voz recientemente. Y la estaba mirando con tal intensidad que ella titubeó.

—¿Cómo? —le preguntó con confusión.

Sin embargo, él ya no la estaba mirando a los ojos. Su mirada se había deslizado desde la boca de Eleanor hasta su pecho. Ella llevaba, de hecho, una de las viejas camisas de Sean. Él siguió bajando la mirada hasta el cinturón de cuero que llevaba en la cintura, y después hasta sus caderas.

De repente, Eleanor se dio cuenta de cómo debía estar con aquellos pantalones de hombre. Llevaba años vistiéndose de forma masculina para montar a caballo, y Sean la había visto con aquel atuendo tan atrevido mil veces. Sin embargo, en aquel instante, ella se sintió impúdica, indecente, desnuda.

En su cuerpo se creó un vacío.

Por primera vez en la vida, Eleanor entendió lo que era el deseo. Porque el espacio que notaba tan hueco en su interior le causaba dolor, y entendió la necesidad de tomar a Sean para que pudiera llenarlo.

Ella creía que había sentido deseo antes. Había disfrutado de los besos de Peter, ciertamente, y antes de que Sean se hubiera marchado de Askeaton, lo había mirado y había deseado ser objeto de sus cumplidos, que la tomara entre sus brazos, que la besara. Sin embargo, entonces era demasiado joven e inocente como para sentir lo que estaba sintiendo en aquel momento. La presión del deseo era algo que la consumía.

Le resultó difícil hablar.

—Has vuelto a casa —dijo temblando—. ¿Qué te ha ocurrido? ¿Dónde has estado? —le preguntó.

Él la miró fijamente.

—He oído decir que te vas a casar.

Asombrada, Eleanor se mordió el labio. ¿Acaso no había fantaseado, secretamente, con la idea de que él apareciera en el último momento para salvarla de aquella boda con otro hombre?

–Sí, Sean. Estoy prometida –le dijo, pero no quería hablar de Peter ni de su boda en aquel momento.

–La boda es… dentro de dos días –susurró él, entrecortadamente, como si le costara mucho hablar.

–Es un error –respondió ella con una sonrisa temblorosa–. No me voy a casar con Peter.

Él parpadeó, pero no dijo una sola palabra.

Eleanor quería volver a tocarlo, pero tenía miedo de intentarlo. Alargó el brazo y le acarició la mano. Quería agarrársela y no soltarla nunca más.

–¡Hace tanto tiempo! Todo el mundo piensa que has muerto, Sean. Yo casi lo había creído también. Pero tú me lo prometiste. Me prometiste que volverías, y lo has cumplido.

Él apartó la mirada.

–Lo siento. No quería… hacerle daño a nadie.

Su comportamiento y su forma de hablar eran tan extraños… la situación resultaba embarazosa, y aquello no era posible, porque ellos dos eran muy amigos.

–¿Qué te ha ocurrido? ¿Qué te pasa en la voz? ¿Por qué estás tan delgado? ¿Por qué no nos has escrito nunca? Sean… ¡has cambiado tanto!

–No podía comunicarme con vosotros. He estado… en prisión.

–¿En la cárcel? –preguntó ella con un jadeo de incredulidad–. ¿Por eso tienes todas esas cicatrices? ¡Oh, Dios! ¿Por eso estás tan delgado? Pero, ¿por qué has estado en la cárcel? ¡Tú eres el hombre más honrado que conozco!

Sin embargo, Eleanor se dio cuenta de que aquello explicaba su prolongada ausencia y su falta de comunicación con la familia.

Él miró al suelo.

—No debería estar aquí. Me he escapado.

Al instante, Eleanor entendió las implicaciones de lo que él acababa de decir.

—¿Te están buscando?

—Sí.

Ella sintió miedo al instante. Sean no podía volver a la cárcel. ¡No habría nada que le impidiera ayudarlo!

—¡Tienes que esconderte! ¿Crees que te han seguido hasta aquí?

—No.

Eleanor asintió con alivio.

—Puedes esconderte en un compartimiento de los establos.

—No. No me voy a quedar.

Eleanor pensó que lo había oído mal. Sean acababa de llegar; no era posible que fuera a dejarla otra vez.

—¿Qué quieres decir? —le preguntó.

—Voy a salir... del país.

—¡Pero si acabas de llegar! —gritó ella, desesperada y asustada, y lo tomó de la mano. Tenía la piel áspera y encallecida, pero al menos a Eleanor le resultaba familiar.

Él la soltó y sacudió la cabeza, sin hablar. Después la observó un instante y susurró:

—Has cambiado.

Claro que había cambiado. Y aunque sus palabras carecían de apasionamiento, y no eran una indirecta, aquella intensidad tan abrumadora había regresado. En respuesta, ella se quedó inmóvil, y al instante sintió que el deseo se adueñaba de su cuerpo.

Consiguió asentir y, después, respondió con cautela:

—He crecido. Tú también has cambiado.

La tensión llenó el silencio. Crepitaba como el fuego, danzando entre ellos, caliente y brillante. ¿Estaba Eleanor confundida, o Sean sentía la misma necesidad, el mismo deseo que ella? Él nunca la había mirado de una manera tan penetrante como en aquel momento. Nunca había habido entre ellos una situación tan embarazosa y tensa. En el pasado, su relación era fácil y ligera, una afinidad natural, un vínculo de afecto. ¿Qué podía significar aquella tensión?

Eleanor se estremeció.

—¿Cuánto tiempo estuviste en prisión? ¿Qué hiciste?

Los ojos de Sean se oscurecieron.

—Dos años.

A Eleanor se le escapó un jadeo de horror.

—Había un pueblo. Ya no existe.

Ella conocía la historia de su gente, de su tierra. Aquélla era una historia de saqueos, robos, de derechos de nacimiento perdidos o arrebatados, de violaciones y asesinatos. Una de las peores masacres de la historia de Irlanda se había llevado al padre de Sean. Eleanor no tenía que conocer los detalles para entender a Sean.

Seguramente, había habido una protesta o una revuelta, y las tropas británicas habían acudido a sofocarla. Sin duda, la defensa de la aristocracia terrateniente había acabado en la destrucción de un pueblo entero. Y Sean había estado involucrado.

Él se había pasado toda la vida cuidando de Askeaton, y aquello incluía defender los derechos de los arrendatarios irlandeses de sus tierras. Eleanor no tenía que preguntarle de qué lado había estado en aquellos sucesos.

—¿Murió algún soldado inglés? ¿Llevabas armas?

Llevar armas en el condado de Limerick era un acto de traición, porque equivalía a oponerse a las autoridades británicas; el condado se regía por el Acta de Insurrección desde antes de que Sean se marchara.

Él asintió.

—Sí, murieron soldados. Y llevábamos cuchillos y rastrillos.

Si hubiera tenido una silla, Eleanor se habría dejado caer en ella. Se había quedado pálida. No conocía la revuelta de la que él hablaba, pero no tenía importancia. Si habían muerto soldados en la confrontación, Sean estaba en grave peligro. Quizá hubiera sido acusado de traición. Eleanor estaba aterrorizada por él.

—¡En el invierno de hace dos años colgaron a una docena de hombres, Sean, y deportaron a muchos más! ¡Los culparon de insurrección! Papá ya no es magistrado; prefirió dimitir de su puesto. Le hicieron una acusación de parcialidad porque se atrevió a defender a nuestra gente. El capitán Brawley es el comandante de la guarnición del condado, y él ha estado actuando como juez —le explicó a Sean entre lágrimas.

—Lo siento —dijo él, disgustado.

Eleanor sacudió la cabeza.

—Devlin y él llegaron a cometer perjurio con la esperanza de salvar a algunos de los acusados. Él dejó su puesto porque no podía mantener el condado bajo control, porque ya no podía proteger a los nuestros —prosiguió Eleanor.

Después intentó recuperar la compostura. Caminó hacia él, pero él se retiró unos cuantos pasos atrás, como si supiera que ella iba a intentar abrazarlo. Aquella determinación de Sean de mantener la distancia física entre ellos la consternaba, pero además estaba empezando a asustarla. ¿Qué le había ocurrido para que se hubiera vuelto tan desconfiado, tan distante?

—Sean, no me importa lo que hicieras, nada ha cambiado entre nosotros. Tú eres mi mejor amigo, y estoy dispuesta a hacer cualquier cosa por ti. ¡Cualquier cosa! —exclamó fervientemente—. Sean, ¿por qué no me dejas que te abrace?

–Todo ha cambiado.

–No, Sean. Es evidente que has pasado por una terrible experiencia, pero lo que yo siento por ti no ha cambiado. Mi lealtad permanece intacta. Te ayudaré a esconderte y después iremos a ver a papá para revolver esto. Así podrás ser libre y volver a casa.

Él abrió los ojos de par en par.

–¡No vas a decirle nada al conde! –exclamó–. ¿Es que quieres que... lo acusen de conspiración? ¿Quieres que le confisquen sus tierras? ¡A los traidores no les permiten conservar sus títulos... ni sus pertenencias! –Sean estaba tan agitado que gritaba, pero con aquella voz tan ronca.

Eleanor estaba espantada.

–¿Te acusaron de traición?

Él asintió con los ojos muy brillantes.

–¡Pero a los traidores los cuelgan! –gritó ella. Las ejecuciones eran sumarias y rápidas.

Él agitó la mano para descartar con desdén aquel comentario.

–Déjalo ya. Me voy a América.

Eleanor se tambaleó. ¡América estaba muy lejos! Sin embargo, Sean tenía razón en cuanto a que su padre no podía ser considerado conspirador con los crímenes de su hijastro. Las páginas de la historia de Irlanda estaban llenas de historias de títulos y tierras requisadas. Por otra parte, ella no podía permitir que Sean se marchara a América.

–No tienes por qué huir a América –le dijo con desesperación–. Devlin puede ayudarnos.

–No a nosotros. Y tampoco va a ayudarme a mí.

–Pero... Devlin querrá ayudarte. Es uno de los hombres más ricos de Irlanda, y tiene buenos contactos en el gobierno. De hecho, tiene muchas amistades en el Almirantazgo...

—¡No! —la interrumpió él, temblando—. ¿Es que no quieres... entenderlo? ¡El hombre que se marchó hace cuatro años no va a volver! —dijo con furia.

Eleanor se acobardó, pero al menos sintió alivio al verlo reaccionar con vehemencia ante alguna cosa.

—Sí ha vuelto. ¡Está ante mí!

—Murió. Sean O'Neill ha muerto.

Eleanor se quedó horrorizada con aquella afirmación, y peor aún, por el hecho de que él quisiera hacérselo creer.

—¡Soy John Collins! Y no voy a arrastrar a Devlin... al infierno.

—¡Si Sean estuviera muerto, yo lo sabría! —replicó ella, golpeándole el pecho con fuerza. Él se sobresaltó, y ella volvió a golpearlo—. ¡Si Sean estuviera muerto, no estaría intentando proteger a su hermano! ¡No sé quién es John Collins, ni quiero saberlo! —dijo, con el rostro bañado en lágrimas.

Y entonces se dio cuenta de que él luchaba por conservar la compostura. Al darse cuenta de la fuerza de aquella batalla, Eleanor se quedó inmóvil. Le posó la mano en la mejilla, y Sean dejó de temblar. Tenía la mandíbula mal afeitada, pero a ella no le importó. Lo quería más que nunca, y aquello era imposible.

Al acariciarlo, instantáneamente se le formó un remolino por dentro. Sentía un amor, un miedo y una necesidad inmensos. Ojalá la abrazara; Eleanor se conformaría con aquello, pese a los impulsos de su cuerpo.

—No llores.

Eleanor no se había dado cuenta de que las lágrimas seguían derramándose de sus ojos. Entonces, el dique se rompió y el llanto corrió libremente.

—¿Cómo puedes pedirme que no llore cuando te persiguen los ingleses y estás pensando en marcharte de nuevo de casa? Necesito abrazarte y acariciarte, y no me dejas hacerlo. ¿Vas a volver algún día? ¡Y estás muy delgado! —dijo entre sollozos.

—Eleanor, por favor... Elle...

Las lágrimas cesaron. Hacía tanto tiempo que no oía cómo Sean la llamaba por aquel nombre que sólo usaba él... Eleanor deseó con todo su corazón algo imposible, que él le sonriera como siempre hacía cuando se le pasaba algún enfado. Ella no se movió, porque aún tenía la mano posada en su mejilla. Sin embargo, él se alejó.

—El conde no puede ayudarme... Devlin no puede ayudarme tampoco —le dijo en voz baja—. Tienes que entenderlo.

—¡Lo entiendo! Pero Devlin sí puede ayudar. Él nunca huiría de esta situación, nunca te dejaría solo como si fuera un cobarde. ¡Devlin te ha echado de menos tanto como yo!

—Maté a un soldado —le dijo él—. Me juzgaron y me declararon traidor. Nadie puede ayudarme. Mañana... me marcho a América.

Eleanor se sintió devastada. Las piernas le fallaron. Y él, instintivamente, le tendió la mano para sujetarla.

—Siéntate —le dijo—, antes de que desmayes.

Sean sabía muy bien que Eleanor no se había desmayado en toda su vida. Ella lo ignoró.

—¿Cuándo zarpa tu barco?

—Mañana por la noche —respondió él lentamente.

Sin embargo, al mirarlo a los ojos, Eleanor detectó un sentimiento de culpabilidad en ellos. Y supo que le estaba mintiendo. Eleanor apenas pudo creerlo, porque Sean jamás le había mentido. Sin embargo, sí había dos cosas que estaban muy claras: Sean tenía que esconderse hasta que se marchara, y ella iba a ir con él.

—Me marcharé contigo.

Él la miró con los ojos abiertos de par en par.

—Te vas a casar.

—Voy a ir contigo, y no se te ocurra intentar detenerme —le dijo con ferocidad.

Él ya la había dejado una vez, y ella no iba a permitirle que volviera a hacerlo.

Sin embargo, sus miradas chocaron y él dijo:

—No, no vas a venir conmigo. Tienes que casarte.

—Seguramente, sabrás que ya no puedo casarme con él, ahora que estás aquí.

—Anoche parecía que le profesas un gran cariño.

—¿De qué estás hablando? —preguntó Eleanor con las mejillas enrojecidas—. ¿Estabas allí? ¡No, eso no es posible! —exclamó con incredulidad.

Sin embargo, recordó de repente todos los detalles de la noche anterior, y se sintió humillada. Sabía que estaba embriagada, y que había hablado arrastrando las palabras ante toda la familia de Peter y otros cincuenta invitados.

—¿Por qué no estabas acompañada? —le preguntó Sean con aspereza.

Eleanor se sentía asombrada y horrorizada. Recordó que estaba en la terraza, besándose con su prometido, y que le había pedido que la besara aún más. Le ardían las mejillas.

—¿Cuánto viste? —balbuceó. Ella se había comportado de un modo peor que poco adecuado. Había sido atrevida. Había sido desvergonzada.

—Todo —respondió Sean.

Se dio la vuelta y se alejó de ella con inquietud. Eleanor se dio cuenta, de repente, de que se movía de una forma distinta, como si estuviera rígido y dolorido.

Encontró una piedra y se sentó. ¿Debía intentar darle una explicación? ¿Qué podía decirle?

—Siento cariño por Peter...

—No me importa —respondió él de manera cortante, y se volvió hacia ella. Él también estaba ruborizado.

—Es mi prometido —argumentó Eleanor.

—¿Así que te vas a volver inglesa? —preguntó Sean con sorna.

Ella negó con la cabeza.

—Viviremos en Yorkshire... quiero decir, íbamos a vivir allí, en Chatton, pero...

—¡Has cambiado! —exclamó Sean—. Odiaste las dos temporadas de Londres... ¡Elle nunca se marcharía de Irlanda!

—¡Yo no quiero marcharme de Adare! —gritó ella.

—¡Entonces no lo hagas! —gritó él a su vez, pero aquel esfuerzo le hizo toser, y su voz volvió a debilitarse—. ¿Sabe él que... sabes disparar... a cualquier cosa que se mueva en el bosque?

Ella estaba desesperada.

—Sean, déjalo. Te hace daño hablar tanto —le rogó, y se puso en pie para intentar abrazarlo. Él no se lo permitió.

—¿Te ha visto... vestida como un hombre? —prosiguió con sarcasmo e ira—. ¿Te ha visto con... pantalones? ¿Con botas? ¿Con ese cinturón?

—¡Sean, ya basta!

—¡Él no quiere a Elle!

—¿Por qué estás haciendo esto?

—¡Quiere a esa mujer... a la coqueta!

Ella sacudió la cabeza.

—He cambiado, sí. Ahora soy una mujer y tú no tenías derecho a espiarme mientras besaba a Peter. Y tienes razón, no me conoce. Sin embargo, ¿cómo has podido tú desaparecer durante cuatro años? ¿Cómo? ¿Y cómo has podido volver y espiarme? ¡Y ahora quieres marcharte otra vez, sin mí!

—¡Sí!

Entonces, Eleanor intentó abofetearlo.

Sean atrapó su muñeca antes de que pudiera hacerlo.

Ella no quería golpearlo, porque él estaba herido, y ella lo quería. Pero Sean había estado haciéndole unos reproches muy crueles sobre Peter, y Peter era irrelevante para ellos en aquel momento. Quería explicárselo, pero a ella también le falló la voz.

Porque al mirarlo a los ojos, se dio cuenta de que centelleaban. Y se dio cuenta de que lo que ardía en ellos no sólo era la ira, sino también los celos. Él no la soltó; de hecho, al agarrarla por la muñeca había tirado de ella, y Eleanor sentía los muslos en contacto con las piernas de Sean.

A ella ya le latía el corazón a una velocidad incontrolable, pero en aquel momento comenzó a saltarle en el pecho, mientras se daba cuenta de lo duros y musculosos que eran sus muslos. Duros... y masculinos. Por instinto, ella movió el cuerpo hasta que sus pechos estuvieron en contacto con el torso de Sean. Entonces, él se quedó inmóvil, y en aquel momento, Eleanor se dio cuenta de que daría cualquier cosa por estar entre sus brazos haciendo el amor con él, acariciándolo sin inhibiciones, besándolo, y aceptando a cambio sus besos y sus caricias. Y él lo supo, porque clavó la mirada en sus labios.

—Tienes razón —susurró Eleanor—. Peter no desea a Elle. Pero tú sí.

Él le apretó la muñeca y la atrajo hacia sí con más fuerza. Al sentir sus pezones endurecidos a través de la fina tela de su camisa, Sean abrió mucho los ojos, y después la soltó.

—No. Elle era una niña, y ya no existe.

Eleanor se quedó mirándolo con fijeza, intentando recuperar la compostura, mientras él caminaba de un lado a otro, tenso y tembloroso.

—Sean —dijo ella—, estoy aquí. Lo único que pasa es que he crecido.

Entonces él soltó una carcajada seca, sin alegría.

Eleanor se acercó lentamente a él. Él la miró con una expresión vacía.

—Tú le perteneces... a Sinclair.

—¡No! ¡Te pertenezco a ti!

Él se sobresaltó, se dio la vuelta y comenzó a alejarse rápidamente.

Eleanor corrió tras él y lo adelantó.

—Tienes que esconderte. Te ayudaré.

—Me esconderé en el bosque esta noche.

—¿Y después te marcharás? ¿Al amanecer? —le preguntó ella.

Sean titubeó.

—Sí.

Ella tomó una decisión: estaría preparada para marchar al amanecer. De hecho, estaba empezando a concebir una estupenda idea.

—No. En el bosque no puedes esconderte. Es peligroso.

Sean la miró con desconfianza.

—Puedes esconderte en mi habitación.

Todo estaba en juego, y Eleanor lo sabía. La vida y la libertad de Sean, y también su futuro con él. Se negaba a pensar en el hecho de que él no había aceptado su oferta de acompañarlo a América.

Se negaba a pensar en todos los años que habían compartido, durante los cuales, ni una sola vez había dicho que la quisiera. En vez de eso, Eleanor se concentró en la manera en que él la había mirado y en el deseo que había sentido por parte de ambos. A Eleanor no le parecía posible haber malinterpretado aquello.

Habían acordado que él se quedaría en el bosque durante el día, porque no había manera de que entrara en la casa sin ser visto. Sabiendo que Sean había vuelto y que lo buscaban las autoridades, temió una llegada inminente de las tropas británicas. Él no tenía ningún temor y guardaba la calma; había insistido en que los oiría llegar mucho antes de que pudieran encontrarlo.

El plan de ambos consistía en que él subiría a la casa a la hora de la cena, cuando la familia, sus invitados y los sirvientes estuvieran ocupados.

Finalmente, Eleanor había tenido unos momentos para asimilar lo que había ocurrido. Nunca dejaría de querer a

Sean, pero él se había convertido en un traidor convicto. Sabía que todos los miembros de su familia lucharían para que Sean recuperara su libertad y su buen nombre, si tuvieran la oportunidad.

Sin embargo, también sabía que nadie, ni su padre, ni su madre ni sus hermanos, permitirían nunca el matrimonio entre ellos dos en aquellas circunstancias.

Si él hubiera vuelto a casa con el mismo estatus que tenía cuando había partido, no habría sido difícil convencer a su padre que les permitiera casarse por amor. La familia de Sean era antigua; sus antepasados habían sido grandes señores que habían regido la mitad de Irlanda, pero su padre era el hijo menor de un hombre empobrecido.

En realidad, el padre de Sean había arrendado Askeaton de Adare, aunque aquellas tierras hubieran pertenecido muchos años atrás a los O'Neill. Aún así, el conde le hubiera concedido la mano de su única hija a su hijastro, y les habría concedido una pequeña finca donde vivir. Su existencia habría sido sencilla, y a Eleanor no le hubiera importado.

Pero el conde nunca aprobaría aquel matrimonio en la situación actual, ni siquiera aunque Sean hubiera pedido su mano, cosa que no había hecho, y nadie le permitiría que huyera con él de adivinar sus planes. Eleanor se entristeció al pensar que, de repente, su gran familia iba a separarse.

Sin embargo, Sean y ella pasarían la noche juntos, y ella estaba impaciente por volver a estar con él. Tenía que saber todo lo que le había ocurrido. Él se había vuelto distante, como un extraño peligroso. Seguramente, su desconfianza hacia ella se mitigaría. Y su insistencia en que Sean O'Neill estaba muerta era algo absurdo. Sean o'Neill estaba muy vivo, aunque estuviera delgado y lleno de cicatrices, y aunque tuviera la voz ahogada y ronca. Le habían inflingido heridas, sí, pero no estaba muerto. Las heridas sanaban, y Sean también se curaría. Eleanor se aseguraría de ello.

Cuando llegó a la terraza de piedra de la casa, aminoró el paso y miró cautelosamente a su alrededor. Sus paseos matinales acababan normalmente antes de las siete, antes de que el sol hubiera empezado a calentar. En aquel momento eran más de las siete, y el sol ya estaba alto y cálido. Si eran cerca de las ocho, su padre y sus hermanos estarían desayunando; las señoras rara vez bajaban de sus habitaciones antes de las diez.

Rex apareció ante ella; había estado sentado solo en la terraza. Eleanor se sobresaltó. Él sonrió y se acercó a su hermana cojeando.

—¿Te he asustado? —le preguntó con curiosidad.

—Sí —respondió Eleanor con nerviosismo.

Él la observó atentamente.

—Hoy has cabalgado un poco más tarde de lo habitual.

Eleanor se dio cuenta, alarmada, de que su hermano sospechaba algo. Rex era completamente de fiar, y siempre se había llevado muy bien con Sean. Tenían la misma edad. Si ella no estuviera decidida a permanecer junto a Sean, acudiría a Rex en busca de ayuda y consejo. Pero en aquel momento, contuvo aquel impulso. Sean le había dejado muy claro que no quería que nadie de la familia se viera involucrado en su fuga, y Rex no querría en absoluto que ella se escapara con él, como tampoco lo desearían su padre y el resto de sus hermanos.

Rex sonrió ligeramente.

—Estás muy colorada. No hace tanto calor todavía —le dijo—. ¿Hay algo que quieras contarme?

Eleanor esbozó una sonrisa forzada.

—Llego tarde, y vengo corriendo desde el establo. No quiero que ninguno de los Sinclair me vea vestida de esta manera.

—¿Quieres que compruebe si tienes camino libre? —se ofreció él.

Ella asintió y le acarició la mano.

—Eso sería estupendo.

—Vamos —le dijo Rex—.Yo iré primero.

Unos momentos después, Rex le indicó que el salón estaba vacío, y ella lo atravesó como un rayo. Recorrió el pasillo y subió las escaleras a salvo. Arriba se encontró con una doncella, Beth; aprovechó para pedirle que bajara a la cocina y preparara un paquete con pan, queso, carne y vino, y que lo dejara fuera de la puerta de la cocina. Beth bajó apresuradamente a cumplir sus órdenes, y Eleanor continuó su camino.

Tuvo que tomar aire para calmarse. Estaba tan abrumada con el asombroso descubrimiento de que Sean había vuelto que le resultaba difícil pensar con claridad. Él también necesitaba ropa. Corrió por el pasillo hacia la habitación de Cliff; su hermano era un corsario que pasaba la mayor parte del tiempo en el mar, persiguiendo piratas y fortuna, y rara vez estaba en casa. Eleanor había sabido, por una ruborizada doncella, que había aparecido la noche anterior, más tarde de las doce, pero a tiempo para unirse a algunos de los invitados en una partida de cartas.

Ella llamó a la puerta, pero no obtuvo respuesta. Entonces, entró directamente.

La habitación era grande y estaba lujosamente amueblada. Las paredes eran azules, tenía una chimenea de mármol y una cama con dosel en el centro. El lecho tenía cortinas, así que resultaba difícil de distinguir, pero Eleanor vio a su hermano dentro.

—¡Cliff! —dijo ella, acercándose.

Él se incorporó; tenía el torso desnudo, y se había quedado asombrado al verla. Eleanor se dio cuenta de que no estaba solo. Ella se puso roja como la grana mientras veía que la mujer que estaba con él se escondía bajo las mantas.

—¿Es que nunca llamas a la puerta? —exclamó Cliff.

Como todos los hombres de Warenne, era alto, de buena constitución e increíblemente guapo. Como Eleanor, tenía el pelo rubio oscuro, pero con mechones aclarados por el sol y por los años que había pasado en el mar. Y estaba tan bronceado como los piratas a los que daba caza.

—Acabas de volver a casa. ¿Es que no puedes mantener las manos quietas ni una sola noche? —le reprochó Eleanor.

De todos sus hermanos, Cliff era el más famoso por ser un mujeriego.

—¿Y tú no ves que estoy ocupado? —gruñó él—. ¿Te importaría marcharte? —le preguntó, ruborizado.

Ella empezó a divertirse. Cliff nunca se sentía incómodo por nada, y Eleanor se preguntó quién sería la mujer con la que estaba. Dirigió la mirada hacia la cama. Sabía que su hermano había dejado de perseguir a las doncellas cuando tenía catorce años, que era la edad a la que se había marchado de casa para correr su primera aventura; por lo tanto, su acompañante debía de ser una de las damas invitadas a la boda. Y eso significaba que era una de las mujeres de la familia de Peter, o la esposa de uno de sus mejores amigos.

—Ya está bien —dijo Cliff.

Se puso una sábana a la cintura con una destreza que daba a entender que había hecho aquello muchas veces. Después bajó de la cama de un salto.

Eleanor se alejó de su alcance rápidamente.

—Necesito algo de ropa —dijo, y se dio la vuelta, corriendo hacia el pasillo.

—¡Eso ya lo veo! —rugió él.

Ella dejó la puerta de la habitación ligeramente abierta, y oyó que su hermano se ponía unos pantalones.

—Cliff, por favor, necesito unos pantalones tuyos, una camisa y una chaqueta —le explicó.

Y en cuanto lo hubo dicho, se dio cuenta de que había cometido un error; en su ansiedad por ver a Sean vestido apropiadamente, se había delatado. Se dio la vuelta, pero su hermano ya había salido al pasillo y, con cuidado, cerró la puerta tras él.

Ella se mordió el labio, preparada para salir corriendo.

—En otra ocasión.

Él la atrapó por el brazo.

—Estás medio desnudo —le advirtió ella.

—¿Qué estás tramando? —le preguntó él, haciendo caso omiso de su comentario—. Te casas mañana por la tarde. Si eso no es suficiente para convertirte en una dama, no sé qué hará falta. ¿Te ha visto tu prometido vestida así? —le dijo.

Ella miró con dulzura a los brillantes ojos azules de su hermano.

—La doncella que te abrió anoche dijo que al principio pensó que eras un bandolero, y después, un pirata.

Él entendió lo que quería decir, y se cruzó de brazos.

—Yo puedo vestirme como un bárbaro si quiero, pero tú no puedes elegir cómo te vistes. Además, he llegado directamente de mi barco.

Ella suspiró.

—Cliff, por favor, dame la ropa. Te lo explicaré, pero no ahora.

Él la observó con curiosidad.

—¿Tienes algún problema?

Ella se quedó inmóvil. Cliff había ido a casa directamente desde su barco.

—¿Estás fondeado en Limerick? —le preguntó lentamente, con el corazón acelerado.

—¿Y si lo estoy?

Ella se mordió el labio. Cliff era el dueño de sus propios barcos, y llevaba cinco años recorriendo el mundo. Tenía una carrera que hablaba por sí misma. Sólo el año anterior había capturado a once piratas, lo cual era una hazaña asombrosa. A los veintiséis años, ya se lo reconocía como uno de los grandes corsarios de su tiempo. Sean no quería que Devlin se viera involucrado en su huida, y tenía razón; Devlin estaba casado y tenía dos hijos, y debía cuidar de su hogar para dejárselo en herencia a sus niños. Sin embargo, Cliff era un aventurero. No tenía esposa, y posiblemente permanecería soltero toda la vida. Y tenía el valor de diez hombres.

Él podría llevarlos a la libertad, pensó Eleanor. Pero, ¿cómo iba a convencerlo de que la llevara a ella también, si no había conseguido convencer a Sean?

—Eleanor, ¿qué problema tienes? —le preguntó con aspereza.

Ella decidió picar un poco a Cliff.

—¿Puedes darme la ropa y reunirte conmigo más tarde? Te lo contaré todo después.

—¿Cuándo? —le preguntó él, desconfiadamente.

—Podemos vernos en la galería, antes de la cena —respondió ella, y sonrió—. Te lo explicaré todo. Pero ahora necesito la ropa.

—Vas a huir, ¿verdad? Vas a huir de Sinclair, disfrazada de hombre.

—¡Cliff! —intentó protestar ella.

—Eleanor, no tienes por qué huir. Por Dios, ¿adónde ibas a ir? ¿Cómo ibas a vivir? Si no quieres casarte con Sinclair, iremos a ver al conde y se lo diremos. Yo te apoyaré.

A ella se le llenaron los ojos de lágrimas.

—Habrías sido mi hermano favorito si hubieras estado más aquí —susurró.

—Deja que me vista. Después iremos a hablar con Edward –dijo él. Extrañamente, nunca llamaba a su padre otra cosa que el conde o Edward.

Ella le acarició el brazo.

–No me voy a escapar. Quiero contártelo todo, pero no ahora. Más tarde.

Él la miró fijamente.

–Estoy confundido. ¿Vas a casarte con Sinclair?

Ella sacudió la cabeza.

–No. Ya no.

–Entonces, ¿vas a dejarlo plantado en el altar?

–Ojalá pudiera hacer las cosas de otro modo, pero no puedo.

–No voy a esperar a la hora de la cena para averiguar qué está pasando –dijo él acaloradamente–. Y no me digas que no vas a escaparte. Lo veo en tus ojos. Tú nunca me has mentido, Eleanor.

–Nunca estabas aquí –exclamó ella–. Yo tenía diez años cuando tú te escapaste, Cliff. Ahora ya soy una mujer adulta, y sé lo que estoy haciendo. Déjame la ropa, y reúnete conmigo a las seis esta tarde. ¡Y no le digas a nadie nada de lo que hemos hablado!

La negativa estaba allí, en sus penetrantes ojos azules.

–Por favor –le rogó ella.

Finalmente, él asintió.

–Está bien –dijo Cliff–. Pero no estoy satisfecho.

Ella se volvió antes de que él pudiera verla sonriendo. No había sido fácil manipular a su hermano, pero al final, como siempre, Eleanor se había salido con la suya.

Cuando llegó al claro donde había dejado a Sean, no había ni rastro de él. Por un instante, se le paró el corazón, y tuvo miedo de que él se hubiera marchado de nuevo y la hubiera dejado.

Sin embargo, él salió del bosque.

—¿Qué estás haciendo aquí? —le dijo con enfado—. ¡Te dije que iría a la casa esta noche!

Ella bajó del caballo. Iba vestida de amazona y había montado a mujeriegas.

—No iba a dejar que te murieras de hambre durante todo el día.

Él estaba enfadado. Tomó las riendas del caballo mientras ella sacaba la bolsa de comida de las alforjas de la silla.

—¡Maldita sea! Elle... ¿te han seguido?

—No. He tenido buen cuidado —respondió Eleanor, y se concentró en el fardo que tenía entre los brazos. Estar con Sean le resultaba abrumador.

—¡Es casi mediodía! —exclamó él—. Debe de haberte visto alguien.

—No te preocupes. Fingí que me encontraba mal para evitar la compañía femenina, y fui sola al establo. Vamos, aquí tienes. Hay pan, queso, jamón y vino —dijo, y le entregó la comida.

Él la miraba con fijeza, así que ella sonrió.

—Y también hay ropa limpia —añadió.

—Gracias —dijo él por fin, aunque con el semblante muy serio.

Se sentó en el suelo y abrió la bolsa. La miró, y después le dio un mordisco al queso. En aquel momento, ella se dio cuenta de lo hambriento que estaba Sean, y también de que había hecho muy bien al llevarle la comida. En pocos minutos lo había devorado todo.

¿Le habrían hecho pasar hambre en la prisión? Eleanor tuvo que apartar la mirada para que él no se diera cuenta de lo disgustada que estaba.

De repente, Sean dijo:

—Elle, no te he dejado nada de comida.

Ella respiró profundamente y se volvió hacia él de nuevo, sonriente.

—No tengo hambre.

—Tú siempre tienes hambre —replicó él suavemente.

El presente desapareció, y ella supo que él también lo estaba sintiendo. Eleanor siempre había tenido un gran apetito para ser una mujer, y nadie lo sabía mejor que Sean. Ella recordó uno de aquellos largos días en Askeaton, cuando ambos trabajaban juntos para reconstruir la casa solariega de las ruinas abrasadas a las que había quedado reducida. En aquellos tiempos, comían en el suelo, sentados ante la chimenea.

—He desayunado mucho —mintió.

—¿Quieres un poco de vino? —le preguntó él, mientras se ponía en pie.

Entonces, ella constató que verdaderamente Sean se movía con rigidez, con torpeza, como si le doliera.

—No, gracias —respondió.

Entonces, Sean descorchó la botella con un enorme cuchillo, y la miró con vacilación.

Eleanor lo entendió.

—No me importa. No me ofenderás por beber de la botella.

Él asintió y comenzó a beber lentamente. Y entonces, Eleanor aprovechó la oportunidad para disfrutar del hecho de mirarlo. Quizá estuviera más delgado que nunca, pero seguía siendo el hombre más guapo que ella hubiera visto en la vida, y eso no había cambiado. Los planos de su rostro eran más duros y marcados, pero los ángulos seguían siendo preciosos y perfectos. Cuando eran niños, él era tan guapo y ella tan sosa, que a menudo habían bromeado sobre ello.

Y, pese a su delgadez, su cuerpo también era perfecto, fuerte y duro. Ella pasó la mirada por sus caderas estrechas y recordó todas las veces que lo había espiado, atrevidamente, mientras él hacía el amor con alguna de las muchachas del pueblo. Sean había sido muy mujeriego cuando era joven, y ella había visto muchas más partes de su cuerpo de lo que hubiera debido.

Alzó los ojos, ruborizada, pensando en que él era excesivamente viril, consciente de que Sean se había quedado inmóvil. ¿Cómo sería saborearlo? ¿Cómo sería recibir sus besos, sus besos de verdad?

–No lo hagas –le advirtió él de repente.

Ella se puso tensa.

–Yo... no... estoy haciendo nada –respondió Eleanor, y carraspeó–. Sean, ¿estás herido? Cojeas.

–Estoy cansado –dijo él–. Y estoy dolorido –admitió.

Eleanor intentó imaginarse cómo sería pasar dos años completos en una prisión, sin poder caminar ni montar a caballo. En aquello, Sean y ella eran iguales: a ninguno de los dos les gustaba estar dentro de casa.

–Tienes que descansar.

–Y tú tienes que... volver a casa. Tu comportamiento de esta mañana... ha sido muy sospechoso.

–Me gustaría hablar contigo primero –dijo ella.

Sean la miró desconfiadamente.

Y Eleanor irguió la cabeza. ¿Por qué pensaba Sean que tenía que protegerse de ella?

–Sean, estoy de tu lado. Sólo de tu lado. Lo sabes, ¿verdad?

–Elle... no es inteligente que... me ayudes de ningún modo.

Ella sabía que no serviría de nada discutir.

–Cliff volvió anoche.

La expresión de Sean se relajó.

–¿Cómo está? ¿Aún sigue navegando por las Antillas y por África, apresando piratas... ganando premios... comerciando con seda y vino... seduciendo princesas Hasburgo?

–¿Ha seducido a una princesa austriaca? –preguntó Eleanor con una sonrisa de admiración. Aquello sería propio de su temerario hermano–. Sí, nunca está en casa. Siempre está navegando. Creo que ha hecho una fortuna. No ha cambiado mucho –añadió.

Sean movió los labios, como si quisiera sonreír.

–Eso está bien... puede que Cliff sea un calavera, pero es el más pequeño de los hermanos. Puede hacer lo que quiera... es afortunado.

–¿Igual que tú hiciste lo que querías? –preguntó ella, pensando en el día en que él la había dejado.

Sean apretó la mandíbula y se dio la vuelta.

Eleanor lo agarró del brazo.

–¡Lo siento!

Él retiró el brazo y se giró de nuevo hacia Eleanor.

–No, soy yo quien lo siente... te hice daño. No volvería a... hacerlo de nuevo.

–¡Me alegro tanto de que hayas vuelto a casa! –respondió Eleanor, a punto de abrazarlo. Deseaba con todas sus fuerzas tomarle la cara entre las manos.

Sin embargo, él debió de darse cuenta de cuál era su deseo, porque se alejó de ella unos cuantos pasos. Entonces, Eleanor se humedeció los labios con nerviosismo.

–Tiene barcos.

A Sean le brillaron los ojos.

–Tiene barcos rápidos. Tiene uno en Limerick. Sean, ¡Cliff puede ayudarnos a salir del país!

Él la apresó antes de que ella pudiera darse cuenta.

–¿Qué le has dicho? –le preguntó, soltándola al instante.

–¡No le he dicho nada todavía! Pero él ha supuesto que quiero escaparme. Cree que no quiero casarme, y tiene razón.

—Pues a mí me parece que no.
—¿Cómo?
—Si no quieres a Sinclair... ¿por qué estabas ayer entre sus brazos?

Ella sintió que le ardían las mejillas.

—Quería... saber cómo es que te besen.

A Sean volvieron a brillarle los ojos de plata, y ella rogó que la besara.

—No hagas eso —le dijo él con tirantez—. No juegues conmigo como juegas con Sinclair.

—Ahora soy una mujer —dijo ella—. ¡Sean, seguramente te habrás dado cuenta!

—Pero, ¿por qué no me escuchas? ¿Por qué me miras de ese modo? ¡No permitiré que juegues conmigo, Eleanor!

—No sé a qué te refieres. No estoy jugando contigo ni con nadie. Sean, te he echado terriblemente de menos.

—¡Pero no quieres escucharme! Yo no soy ese hombre... no soy él.

Ella sacudió la cabeza.

—Nunca creeré eso.

—No sé lo que quieres, pero yo no puedo dártelo. ¡Deja de mirarme! —le gritó él.

—No puedo. Tienes que saber lo mucho que te he echado de menos, y lo mucho que te quiero.

En el momento en que hubo confesado sus sentimientos, se ruborizó.

Él se quedó boquiabierto. Estaba medio furioso, medio sorprendido.

—Vuelve con Sinclair... Eleanor... tu futuro está en Inglaterra. Tu futuro está con él.

—Ya no. Está contigo, en América, o donde tú decidas ir.

Sean estaba temblando, y Eleanor también.

—¡Eres una mocosa testaruda! ¡Se me había olvidado lo difícil que puedes llegar a ser!

—¡Y tú estás perdiendo el tiempo intentando convencerme de que te has convertido en un criminal, en un hombre horrible! —replicó ella.

Sin embargo, sus palabras le habían hecho daño. ¿De verdad pensaría que era una mocosa malcriada? ¿Se habría engañado al pensar que él la había mirado como a una mujer deseable?

El rostro de Sean se convirtió en una máscara de frialdad.

—Pero ahora soy un criminal... un asesino... un forajido.

Ella sacudió la cabeza.

—¿Por qué estás haciendo esto? ¿Quieres darme miedo?

—Deberías temerme —respondió Sean, mirándola fijamente a la boca, temblando.

Y entonces, Eleanor no tuvo ninguna duda. Aquella mirada era masculina, potente y cálida. Era cruda y básica, pero clara. Y Eleanor entendió también sus temblores; eran de deseo. Eleanor no pensó, sino que reaccionó: lentamente, elevó la mano y la posó en sus labios.

—No me importa que murieran soldados por tu causa. No me importa que estuvieras en prisión ni que te escaparas ni que seas un fugitivo. Nunca tendré miedo de ti, Sean.

—Entonces eres tonta —replicó él con crueldad. Le apartó la mano de su boca pero la sujetó con fuerza entre ellos, y sintió cómo los nudillos de Eleanor le rozaban el pecho—. ¿Cuándo vas a entenderlo? Sean ya no existe, pero yo estoy aquí. Tú puedes llamarte Elle... o Eleanor, no me importa. Yo he estado encerrado durante dos años. Tentarme en este momento... no es una buena idea. Tienes que tenerme miedo. Necesitas temerme ahora.

Pasó un momento antes de que ella entendiera lo que él quería decir. Y al ver sus ojos encendidos de lujuria, Eleanor se encogió.

–¡Oh, Dios mío! ¿Estás intentando decirme que no sientes nada por mí, que simplemente necesitas usar a cualquier mujer en este momento?

–Sí.

Aquella respuesta cruel fue una puñalada para Eleanor.

–No te creo –susurró. Sean no podía haber cambiado tanto–. Tú nunca me usarías. Morirías antes de usarme.

Él le apretó tanto la mano que, por un momento, Eleanor se quedó asustada. ¿Sería cierto que se había convertido en un completo extraño? Sin embargo, lo único que hizo Sean fue deslizar la mirada sobre su traje de montar de color marrón oscuro como si se lo estuviera quitando del cuerpo.

–Sean moriría antes –dijo suavemente.

–No. Puede que seas un traidor, pero no eres un monstruo. No sé por qué quieres que piense lo contrario, pero me niego.

Él la soltó y la miró con enfado.

Entonces, Eleanor se giró y se alejó de él, más afectada de lo que él pudiera imaginar. No podía respirar, pero no podía creer que Sean le hiciera daño. De repente, él estaba tras ella, y Eleanor se puso muy tensa, pero no se movió.

Pasó un interminable momento antes de que él le hablara.

–Lo digo en serio. Tienes que tener miedo… y tienes que irte.

Ella luchó por respirar. Luchó por él, por ellos.

–No te tengo miedo, Sean. Y si me deseas de ese modo, es porque yo soy Elle y Eleanor, no porque tú seas un delincuente que tiene necesidad de estar con una mujer.

Él emitió un sonido ronco.

–Tienes que… dejarlo.

Eleanor se volvió y se encaró con él.

–No voy a rendirme.

Él parpadeó.

Sin embargo, a ella le costó hacer acopio de valor el hecho de alzar la mano y acariciarle la cicatriz de la mejilla para demostrarle que no había tenido éxito en su intento de ahuyentarla.

—Parece que después de todo no muerdes. Parece que yo te conozco mejor que tú mismo.

Él apartó la cara de su mano.

—Estás llorando… otra vez.

Ella no se había dado cuenta. Dejó caer la mano a un lado.

—Estás sufriendo… y yo sufro también, cuando te miro.

—¡No quiero tu compasión!

—No es compasión. Sufro por ti y por todo lo que te ha pasado. Y cuando me lo permitas, te consolaré.

—No estaré aquí —insistió él.

—Nunca me has necesitado más —dijo ella con decisión, haciendo caso omiso de su comentario—. No te abandonaré ahora, cuando tienes tantos problemas. Pero debemos seguir hablando esta noche. Será mejor que vuelva a casa antes de que me echen de menos.

—Ésa no es buena idea —dijo él—. Lo mejor es que me quede escondido en el bosque. Viajaré de noche.

Ella se alarmó.

—¡No! —exclamó, y se acercó a él apresuradamente—. Sean, ¡tenemos tanto de lo que hablar! ¡Han pasado muchas cosas desde que te fuiste! ¿No quieres saber nada sobre el matrimonio de Tyrell? Gallant es todo un campeón. ¿Te acuerdas de él? Era muy pequeño cuando te fuiste. Sean, podrás bañarte con agua caliente, con jabón. Y ya he pedido una comida; habrá faisán, jamón y bacalao, salmón y gallina de Guinea asada. ¡Y ese vino de Borgoña que te gusta tanto!

Él palideció.

—¿Estás intentando sobornarme?

—Si es necesario... —dijo él con seriedad.

—Me siento tentado... pero mi respuesta es no. Me marcho, y no voy a volver.

Con delicadeza, ella lo tomó de la mano. Él se sobresaltó, pero Eleanor no le hizo caso.

—¿Lo que has dicho antes era cierto? ¿Has pasado dos años de celibato en la cárcel? —le preguntó.

Él apartó la mano.

—¿Qué demonios?

Entonces, Eleanor sintió un calor espeso por dentro.

—Creo que tenías catorce años cuanto tuviste tu primera amante. Lo sé. Te espié.

—No me extraña. Siempre estabas espiando.

—Y desde aquel momento, hubo muchas faldas ligeras. ¿Dos años? —dijo con la voz ronca—. No me imagino que hayas podido estar sin una amante durante tanto tiempo —dijo. Había ido más allá de sí misma; de algún modo, se había convertido en una seductora con el atractivo más antiguo de todos.

Él había enrojecido y estaba rígido.

—¿Por qué estás haciendo esto?

—¿Cómo te las has arreglado? ¿No soñabas con una amante? —susurró ella, con las mejillas ardiendo—. ¿Por la noche, sentías las caricias de una mujer y su cuerpo suave?

Él se limitó a mirarla, pero tenía los ojos muy brillantes.

—Quizá soñabas con mi cuerpo, con mis caricias.

Él hizo un gesto de dolor.

—Sabes lo que siento por ti —susurró—. Así que ven a casa esta noche, Sean, porque yo te cuidaré.

Y supo que había tenido éxito, porque el deseo de Sean estaba entre ellos, cada vez más intenso.

Sean tenía la misma pesadilla todas las noches. La había tenido tantas veces que sabía lo que estaba soñando en cuanto empezaba, pero aquello no contribuía a disminuir su pánico, su miedo, su horror. Paralizado, sólo podía observar la sucesión de eventos de aquella noche sangrienta sin poder hacer nada por evitar la masacre de los aldeanos y el asesinato de su mujer y de su hijo.

*Peg le sonreía, pero siempre tenía la misma pregunta en la mirada: «¿Por qué no me quieres, Sean?».*

*Él quería ir junto a ella y pedirle perdón, y decirle que sí la quería, aunque habría sido una mentira. Se había casado con ella debido a las circunstancias, y los dos lo sabían.*

*—¿Cuándo me vas a devolver el barco? —le preguntó Michael, que aparecía en el sueño, con la piel extraña y gris, y con el pelo, que una vez había sido pelirrojo, casi negro.*

*Sean lo había castigado aquella noche por contestar mal a su madre, y le había quitado un barco de madera tallado con el que jugaba. Aquel juguete era un regalo de su padre, un marinero que había desaparecido en el mar. En aquel momento Sean tenía el barquito de madera en el bolsillo, aunque estuviera durmiendo. No tuvo oportunidad de responder.*

*La muchedumbre de aldeanos furiosos apareció, y él supo que tenía que detener su marcha antes de que llegaran ante las puertas de la finca de lord Darby. Sabía lo que ocurriría si aparecían frente a aquella verja de hierro. Lo sabía porque había estado allí, no sólo tres años antes, en aquella noche sangrienta, sino de niño, el día que su propio padre había dirigido una turba similar contra los británicos.*

*Él intentó decirles que no serviría de nada hacer aquello, pero no tenía voz. No podía hablar. Cada vez sentía más pánico. Intentó agarrar por el brazo a Boyle, el padre de Peg, pero el hombre ni siquiera se dio cuenta. Intentó agarrar a Flynn, pero Flynn se desvaneció ante sus ojos. La finca estaba ardiendo, los soldados estaban allí, y él clavaba una daga en el vientre de un casaca roja, un muchacho, en realidad, y entonces el chico lo miraba con una pregunta en los ojos, ¿por qué? Y cuando Sean lo dejaba en el suelo, se daba cuenta de que estaba mirando los ojos azules y centelleantes de un oficial inglés. El coronel Reed lo estaba mirando con odio.*

*Sean entendió lo que pretendía Reed. Intentó darle caza, pero el oficial galopaba cada vez más rápidamente y él no pudo alcanzarlo. Pasaron los días, y él seguía corriendo desesperadamente hacia la casita de campo donde había escondido a su familia; sin embargo, aunque corría, sabía lo que iba a encontrar, y estaba enfermo de miedo y angustia. Llegó demasiado tarde, la casa era un infierno, y gritó sus nombres, pero Michael había desaparecido, y cuando encontró a Peg, la abrazó mientras agonizaba...*

Sean gritó y se sentó de golpe, empapado de sudor.

Durante un instante, estuvo en otro lugar, en un pueblo muy pobre a unos cuantos kilómetros de Kilvore. Durante un momento, sólo hubo humo y fuego, gritos y el sonido de los cascos de los caballos, que se retiraban. Sean se ahogaba, sollozando por su mujer agonizante y su hijo desaparecido. Intentó respirar.

Recobró la cordura y volvió a la realidad. No estaba en Kilvore. No estaba junto al infierno de llamas donde había muerto su mujer. Se puso en pie. Estaba solo en el bosque. El caballo que había robado el día anterior en Cork estaba pastando tranquilamente a unos metros de distancia, atado a una rama para que no escapara.

Sean estaba temblando violentamente. No podía calmarse. Sólo podía esperar que el temblor cesara. Caminó hasta el borde del claro, cayó de rodillas y vomitó.

Después se sentó en el suelo con los ojos cerrados, recordando que estaba en Adare. Su hogar, el hogar donde se había criado, estaba al otro lado del bosque. En aquella enorme casa estaban el conde, a quien quería como a un padre, su madre y sus hermanos.

Se puso en pie. Elle también estaba allí.

Pero ya no era Elle. Se le encogió el estómago. El corazón se le aceleró. Volvió a sentir pánico, y era tan intenso que ya no pudo intentar negarlo.

Elle se había convertido en una mujer muy bella, una mujer a la que apenas reconocía. Sin embargo, seguía siendo temeraria y obstinada, aunque aquella niña delgaducha se hubiera desvanecido. Él podía intentar convencerse de que era normal que, en su estado de celibato, su cuerpo respondiera al estímulo de una mujer tan bella.

Sin embargo, apenas había mirado a ninguna otra mujer cuando pasaba por las calles de Cork. Ni siquiera la bella hija del zapatero le había suscitado interés.

Le había dicho en serio a Eleanor que debía temerlo. Debía temer su lujuria y también a los ingleses que lo perseguían; Sean quería ahuyentarla. Detestaba la forma en que ella lo miraba. No quería admitir el hecho de que ella siguiera queriéndolo, quizá más que nunca. No obstante, ella no se había dejado amedrentar, y no parecía que fuera a salir corriendo. Peor aún, le había ofrecido su cama.

Le había ofrecido su cuerpo.

Él nunca aceptaría aquel ofrecimiento, aunque con sólo

pensarlo se sintiera excitado. Quizá ella estuviera preparada para entregarle su cuerpo, pero quería que él le entregara el corazón a cambio.

Y aquello nunca iba a suceder.

Aunque estaba seguro de que Sean O'Neill estaba muerto y enterrado, una parte de aquel hombre había sobrevivido, porque no podía usarla, aunque quisiera hacerlo desesperadamente. Y no sólo era porque ella le perteneciera a otro hombre; no quería hacerle más daño de lo que ya le había hecho.

Además, él iba a dejarla, y ella iba a casarse con otro hombre. ¡Dios, cómo odiaba a Sinclair! Aunque siempre había sabido que Elle se casaría con un hombre de título nobiliario y con fortuna, en aquel momento tenía el frenético deseo de impedir la boda. Su cuerpo ardía en deseos de aceptar el ofrecimiento de Elle y llevársela a la cama. Sean no se entendía a sí mismo.

Intentó luchar contra aquella ira inexplicable. Era un buen matrimonio, pese a que Sinclair fuera inglés. De todos modos, él se marchaba a América, y no había modo de que ella lo acompañara, porque los ingleses lo perseguían, y si los atrapaban juntos, quizá ella corriera la misma suerte que Peg.

Sean se arrodilló y vomitó otra vez.

¿De dónde había salido aquella idea?, se preguntó, mientras, mareado, buscaba apoyo contra el tronco de un árbol. Él no iba a llevarse a Elle consigo porque no era lo suficientemente canalla como para convertirla en su amante, y Sean nunca iba a casarse nuevamente. No iba a llevarse a Elle consigo porque ella se merecía casarse con el heredero de un título y una fortuna, y se merecía un futuro lleno de paz.

*Voy a ir contigo.*
*¡Yo también quiero ir a cazar!*

Sean se puso tenso. Un recuerdo en el que no quería pensar se le coló en la mente.

*Con trenzas, y vestida para montar a caballo, ella lo estaba mirando furiosamente. Dio una patada en el suelo. Él suspiró. Sabía que aquello ocurriría si ella se enteraba de que iban a irse de caza durante dos días. Le había rogado a Tyrell que no le mencionara aquella expedición de caza. Aquella semana, en particular, Sean no había podido quitársela de encima casi en ningún momento.*

*—Tienes nueve años y eres una chica, aunque parezca que quieres ser un chico. No vas a venir con nosotros —le dijo él firmemente.*

*—Sí voy a ir —replicó ella, dando otra patada—. ¿Y qué tiene de malo que quiera ser un chico? ¡Ser una chica es una tontería! ¡Me gusta cazar! ¡Me gusta pescar! ¡Me gustan los gusanos! No soy pequeña. Papá te llevó a cazar a ti cuando tenías nueve años.*

*—¿Cómo lo sabes? Tú eras un bebé —replicó él.*

*Molesto, se dio la vuelta para salir de la habitación.*

*—Se lo pregunté, y él me lo contó.*

*Él se detuvo en seco y ella colisionó contra su espalda.*

*—¿Nunca te ha dicho nadie que eres más lista de lo que te conviene? No vas a venir, Elle. Si no tienes cuidado, te convertirás en un chico, ¡y entonces te morirás siendo una solterona!*

*Ella comenzó a llorar.*

*—¡Odio ser una chica! Espero convertirme en chico para poder ser como tú.*

*No había respuesta posible para aquello. Lo peor de todo era que Sean se sentía apenado por ella, y culpable por ser cruel, así que miró al cielo con resignación y se marchó. Asombrosamente, unas horas después, mientras el grupo de caza se ponía en camino, no había ni rastro de Elle.*

*Él se preguntó si sería posible que ella se hubiera rendido, pero tenía muchas dudas. ¿Estaría enfadada, encerrada en su habitación? ¿Estaría llorando todavía? Se le encogió el corazón. Nor-*

*malmente, su llanto era teatro, pero de todas formas Sean detestaba que llorara.*

*Unas pocas horas después, estaban a kilómetros de Adare. Se habían detenido a descansar, a dar de beber a los caballos y a comer un poco. Sean se había olvidado de Elle; Cliff les estaba contando la historia de su última conquista, una dama que tenía una docena de años más que él, y que era la prometida de uno de los amigos de su padre. Pero entonces, el poni pelirrojo y gordo de Elle apareció en el campamento sin jinete.*

*Sean se sintió paralizado por el miedo.*

*Los hermanos se separaron para buscarla. Su mente se vio invadida por imágenes de Elle tendida en el camino con el cuello roto, una de las causas más comunes de muerte. Aquello era culpa suya, y rezó para que estuviera bien. Si le hubiera ocurrido algo grave, no se lo perdonaría nunca…*

*La encontró recorriendo el camino, sucia y triste, pero indemne. Cuando ella lo vio, la cara se le iluminó como un faro y dio un grito mientras corría hacia él con los brazos extendidos.*

*Él bajó de un salto del caballo, corrió hacia ella y le dio un abrazo.*

*—¿En qué estabas pensando? —le preguntó, casi enfadado—. ¿Estás bien?*

*Ella asintió, con los ojos muy abiertos, en tono grave.*

*—¡Sean, me dormí!*

*Él no podía creer que se hubiera quedado dormida sobre el poni. Volvió a abrazarla y no la soltó.*

*—Dentro de una hora habrá oscurecido, y hay lobos en el bosque —le dijo Sean, con la voz entrecortada—. Elle, prométeme que nunca volverás a ser tan tonta.*

*Ella lo miró muy seria.*

*—Sólo quería venir contigo.*

Sean se sentó en la base de un árbol. Él ya no tenía quince años, y ella ya no tenía nueve. Una vez, ella lo había manipulado con facilidad. Sin embargo, aquellos días habían terminado. Nadie podía manipularlo ya, y menos Elle, sobre todo porque ya no era una niña molesta.

*Sabes lo que siento por ti. Ven a casa esta noche y te cuidaré.*

Se puso en pie; al instante, se había sentido muy excitado, y le faltaba el aire. A Elle le habían consentido demasiadas cosas cuando era niña. De repente, tuvo ganas de tomarla por las orejas, como si aquello pudiera corregirla. Sin embargo, ella no había intentado comportarse como una dama mientras crecía y, claramente, nada había cambiado. Las convenciones y lo adecuado no le interesaban nada. No era de extrañar que Sinclair estuviera enamorado.

Se cubrió la cara con las manos. Alguien tenía que llevarla con mano de hierro. Quizá una vez hubiera podido ser él. No obstante, Elle tenía un padre y tres hermanos para hacerlo. Uno de ellos, o quizá Devlin, debería hablar seriamente con ella. Ninguna mujer de su clase debería hacerle una proposición tan atrevida a un hombre. Aquella forma de hablar era peligrosa.

¿En qué estaba pensando Elle?

*Sabes lo que siento...*

*Ven a casa esta noche...*

Sean miró su montura. Debería subir al caballo y alejarse rápidamente de Adare.

No iba a ir a la casa aquella noche.

Aunque eso significara que no volvería a verla.


—Rex —dijo Cliff, y se detuvo en el umbral de la biblioteca.

Rex estaba de espaldas a él, mirando la chimenea vacía. Claramente, estaba inquieto. Sin embargo, se volvió rápidamente al oír la voz de Cliff, y sonriendo, se acercó a él. Los hermanos se abrazaron con cariño.

—¿Cómo estás? —le preguntó Cliff.

No había estado en casa desde un año antes, y en aquella ocasión, era Rex quien no estaba en Adare, aunque se habían visto en Harmon House, en Londres, el invierno anterior.

—Estoy bien. Y tú tienes muy buen aspecto —dijo Rex, mirándolo de pies a cabeza—. Ni siquiera esta ropa tan elegante puede disimular el hecho de que te has convertido en un pagano, Cliff.

Cliff se rió. Sabía que llevaba el pelo demasiado largo, pero no entendía por qué la gente pensaba que parecía un bárbaro o un árabe de pelo rubio. Nadie sabía que vivía con un cuchillo en el cinturón, un estilete en la manga y una daga en la bota.

—Me parece que te has vuelto muy imaginativo. ¿Qué tal van las cosas por Cornwall?

Rex agitó la cabeza.

—Bien. Nada nuevo.

Cliff se acercó al bar y sirvió dos copas de whisky.

—Entonces, ¿por qué te pasas aquí la vida? Debes de estar muy aburrido.

—He estado haciendo mejoras en la finca. Es mi forma de vida —dijo Rex, mientras aceptaba el licor que le ofrecía su hermano.

Cliff sabía que Rex y él eran diferentes como la noche y el día; sin embargo, no entendía por qué alguien querría recluirse en una finca en la mitad de ninguna parte.

—Espero que tengas una amante bella para calentarte la cama.

—Tengo doncellas bien dispuestas —dijo Rex—. No puedo permitirme una belleza.

A Cliff se le borró la sonrisa de los labios. Él nunca se molestaría con una doncella. La noche anterior, había visto a lady Barton jugando a las cartas y se las había arreglado para ocupar un lugar en la mesa. Un rápido coqueteo había producido el resultado que él deseaba. Si una mujer no era muy bella, a él no le interesaba. Quizá debiera procurarle a su hermano una guapa cortesana. Seguramente, le ayudaría a pasar el rato.

—¿Por qué me miras con esa cara? Tú eres rico y guapo. No necesitas pagar por el servicio. Yo sí.

Cliff tomó una determinación. Le enviaría a Rex un regalo, un regalo muy seductor.

—No te miro de ninguna manera. Si quieres formar parte de la aristocracia rural, no intentaré disuadirte. Y algunas mujeres te han considerado mucho más atractivo que yo.

Era la verdad. No podía ser que Rex pensara que era discapacitado por su pierna amputada...

Rex hizo un gesto negativo con la cabeza.

—Creo que eso es una historia muy antigua, hermano. Y era mi uniforme lo que encontraban atractivo, no a mí.

Cliff desconfió de su respuesta, pero hasta cierto punto, Rex tenía razón. Las mujeres adoraban a cualquier soldado uniformado durante la guerra, sobre todo a un oficial de caballería.

—Me temo un ardid —dijo Rex bruscamente—. Espero no verme involucrado. Tú siempre has sido demasiado temerario. Me asombra que sigas con vida, teniendo en cuenta tu estatus actual.

Cliff no tenía intención de mencionarle a su hermano el regalo que pensaba hacerle. Sería una sorpresa.

—¿Te refieres a mi estatus de corsario?

—Me refiero a que eres un cazador de piratas, lo cual significa que estás en peligro constante de ahogarte o de acabar en la horca —respondió Rex.

Cliff sonrió.

–En Berbería decapitan a sus enemigos. Los moros y los turcos también lo hacen. Los españoles tienen un nuevo truco; lo llaman el paseo por la tabla.
–Qué agradable –ironizó Rex mientras se sentaba, estirando la pierna sana y frotándose el muslo derecho, que le terminaba por encima de la rodilla. Eleanor y tú sois muy parecidos –dijo distraídamente.
Cliff se sentó frente a él.
–¡Bien! ¡Ése es precisamente el tema del que quería hablar contigo!
–¿Del parecido que compartes con nuestra hermana?
–¿Es que no te queda inteligencia? No, hermano, quiero hablar de nuestra hermanita y de su cercana boda.
Rex sonrió ligeramente, sin alegría.
–¿Quieres que pongamos en común nuestras impresiones?
–Exactamente –respondió Cliff con seriedad.


Eleanor había empezado a preparar una pequeña bolsa de viaje con lo más imprescindible. Mientras lo hacía, comenzó a pensar en Peter y en el hecho de que su boda estaba fijada para el día siguiente.

A Eleanor se le encogió el corazón. Ojalá Peter fuera feo, malo y cruel, pero no, no era ninguna de aquellas cosas. Por el contrario, era guapo y bueno. Y ella iba a abandonarlo en el altar. Ojalá, pensó Eleanor de nuevo, pudiera ahorrarle aquel sufrimiento.

De repente, una imagen le cruzó la mente: Peter ante el altar, esperando su llegada. Pero la novia no aparecía.

Al principio habría confusión. Todo el mundo, la familia y los invitados, pensarían que iba a llegar tarde. Sin embargo, se crearía el caos cuando todos se dieran cuenta de que había desaparecido; peor aún, que había huido.

Eleanor sintió miedo. Nadie sabía que Sean había vuelto, así que nadie sabría que se había escapado con él, pero de todos modos, últimamente se había hablado mucho de ella debido a su boda. Enviarían una partida a buscarla, y las autoridades recibirían aviso. Y entonces, Eleanor se dio cuenta de que si dejaba a Peter, conduciría a los ingleses directamente hacia Sean.

Asombrada, Eleanor se dio cuenta de que su boda debía ser cancelada en aquel minuto. Debía dejar de ser la novia en aquel mismo instante, pero sabía que su padre nunca accedería a romper el contrato nupcial a las pocas horas de celebrarse el matrimonio. Al menos, sin una buena razón.

Eleanor no podía perder nuevamente a Sean. Tenía que haber alguna solución, y en aquel momento, se le ocurrió cuál podría ser.

Debía convencer a Peter para que la abandonara.

Debía ser él quien rescindiera aquel contrato matrimonial.

Eleanor no lo pensó dos veces. Corrió en busca de su prometido y lo encontró en la terraza junto a su bellísima hermana, lady Barton, y el marido de aquélla, lord Barton. Después de saludarlos agradablemente, Eleanor le propuso a Peter dar un paseo por el jardín. Peter la tomó del brazo y ambos bajaron de la terraza lentamente.

A ella le latía el corazón apresuradamente, debido al nerviosismo y el temor. Peter se merecía amor y lealtad, y no el maltrato que estaba a punto de recibir.

—¡Estás muy callada! —exclamó él—. ¿Va todo bien?

Ella lo miró a sus ojos azules y se dio cuenta de que él estaba preocupado.

—Desearía disculparme por mi comportamiento de anoche.

Peter abrió los ojos de par en par y después enrojeció.

—Yo disfruté mucho viendo las estrellas contigo, Eleanor —le dijo en voz baja.

Eleanor no quería mencionar los besos y la reacción que habían suscitado en ella debido a su embriaguez, pero aquello era precisamente lo que debía hacer. Tragó saliva y dijo:

—Mi comportamiento fue completamente inapropiado. ¡Te ruego que me perdones!

—¡Querida! No hay nada impropio en lo que hicimos anoche. Mañana por la tarde seremos marido y mujer.

Ella sabía que se había ruborizado.

—Estaba borracha —dijo sin rodeos.

Claramente, Peter se quedó estupefacto por aquel comentario tan atrevido.

—Ya me di cuenta.

Ella se mordió el labio. Odiaba mentir, pero no le quedaba más remedio. Intentaría convencerlo de que le gustaba mucho beber.

—Me encanta tomar una copa de vino. O dos.

Él se sobresaltó.

—Querida, yo nunca te he visto beber, aparte de un sorbo de champán de vez en cuando, desde que nos conocemos.

A ella le ardían las mejillas.

—No quería que lo supieras.

Asombrado, Peter la miró con fijeza.

—¿Qué estás intentando decirme?

—Me parezco un poco a Rex —dijo ella, sintiéndose muy mal.

—Quieres decir que... ¡no lo creo! Entiendo que a tu hermano le duele la pierna, pero él bebe por la mañana... ¡y al mediodía! ¡No me digas que tú bebes durante todo el día, también!

Eleanor no pudo hacerlo.

—No, sólo quería decir que me gusta el vino... y me gustan sus efectos. Me gusta un poco demasiado... para una dama. No quería que te sorprendieras... después de que nos casemos.

Él la miró con los ojos entornados. Después le dijo:

—Eleanor, si te gusta tomar un vaso de vino, yo estaré encantado de complacerte. En Chatton tenemos una buena bodega en la que, aunque no debería admitirlo, hay muy buenos vinos franceses. ¡Podremos disfrutar de una botella por las noches! De hecho, yo prefiero no beber solo.

Ella giró la cabeza. Aquel ardid no había funcionado.

—A todas las mujeres les gusta una copa de buen vino, o de jerez. ¿O es que también te gustan el coñac y los cigarros?

Ella jugueteó con uno de los lazos de su vestido.

—No, no bebo coñac y... —Eleanor se interrumpió—. He oído decir que en París hay damas que fuman.

A él se le salieron los ojos de las órbitas.

—Sí, las hay. No son damas. No irás a decirme que fumas, ¿verdad?

Él estaba horrorizado; Eleanor se dio cuenta y no sintió ninguna satisfacción al respecto.

Entonces pensó que debía decirle la verdad. Le diría que era un hombre maravilloso, pero que no podía casarse con él porque estaba enamorada de otro hombre.

—Monto a caballo a horcajadas.

Peter parpadeó.

—¿Disculpa?

—Monto un semental, a horcajadas, con ropa masculina. Es mucho más cómodo que montar con traje de amazona —añadió.

—Lo sé. Sé de tus cabalgadas al amanecer.

Ella se quedó boquiabierta.

—¿Lo sabes?

Él sonrió.

—Te observo cuando puedo. Eres magnífica. Montas tan bien, o mejor, que cualquier hombre que conozca. Verte montar ese caballo al amanecer es maravilloso. Confieso que al principio me quedé horrorizado. No por tu habilidad como jinete, sino por la ropa. Pero entonces me di cuenta de que no podrías montar como lo haces si llevaras un traje de amazona. Sería imposible. Entiendo que lleves pantalones. Y me alegro de que hayas confiado en mí, querida.

Eleanor estaba perpleja.

—¿Cómo puedes ser tan complaciente? ¡Las damas no cabalgan a horcajadas en pantalones! ¡Es algo terriblemente impropio!

—Pero tú sí lo haces, y eres una dama. La dama a la que quiero. ¿Por qué te parece tan raro? Yo nunca había conocido a una mujer como tú. ¡Eres tan orgullosa, tan bella y tan original! ¿Por qué crees que estoy tan enamorado? Dios Santo, Eleanor, nunca había sentido nada parecido por nadie, y nunca podré sentirlo por otra persona, porque no hay nadie como tú en el mundo.

A Eleanor le flaquearon las piernas. Él la ayudó a sentarse en uno de los bancos del jardín. Peter la quería por quien era, no por quien aparentaba ser. ¿Cómo era posible? Con desesperación, lo miró mientras él se arrodillaba frente a ella en la hierba.

—¿Es que no quieres a una dama de comportamiento impecable en tu casa? —le preguntó en tono suplicante—. ¡Los ingleses sois tan impecablemente educados!

—Yo no soy así. Y mis amigos tampoco. ¡Ellos ya te adoran! —le aseguró él con una sonrisa de ternura—. ¿Por qué estás tan disgustada?

—No estoy segura de que sea la mejor esposa para ti —consiguió decirle Eleanor.

—No importa —respondió él—. Yo estoy seguro de que eres la esposa perfecta para mí.


Eleanor volvía apresuradamente a su habitación, dividida entre la desesperación por su relación con Peter y la angustia de saber que vería a Sean en pocas horas, pero que aquélla sería con toda probabilidad la última vez que pudiera estar con él. Si ella no aparecía en la iglesia al día siguiente, si se escapaba con Sean, sería la causa de su captura y su ejecución.

No podía ser su ruina, y estaba empezando a darse cuenta de que tendría que dejar que se marchara a América sin ella. Se había quedado en blanco, y no podía trazar ningún plan que le permitiera huir con él. ¿No era la libertad de Sean más importante que cualquier otra cosa? ¿No era capaz el amor de hacer el más doloroso de los sacrificios? Sin embargo, aquél era demasiado difícil de soportar. Y, de repente, dos hombres le bloquearon el camino.

Rex sonrió, pero sin alegría.

—¿Tienes prisa? —le preguntó amablemente.

Ella miró la extraña sonrisa de su hermano y después se fijó en Cliff, que estaba ayudando a Rex a impedirle el camino escaleras arriba a Eleanor. La expresión de sus caras era muy parecida, y ella supo que la habían descubierto.

Se dio la vuelta para huir, pero Cliff la agarró por el brazo antes de que pudiera hacerlo.

De mala gana, ella se volvió a mirarlo.

—Nos gustaría hablar contigo —le dijo.

Y Rex señaló hacia la puerta de un pequeño salón que usaban poco, cuando sólo estaban en la casa uno o dos miembros de la familia. Eleanor entró con paso inseguro, seguida por sus dos hermanos. Cliff cerró la puerta de la estancia.

—¿Cómo está la novia? —le preguntó Rex a Eleanor.
—Muy nerviosa, como es de esperar, ¿no?
Cliff dijo:
—Creía que habías decidido dejar a Peter plantado en el altar.

Consternada, Eleanor miró a Rex y vio que el comentario de Cliff no le había sorprendido lo más mínimo.

—Ya veo que me has traicionado —le dijo a Cliff, pero estaba demasiado nerviosa como para poder enfadarse con él—. ¿Qué le has dicho?

Cliff sonrió.
—Todo lo que sé y sospecho.
Rex intervino:
—Yo también tenía mis sospechas, de todos modos. Anoche estabas enamorada, o al menos eso parecía. Hoy vas a dejar plantado a tu prometido, y estás buscando ropa de hombre. Qué raro es todo esto, sobre todo conociéndote tan bien como te conozco. Tú no eres mala. Si hubieras cambiado de opinión con respecto a Sinclair, sé que habrías hablado con papá. Mi hermanita nunca dejaría plantado a su novio en el altar.

Eleanor sabía que no debía mostrar ni la más mínima debilidad, pero estaba paralizada. No podía hablar.

—¿Ha ocurrido algo, Eleanor, para que cambies de opinión en cuanto a Sinclair? —le preguntó Rex suavemente.

Sean nunca le perdonaría que lo traicionara, pero, ¿y si le contaba la verdad a sus hermanos? Quizá ellos pudieran ayudarle a huir... y aunque ella lo delatara, él conservaría la vida y ganaría la libertad.

—Todas las novias se ponen nerviosas —dijo, temblando—. Todas las mujeres tienen momentos de indecisión.

Cliff la miró con desconfianza.

—Mi hermana siempre sabía lo que quería y cómo conseguirlo. ¿Qué te pasa, Eleanor? ¿Por qué estás a punto de llorar? ¿Por qué estás pensando en abandonar a Sinclair? ¿Por qué querías ropa mía esta mañana?

Antes de que Eleanor tuviera la oportunidad de responder, Rex añadió:

—¿Con quién vas a fugarte, Eleanor? ¿Ha vuelto Sean?

Entonces, ella lo miró fijamente y asintió.

—Él... está en una situación muy grave. Os necesita a los dos —dijo, y comenzó a llorar.

—¿Dónde está? —le preguntó Cliff con suavidad, y le puso la palma de la mano sobre el hombro—. Sabes que haremos cualquier cosa por ayudarlo, aunque tengo ganas de matarlo por hacerte tanto daño.

Eleanor lo miró entre las lágrimas.

—Está en peligro de muerte, pero piensa, como siempre, en proteger a todo el mundo salvo a sí mismo...

Cliff y Rex intercambiaron una mirada, y Rex habló.

—Si has estado con Sean, sabrás que sus delitos son muy graves y que debemos actuar con rapidez.

Ella sentía tanta angustia que el hecho de que sus dos hermanos supieran de la situación de Sean apenas le sorprendió.

—¿Cuándo lo averiguasteis? ¿Y por qué no me lo habíais dicho?

—Hace dos noches, el capitán Brawley pasó por aquí para preguntarles al conde y a Tyrell lo que sabemos. Y como no sabíamos nada hasta el momento, no teníamos nada relevante que decirle —le explicó Rex.

—¿Iba a decirme alguien la verdad? —preguntó Eleanor con amargura.

—Creo que todos pensamos que no necesitabas esta distracción a pocos días de tu boda. Y claramente, ese juicio era correcto.

—¿Y cuándo supisteis la verdad sobre Sean? —gritó ella, que había comenzado a sentirse indignada—. ¡Oh, deja que yo lo adivine! ¡En cuanto entraste por la puerta! ¡Yo soy sólo una mujer, así que no necesitaba saber que el hombre al que he querido durante toda mi vida aún estaba vivo y que necesitaba mi ayuda!

—Entendemos que creas que aún estás enamorada de él, pero Sean necesita salir del país, y yo tengo intención de ayudarlo. Necesita mi ayuda, no la tuya, Eleanor —le dijo Cliff, mirándola fijamente.

Eleanor sacudió la cabeza.

—Me rogó que le guardara el secreto. Tiene miedo de que confisquen el condado a la familia, que Devlin pierda la finca... y tiene razón.

Cliff arqueó las cejas.

—Y tú tenías planeado huir con él. Espero, Eleanor, que tengas sentido común, porque abandonar a Sinclair en el altar y fugarte con Sean sólo puede hacerle daño, no ayudarlo.

—¡Ya lo sé! —gritó Eleanor—. ¡Pero tú no puedes entenderlo! ¡Tú nunca has estado enamorado! Lo he echado de menos terriblemente durante estos días. Creía que iba a morir de pena. Y ahora, tú vas a llevártelo muy lejos. No volveré a verlo más, y no podré convencerlo de que yo soy la mujer a la que debe querer.

—¿Dónde está? —le preguntó Cliff, que claramente había decidido hacer caso omiso del desahogo de Eleanor.

—En el bosque —respondió ella, y les explicó brevemente a sus hermanos cómo podían encontrarlo.

—¿Está herido? —inquirió Cliff.

—Está lleno de cicatrices y muy delgado. Tiene la voz débil y extraña. Está terriblemente herido, no físicamente, sino en el alma —dijo ella, y tuvo que sentarse.

—¿Así que puede montar a caballo y andar?

—¡Sí! ¡Pero sufre mucho dolor, Cliff! Aunque ya sé que tú no puedes entenderlo.

Él se puso rígido.

—Detesto verte tan angustiada, pero dadas las circunstancias no me desagrada que te haya rechazado. Sean no tiene futuro. Tú no tienes futuro con él. Tu futuro está con Sinclair.

—¡Eres arrogante y obtuso! —gritó ella—. Espero que Cupido te traspase con una de sus flechas y la dama se dé cuenta de que no eres más que un zafio.

—Eres mi única hermana, y mi deber es cuidarte y hacer lo que me parece mejor para ti —replicó Cliff. Después se volvió hacia Rex—. Prefiero que dejemos al conde, a Ty y a Devlin en la ignorancia. Enviaré a un hombre a Limerick para avisarlos de que preparen el barco para zarpar. Nos veremos abajo en cinco minutos.

Y antes de que Rex pudiera asentir, Cliff salió de la habitación.

Eleanor se quedó mirándolo fijamente, con ganas de arrojarle un libro a la espalda. Rex tomó una silla y se sentó a su lado. Le tendió su pañuelo inmaculadamente blanco y ella lo tomó para secarse los ojos.

—Te entiendo —le dijo él en voz baja—. Entiendo el alcance de tu amor. O al menos, eso creo. Y también entiendo el alcance del sacrificio que vas a hacer.

Ella se quedó inmóvil y lo miró a los ojos.

—Gracias.

—Eres muy valiente, Eleanor, pero tu valor nunca ha estado en cuestión.

—Tengo el corazón roto —respondió ella.

—Es un idiota —dijo Rex con vehemencia—. Y tengo intención de decírselo. Cualquier hombre, salvo Cliff, claro, daría el brazo derecho por ser amado de esa manera.

—Antes de la guerra eras un romántico. Veo que sigues siéndolo —susurró Eleanor.

Él le acarició un rizo.

—Arreglaré un encuentro para que podáis despediros.

Eleanor se quedó totalmente sorprendida; después, le tomó las manos a Rex.

—Gracias, Rex… ¡gracias!

Él sonrió.

—¿Qué? ¿No vas insistir en que soy tu hermano favorito?

A ella no le quedaban más palabras. Se limitó a asentir y se secó las lágrimas con el pañuelo.

Él tomó la muleta y se puso en pie.

—Has hecho lo mejor para nuestro hermanastro.

Eleanor cerró los ojos. El dolor que sentía era lacerante. Pasó un instante antes de que pudiera hablar de nuevo.

—Lo sé —susurró.

Sean entró por la ventana de la habitación de Eleanor y, una vez dentro, tuvo que detenerse. Había estado en su dormitorio muchas veces, pero nunca desde que se había marchado, cuatro años antes.

Apartó las gruesas cortinas de terciopelo dorado y miró lentamente a su alrededor. Antes, la habitación de Eleanor era azul y blanca, pero había sido redecorada en colores dorados y verdes. Resultaba lujosa y femenina, el dormitorio de una mujer, no de una niña. Era sensual.

Sean vio la mesa, puesta para uno. Ella se había asegurado de que la comida estuviera esperándolo, y él sintió gratitud. Entonces pensó en Rex y en Cliff, a quienes había visto buscándolo por el bosque; Eleanor lo había traicionado y eso le había enfurecido, pero él había eludido a sus hermanos con facilidad. No debería haber ido a casa. Debería estar de camino a Cobh. Sin embargo, tenía que despedirse de Eleanor; no podía marcharse sin verla de nuevo.

En aquel momento, la imagen de Eleanor le llenaba la mente, tal y como estaba en brazos de Sinclair la noche anterior, apasionada, con la respiración entrecortada, aferrada a los brazos del otro hombre. Sean quiso ser capaz de olvidar su maldita oferta; le estaba afectando terriblemente. Sabía que necesitaba liberar la tensión. Habría prostitutas en el barco; siempre las había.

Él jamás había estado con una prostituta. Siempre había habido mujeres que lo perseguían; pero querían a Sean O'Neill, el joven hijo de un noble irlandés; ninguna de aquellas amantes del pasado lo miraría de nuevo. Y él tampoco las miraría a ellas.

Mientras observaba la lujosa habitación de Eleanor, se preguntó por centésima vez cómo era posible que su vida hubiera llegado a aquella situación.

¿Se había convertido en semejante extraño, incluso para sí mismo? Quería permanecer desvinculado de aquel otro hombre, el joven sólido y responsable que hubiera hecho cualquier cosa por su familia. Sin embargo, se daba cuenta de que los dos años que había pasado en prisión no habían sido suficientes para destruirlo. Mientras estaba allí, había pensado que aquel joven había desaparecido para siempre; sin embargo, se había confundido.

Quizá la nueva vida que lo esperaba en América lo consiguiera. Si no, tendría que derruir por sí mismo aquel puente que lo unía con el pasado. No podía continuar dejándose llevar por los recuerdos de su vida anterior.

Y sobre todo, no podía recordar aquel vínculo especial que lo había unido a Eleanor; cuando eran niños, adolescentes, él habría hecho cualquier cosa para protegerla. Pero ya no compartían aquel vínculo, y era Sinclair quien debía cuidarla.

Sean se sentó al borde de la cama, y el suave colchón cedió instantáneamente bajo su peso. Había perdido a su mejor amiga mucho tiempo atrás, y no había forma de retroceder en la vida. No entendía por qué estaba en su habitación, ni por qué ella le había hecho aquella maldita oferta.

Tenía que permanecer en el presente, decidió. Era demasiado peligroso hacer otra cosa. Elle había desaparecido, y él ya no tenía amigos. Y lo que tenía que recordar, ante todo, era su condición de traidor y fugitivo.

Sin embargo, necesitaba despedirse de ella.

Eleanor había alegado un dolor de cabeza que sentía de veras para excusarse de la velada de aquella noche. La cena había sido interminable; ella no había podido dejar de pensar que Cliff y Rex no habían encontrado a Sean en el bosque. Él había desaparecido, y ella sabía que se había marchado.

Era increíble. Sean se había ido. Ni siquiera habían tenido oportunidad de despedirse.

—Eleanor, cariño —le dijo la condesa, acercándose a ella.

Al instante, Eleanor se puso rígida. Tuvo que respirar profundamente antes de darse la vuelta para mirar a su madre a la cara.

La condesa, Mary de Warenne, era una mujer muy bella. No era la madre de Eleanor, en realidad, sino la madre de Devlin y Sean; pero la madre de Eleanor había muerto en su nacimiento, y hasta los dos años, a ella la habían criado una niñera y su padre. Mary era la única madre que Eleanor había conocido y la quería profundamente. De hecho, siempre había deseado en secreto parecerse más a la condesa, que era elegante, gentil y generosa sin límites.

Eleanor intentó sonreír.

Mary se detuvo ante ella.

—Querida mía, me he dado cuenta de que estás muy angustiada. ¿Te gustaría hablar conmigo de ello?

—No puedo.

Mary la observó con una mirada penetrante.

—Todas las novias se preocupan y se ponen nerviosas

antes de la boda, pero me temo que aquí hay algo más. Sólo quiero ayudarte.

A Eleanor se le llenaron los ojos de lágrimas. Sabía que la condesa había llorado en privado por Sean, y que creía que su hijo estaba muerto. Y aunque su madre hubiera perdido la esperanza dos años antes, Eleanor no quería mencionarle aquel tema tan doloroso. Sin embargo, no tuvo que hacerlo.

—Querida, ¿tiene que ver con Sean?

Eleanor asintió.

—Lo echo tanto de menos que me duele el pecho.

—Todos lo echamos de menos —dijo Mary con una infinita tristeza—. Pero yo creía que tú habías continuado con tu vida. Creía que querías de verdad a Peter, y que quizá te estabas enamorando de él. Tu padre y yo nos sentíamos muy contentos y aliviados porque parecía que os llevabais muy bien.

—Yo también lo creía —respondió Eleanor—, pero me equivoqué. Sólo puedo amar a un hombre, y ese hombre es Sean.

La condesa palideció. Después le pasó a su hija el brazo por la cintura.

—Hija... yo sé lo que es tenerle cariño a un hombre, casarse bien... y amar a otro, cariño.

Eleanor había oído la historia de amor de su padre y la condesa muchas veces, pero nunca por boca de ninguno de los dos.

—¿Es cierto? ¿No querías a tu primer marido? —susurró.

Mary sonrió.

—Quería a Gerald porque era mi deber. Era un buen hombre, y era el padre de mis dos hijos. Sin embargo, cuando Edward me rescató de los ingleses, después de la muerte de Gerald, encontré el amor y la pasión de verdad. Conocí a tu padre unos cinco años después de que Gerald y yo nos hubiéramos casado, cuando acabábamos de convertirnos en sus arrendatarios. Aunque me negaba a admitir que había algo entre nosotros, creo que, desde el primer momento en que vi a Edward en el salón de nuestra casa, supe que era alguien distinto a los demás. Me parece que, durante años, sólo intercambiamos unas cuantas frases. Él era amable y correcto. Pero Eleanor, cuando por fin me tomó entre sus brazos la primera vez, supe que nunca había entendido el amor hasta aquel momento.

Sus historias eran tan parecidas, pero tan distintas al mismo tiempo...

—¿Qué estás intentando decirme?

Mary le acarició la mejilla.

—Quiero que tengas lo que yo tengo, querida.

Ella se echó a temblar.

—Yo nunca podré tener lo que tú tienes. Siempre he querido a Sean. Él no me quiere. Discúlpame. Estoy muy cansada y quiero subir a mi habitación.

—¡Eleanor! ¡Por favor! ¡Estoy muy preocupada por ti!

Pero Eleanor ya estaba subiendo las escaleras a toda prisa. En la puerta de su habitación, se detuvo. Sentía un agudo dolor en las sienes. Por fin tendría tiempo para estar a solas y sufrir por la pérdida de Sean. ¿Cuántas veces se le iba a romper el corazón por el mismo hombre?

Eleanor entró en su habitación y cerró la puerta. Entonces vio la preciosa mesa en la que había dispuesto la cena para Sean. Se le había olvidado decirle a la doncella que lo cancelara todo. Observó las bandejas cubiertas, y entonces, sintió que se le aceleraba el corazón.

El plato estaba usado. Había algunos restos de comida. Con incredulidad, miró la botella de vino, que estaba casi vacía.

Y entonces, él salió de detrás del cortinaje dorado de la ventana. Al instante, sus miradas quedaron atrapadas.

Sean se había quedado.

Eleanor nunca se había sentido tan feliz de ver a alguien. Corrió hacia él y lo abrazó con fuerza. Y entonces, aquel terrible sentimiento de soledad, de pérdida, de frío, desapareció.

Él la tomó por las manos y la separó de su cuerpo.

—Se lo has dicho —le dijo en tono de acusación.

—Lo adivinaron, Sean. Tenía que decirles que estabas aquí. Sólo quieren ayudarte.

Él sacudió la cabeza.

—Te pedí… te rogué que me guardaras el secreto. Te expliqué…

—¡Ellos me obligaron! Cliff quiere llevarte lejos de aquí en su barco, esta noche.

Él la miró fijamente, con los ojos brillantes.

Y, cuando él no respondió y siguió mirándola como un hombre miraba a una mujer que deseaba, Eleanor recordó su proposición, y también el hecho de que aquélla era la última noche en que podrían estar juntos.

El deseo se adueñó de su cuerpo.

Sean había vuelto para acostarse con ella.

Ambos tenían la respiración entrecortada. Eleanor se humedeció los labios.

—Sean…

Él apretó la mandíbula.

—No he venido… a eso.

—Entonces, ¿por qué? ¿Para qué has venido a mi habitación?

Él se encogió de hombros y se dio la vuelta para que ella no pudiera seguir mirándolo a los ojos.

—¿Por qué has vuelto? —insistió ella, que necesitaba desesperadamente una respuesta—. Si no has venido a llevarme contigo y no has venido a ver a la familia, ¿por qué has venido?

—¡No lo sé! —exclamó él, angustiado—. Me enteré de... la boda.

—Pero no has venido a impedirla.

—No.

Aquélla no era, desde luego, la respuesta que hubiera querido oír Eleanor.

—Te he echado tanto de menos... Y voy a echarte de menos cuando te vayas. Sean, ¿tú no me has echado de menos a mí?

Él tenía una expresión tensa en el semblante.

—Al principio fue duro.

Era casi imposible entenderlo en aquel momento, cuando antes, Eleanor podía casi leerle el pensamiento.

—¿Qué quieres decir?

—¡No importa! ¡Ya no! —respondió él, furioso.

Eleanor se estremeció, temerosa de lo que él pudiera estar diciendo.

Antes de que ella pudiera hablar, él dijo:

—Tu vestido es verde.

—Sí.

—Las mujeres solteras se visten de blanco.

Ella había elegido aquel vestido con gran cuidado para el adiós que Rex le había prometido, pero cuando se había enterado de que Sean ya se había ido, no había tenido tiempo de quitárselo. Era de un verde oscuro, profundo, y se suponía que debía llevarlo después de la boda. En realidad, era el vestido más llamativo y seductor que poseía.

Y se lo había puesto para impresionar a Sean. Se lo había puesto para conseguir que la mirara tal y como lo estaba haciendo, con unos ojos atrevidos y ardientes. Él había dicho que no iba a aceptar su ofrecimiento, pero entonces, ¿por qué la miraba así?

—No me gusta —dijo Sean de repente.

Y aquellas palabras le hicieron daño a Eleanor.

—Es un vestido muy bonito.
—Yo no sé nada de moda.
—A Peter le gusta este vestido. Me ha mirado mucho, y me pidió que fuéramos a dar un paseo por el jardín después de cenar, pero yo le dije que no.

Aquella última frase era una mentira.

Él enrojeció.

—No sigas.

—¿Que no siga con qué? ¿Que no siga diciéndote que le resulto deseable a otro hombre, cuando tú dices que no? ¿Y cuando lo que dices es claramente una mentira?

Él se sobresaltó.

—He dicho... que no he venido... por ti esta noche.

—Entonces, ¿por qué has venido?

—¡Eres de otro hombre!

—No. No es cierto.

—¿Has roto... tu compromiso con él?

Ella se quedó callada, tensa.

—Eso pensaba yo... ¡Bien! —dijo Sean, y comenzó a caminar por el dormitorio.

—Sean, mi oferta sigue en pie.

Él se tropezó y se volvió hacia ella.

—¡No!

—Sean, siempre hemos sido sinceros el uno con el otro.

—Ésa era Elle.

—Sé que no me quieres, no del mismo modo que yo te quiero a ti. Pero Elle ha crecido. Creía que nos habíamos puesto de acuerdo en eso.

—Anoche... estabas con Sinclair... gimiendo.

—¡Deja que termine, por favor!

—¿Por qué? Mañana... estarás en la cama... ¡con Sinclair!

—Yo no quiero a Peter. No quiero casarme con él. Pero, ¿por qué te importa? ¿Por qué estás enfadado? ¡Y no me digas que no lo estás! Sean, quizá ésta sea la última vez que nos veamos.

—Yo... no estoy enfadado. ¡Quiero hablar de Sinclair!

—No —respondió ella, temblando—. Yo quiero hablar de esta noche. Quiero hablar de hacer el amor contigo, ¡ahora!

Él gritó. Estaba enfadado, pero también estaba horrorizado, y Eleanor lo sabía.

—¡Deberías... casarte con Sinclair! Ese matrimonio es bueno, maldita sea. Títulos, tierras, riqueza... ¡no puedes hablar de ese modo! ¿Lo entiendes?

—¿Por qué? ¿Porque sientes una tentación tan fuerte que quizá pierdas el control? ¡He dicho en serio que no te tengo miedo! Haz el amor conmigo, Sean. Sólo una vez, para que pueda recordarlo siempre.

Él se había quedado de piedra, mirándola fijamente. Pasaron unos segundos y, finalmente, ella le acarició la mejilla. Él se encogió, pero siguió inmóvil.

Sean estaba temblando, pero no se alejó. Sus miradas se quedaron prendidas, y ella supo que él estaba librando una batalla. Entonces vio que cerraba los ojos. Eleanor jadeó suavemente, y Sean gimió.

Alguien llamó a la puerta.

Sean abrió los ojos, y ella vio el miedo reflejado en ellos.

—¿Lady Eleanor? —preguntó una voz femenina.

—¿Es tu doncella? —susurró Sean, que había palidecido.

—¡Le diré que se marche! —respondió Eleanor, tomándole de la mano.

Sean había estado a un segundo de la derrota, y ella lo sabía. La doncella no había podido llegar en peor momento. Seguramente, Sean estaba pensando en escapar para no ser descubierto.

Él sacudió la cabeza.

—Responde con normalidad —le dijo a Eleanor. Después se alejó y desapareció detrás de las cortinas de la ventana.

La doncella llamó nuevamente.

—¿Lady Eleanor?

Eleanor abrió la puerta y dejó entrar a la doncella.

—Milady, ¿por qué ha tardado tanto en responder?

Sólo su doncella personal, que la conocía desde su nacimiento, podía ser tan atrevida.

—Me quedé dormida, Lettie —mintió Eleanor, mirando de nuevo hacia las cortinas. Sabía que Sean no se había marchado, porque sentía su intensa presencia.

—La ayudaré a ponerse el camisón, señora —dijo Lettie. Fue directamente al armario y sacó el camisón blanco de Eleanor.

Eleanor estuvo a punto de decirle que se cambiaría más tarde. Sin embargo, era tarde, y no tenía ninguna excusa para no permitirle a la doncella que la ayudara a prepararse para acostarse. Lettie puso el camisón sobre la cama, como siempre, y rápidamente, comenzó a desabotonarle la espalda del vestido a Eleanor.

Eleanor se puso tensa cuando Lettie le sacó el vestido por la cabeza. Apenas podía respirar. Lettie comenzó a aflojar las cintas del corsé para quitárselo también. Cuando la prenda cayó, Eleanor se inclinó para quitarse las ligas. Se sentía desnuda y tenía las mejillas ardiendo. Tenía el pulso fuerte y rápido, y sentía un cosquilleo salvaje en la piel. Apenas podía creer lo que estaba haciendo, y estaba segura de que él la estaba mirando.

La lujuria de Sean, su deseo, su desesperación, se habían combinado y habían formado un elemento tangible que llenaba el dormitorio.

Cuando se hubo quitado las medias y los zapatos, Eleanor titubeó, temblando incontrolablemente, temiendo que su doncella notara algo extraño. Sabía que las caricias de Sean no iban a ser como los tiernos besos de Peter. Estaba segura de ello. No podía esperar. Lo necesitaba en aquel mismo instante.

Y entonces, su camisola desapareció también, y Lettie comenzó a desatarle la cinta de los pantalones. Eleanor no podía pensar en otra cosa que en las manos de Sean sobre su piel, sobre sus caderas, en su boca besándole el cuello.

De repente, el camisón le cayó sobre los hombros y se deslizó por todo su cuerpo. Era de un algodón fino y blanco. Eleanor apenas podía moverse. Lettie comenzó a quitarle las horquillas del pelo, y cuando lo tuvo suelto, se lo cepilló. Después comenzó a dividírselo en mechones.

–No. No deseo una trenza esta noche, Lettie. Gracias –dijo, y antes de que su doncella pudiera emitir una exclamación de sorpresa, le sonrió con firmeza–. Buenas noches, Lettie. Estoy agotada.

Después, acompañó a la doncella hacia la puerta y, casi sin darse cuenta, se vio cerrando la puerta con llave. Sólo podía pensar en Sean. El aire de la habitación se había convertido en algo pesado por el calor y la tensión.

Eleanor oyó que él se acercaba.

Se dio la vuelta y apoyó la espalda en la puerta.

Sean cruzó la distancia que los separaba de dos grandes zancadas. Tenía los ojos muy abiertos, duros, fieros.

Eleanor sintió una extrema excitación, incluso miedo. Lo había provocado, y sabía que él había perdido el control. Estaba muy excitado, tanto que ella notó una línea ancha y dura en sus pantalones. Y a su vez, ella sintió un espasmo de placer que le lamía entre los muslos.

Él no se detuvo.

Ella se arqueó contra la puerta, jadeando.

Él la tomó por los hombros y sus miradas chocaron.

Era Sean, pero Eleanor nunca lo había visto así. Estaba loco de desesperación y lujuria.

Y ella supo que quería ver afecto y amor en su mirada.

Sin embargo, también sabía que tenía amor suficiente para los dos.

—Sean —susurró, y le acarició la mejilla.

Él le clavó una mirada abrasadora. Sus bocas estaban a milímetros de distancia.

—¡Demasiado tarde! —dijo él, y la apretó contra su cuerpo inflamado, rígido, mientras abría la boca para besarla.

Sus labios estaban llenos de una insaciable avaricia. Ella se quedó quieta, aferrada a sus hombros, mientras él la besaba profundamente, húmedamente, lamiéndola por dentro. El corazón de Eleanor estalló cuando él apretó todo su cuerpo contra ella.

Eleanor se dio cuenta de que nunca había sabido lo que era la pasión. Suspirando, le devolvió los besos, explorándolo con la lengua, y él gimió de placer. Sus manos encontraron los pechos de Eleanor y, de un tirón, Sean rasgó el camisón y se lo quitó.

Ella notó vibraciones de placer mientras él jugueteaba con sus pezones, con las bocas fundidas en una. Entonces, el torso de Sean aplastó los senos, mientras su espalda quedaba pegada a la puerta, cuando la virilidad enorme de Sean se deslizaba entre sus muslos.

Eleanor se mareó y sintió cada vez un deseo más profundo, una excitación más vibrante.

Él también estaba temblando, y se apretó contra ella, mientras le besaba el cuello. Eleanor lo notaba cálido y duro entre los muslos.

Ella comenzó a volar y a deshacerse, y gimió de placer contra su boca.

Él la agarró por las nalgas desnudas.

—Por favor —dijo entre jadeos—. Elle, por favor, déjame que te llene.

Ella entendió que la necesitaba y la deseaba como nunca hubiera deseado a ninguna otra.

—¡Sean! —suspiró, y siguiendo un instinto antiguo, elevó una pierna y le rodeó la cintura con ella.

Él emitió un gruñido, el sonido más bello que ella hubiera oído nunca, y la ayudó a elevar la otra pierna, y después se enterró en ella.

Hubo un breve dolor, y después sólo un placer oscuro, una fricción caliente, un calor húmedo y profundo, y Eleanor sintió unos espasmos salvajes. Él era muy grande y llenaba completa y perfectamente su cuerpo. Y la embestía rápidamente, con fuerza, jadeante, decidido, mientras Eleanor se aferraba a él sollozando de placer. Por fin, emitió un grito de liberación.

Él también gimió en el clímax, y después se derrumbó contra ella, mientras las convulsiones sacudían su cuerpo.

La tensión fue disipándose en ondas. Ella seguía agarrada al cuerpo de Sean, intentando recuperar la respiración, queriéndolo más que nunca, tanto, que le dolía el alma. Lentamente, bajó las piernas, y él la sostuvo hasta que posó los pies en el suelo. Eleanor seguía abrazada a él, con fuerza; estaba empezando a entender lo que acababa de ocurrir.

—Oh, Sean —susurró.

Él se puso muy tenso entre sus brazos.

En aquel momento, Eleanor se dio cuenta de que había recuperado el sentido común, como ella.

Y Sean se irguió, mirándola con los ojos muy abiertos, con una expresión que ella había deseado ver de nuevo en su rostro.

La estaba mirando con una profunda impresión.

—No —le dijo Eleanor.

Él se apartó de un salto.

—¡Sean! ¡No! ¡No es nada malo! —le dijo ella desesperadamente, intentando sonreír—. ¡Te quiero!

Él se retiró, mirándola con incredulidad. Y entonces, Eleanor se dio cuenta de que él había empezado a despreciarse en aquel mismo instante.

—No te vayas —le susurró—. Te quiero. Vuelve.

Él sacudió la cabeza. Se dio la vuelta y corrió hacia la ventana.

Eleanor lo llamó entre sollozos.

Pero Sean ya se había ido.

Eleanor se asomó a la ventana y lo vio corriendo por el jardín, un borrón pálido entre las sombras oscuras de la noche. En aquel instante, recordó que a Sean lo buscaban las autoridades, y que muchos de sus invitados todavía estarían despiertos, jugando a las cartas o al billar en el piso de abajo. Sólo aquello impidió que lo llamara.

Se apartó de la ventana, horrorizada. Sean no podía marcharse de aquella manera. Y menos después de lo que había ocurrido.

Eleanor se acercó rápidamente a la cama y se puso la bata mientras atravesaba la habitación. El pasillo estaba iluminado con apliques; ella lo recorrió a toda prisa. Subió las escaleras hasta el piso siguiente; la primera habitación era la de Rex, y no se detuvo. Sencillamente, pasó.

Rex estaba despierto. Estaba sentado en un sofá, frente a la chimenea, aún vestido de traje. Al verla, se levantó alarmado y se acercó a ella.

—¡Eleanor!

Eleanor sabía que no debía permitir que nadie averiguara lo que había ocurrido realmente aquella noche. Se dio cuenta de que tenía la cara húmeda, y de que debía de haber llorado.

—Rex, Sean acaba de marcharse de la casa. ¡Por favor!

—¡Eleanor! —repitió Rex, angustiado, furioso—. ¿Qué ha pasado? ¿Te ha hecho daño?

Eleanor se sobresaltó al ver que su hermano se había enfurecido al sospechar lo peor, al sospechar la pura verdad. Ella consiguió sonreír para tranquilizarlo.

—No voy a volver a ver a Sean, y tengo el corazón roto. Hemos discutido y él se ha marchado antes de que pudiéramos despedirnos. ¿Podrías encontrarlo? Cliff y tú tenéis que ayudarlo a escapar, y yo necesito verlo una última vez —aquello, al menos, era la verdad. Tenía que haber una despedida final.

Rex se quedó mirándola con una expresión de sospecha.

—¿Ha estado en tu habitación?

Ella alzó la barbilla.

—¿Y dónde íbamos a vernos, si no?

—Tienes que decirme la verdad —insistió él con aspereza.

Ella lo interrumpió.

—¡Te estoy diciendo la verdad! Sean me recitó todas las ventajas que tiene mi matrimonio con Peter. De hecho, quiere que me case con él. Por eso me he disgustado tanto.

Rex la escrutó durante un instante, y después asintió.

—Voy a intentar encontrarlo. Vístete. Si lo encuentro, voy a llevarlo a Limerick, y allí podréis despediros.

Sin esperar su respuesta, Rex salió de la habitación y fue hacia la puerta de Cliff. Eleanor esperó un momento más, para asegurarse de que Cliff respondiera, lo cual hizo, y después ella volvió a su habitación del segundo piso. Si alguien podía encontrar a Sean, eran sus hermanos.

Cerró la puerta y se apoyó contra ella, recordando con

nitidez todos los detalles del episodio sexual que acababa de compartir con Sean. Y se echó a temblar, de repente.

¿La había usado?

Sintió un nudo de angustia en la garganta. Había habido una gran pasión entre los dos; Eleanor nunca olvidaría cómo la había besado Sean. Pero todo había ocurrido en pocos minutos. Él la había besado como si quisiera besarla para toda la vida... ¿o la había besado como un hombre que había pasado dos años de reclusión y celibato? ¿Tenía algún significado su pasión?

Eleanor se dio cuenta de que se había sentado en el suelo, con la espalda contra la puerta.

Ella se había echado a los brazos de Sean, negándose a escuchar algo que él le había repetido: que no quería tener una relación con ella. Quizá debiera haberlo escuchado. Quizá, por una vez, debiera haberle prestado atención a lo que quería otra persona, y no a lo que ella misma deseaba. No había habido ni una sola sonrisa de ternura, ni una mirada. Eleanor se sintió muy mal, pero, sin embargo, ¿no le había dicho Sean muchas veces que había cambiado?

Cuando volvió Rex, había amanecido. Eleanor había permanecido sentada en la misma posición, abrazándose las rodillas contra el pecho. Había recapitulado todas las palabras y los gestos que se habían dedicado Sean y ella desde su regreso, incluidos los momentos que había pasado entre sus brazos aquella noche. Sólo podía sacar una conclusión: ella lo quería, y siempre lo querría, por muy oscuro y extraño que se hubiera vuelto; pero él no la quería a ella.

En el pasado, la había adorado como hermana y amiga, pero incluso aquello lo había perdido. Sean había cambiado, y ya nada volvería a ser igual.

Eleanor se puso en pie. Sintió el cuerpo dolorido a causa de la pérdida de su virginidad. Abrió la puerta y vio a Rex. Estaba muy serio, y ella supo, sin necesidad de oírlo, que su hermano no había encontrado a Sean.

—Lo siento. Se ha vuelto astuto como un zorro, Eleanor. No hay ni rastro de él.

Ella asintió con los labios apretados.

Rex estaba muy disgustado.

—¿Estás segura de que no te hizo daño?

Ella negó con la cabeza.

—¿Has dormido algo?

—No.

Rex suspiró.

—Eleanor, vas a casarte en unas horas. Necesitas dormir un poco —le dijo afectuosamente a su hermana.

—Quiero a Sean —susurró ella.

—Lo sé. Cariño, todo ha terminado. Aunque él te quisiera, Cliff tiene razón. Con él no tienes futuro. Además, no te quiere como tú desearías. Si lo hiciera, no te habría dejado llorando de esta manera. Y no estaría alterando la celebración de tu boda; la impediría.

Aquellas palabras le hicieron daño. Eleanor sollozó, y Rex la abrazó.

—Descansa un poco —le aconsejó con suavidad.

Eleanor asintió.

Eleanor bajó las escaleras. Dormir le había resultado imposible. Si iba a casarse, necesitaría ayuda para arreglarse; de lo contrario, los trescientos invitados, su familia y su novio iban a darse cuenta de que a la novia le ocurría algo malo.

Encontró a su cuñada Lizzie, la esposa de Tyrell, en la cocina, supervisando la preparación del menú. Después de agradecerle todo lo que estaba haciendo por ella, le rogó que más tarde subiera a ayudarla a vestirse y a maquillarse para la ceremonia. Lizzie asintió, con cierta preocupación, pero antes de que pudiera hacerle alguna pregunta, Eleanor salió de la cocina rápidamente.

No tenía ganas de encontrarse con ningún invitado, así que para evitar el salón principal, salió por una puerta lateral para poder entrar al ala familiar de la casa por una entrada trasera. Estaba a punto de hacerlo cuando detectó un borrón de color rojo por el rabillo del ojo. Incluso a distancia, se dio cuenta de que el capitán Brawley estaba en el camino que llevaba a la fachada principal del edificio.

El capitán había recibido una invitación a la boda, porque el conde deseaba estar en buenos términos con los soldados ingleses. Brawley era el oficial de grado más alto del condado, y estaba allí con otros cinco soldados, inmerso en una conversación aparentemente muy intensa, todos a caballo. Eleanor no lo pensó dos veces; se levantó la falda y corrió por el césped hacia ellos.

—¡Capitán! —gritó, al ver que se dispersaban—. ¡Capitán Brawley!

Al instante, él se volvió en el caballo y abrió los ojos de par en par.

—Lady Eleanor —dijo, desmontando al instante.

El oficial le hizo una reverencia. Era un hombre de unos veinticinco años, de pelo negro y ojos azules. Aunque era muy guapo y encantador, Brawley no era un mujeriego ni un juerguista, sino serio y responsable y siempre muy cortés. Sin embargo, a Eleanor le parecía poco interesante.

Eleanor sonrió con el corazón acelerado. Tenía que saber qué hacían el capitán y sus hombres en Adare. Él había sido invitado a la boda, pero sus hombres no. ¡No podía ser que estuvieran buscando a Sean!

—Capitán, buenos días.

—Lady Eleanor, espero no ser una molestia para usted, y

mucho menos en un día como el de hoy –dijo el capitán Brawley, y se ruborizó ligeramente.

–No me está molestando, capitán, puesto que soy yo la que ha venido a saludarlo. He llegado muy pronto para la boda. ¡Ni siquiera me he vestido! –dijo, con una sonrisa forzada.

–Lady Eleanor, me temo que estoy ocupando su tiempo. ¿Puedo acompañarla a la casa?

–Entonces, ¿ya ha venido para la boda? Ni siquiera ha llegado el mediodía –insistió ella, sin aceptar su evasiva.

Él titubeó.

–No, en realidad, he venido a atender otros deberes, pero no me perderé la ceremonia –dijo él, con una sonrisa de amabilidad.

Eleanor temió lo peor. ¿Había ido a Adare a buscar a Sean? ¿Por qué otra razón iba a estar allí? Tenía tanto miedo que empezó a temblar visiblemente.

Al instante, él la sujetó por el brazo.

–¡Lady Eleanor! ¿Va a desmayarse? Está muy pálida.

–Capitán, debe decirme la verdad.

–Deje que encuentre un sitio donde pueda sentarse e iré a buscar ayuda.

Eleanor se aferró a su mano.

–Ayer recibí terribles noticias. Mi hermanastro Sean ha estado en prisión, y ha escapado hace poco. Entonces le encuentro a usted aquí con sus hombres. Por favor, si está buscando al hermano al que tanto quiero, debe decírmelo.

–Lady Eleanor –dijo él después de una pausa tensa–. Me temo que no puedo hablar de este asunto con usted.

–¡No está aquí! –gritó ella–. Si Sean estuviera aquí, habría venido a verme, sobre todo en una fecha como hoy.

Brawley la miró como si estuviera muy afectado.

–¿De veras cree que está aquí? –insistió ella, soltándole

la mano–. Sean y yo nos criamos juntos bajo este techo. ¡Estoy tan preocupada por él! Y digan lo que digan que ha hecho, se equivocan. Sean es inocente.

–Lady Eleanor, si su familia piensa que es mejor no informarla de lo que ha ocurrido, yo no puedo ser el que lo haga –dijo él con firmeza.

Ella comenzó a llorar.

–¿Cómo voy a casarme hoy sin saber si está vivo o muerto? ¿Sin saber si está seguro? ¿Sin saber dónde está?

–¡Por favor, lady Eleanor! –le dijo Brawley, tendiéndole su pañuelo blanco–. Me temo que tengo órdenes de registrar la finca. Sin embargo, mis órdenes no se basan en pruebas de que su hermano haya estado aquí. De hecho, nuestra búsqueda ha demostrado lo contrario. Su hermano no ha vuelto a Adare –añadió, e intentó sonreír para reconfortarla–. Así que seguramente estará a salvo, esté donde esté.

–Entonces, ¿la búsqueda ha terminado?

Él apartó la mirada.

–Me temo que no. Por ley, es un fugitivo, y tengo órdenes de apresarlo.

–¿Y es eso lo que va a hacer? –preguntó ella con amargura–. ¿Incluso sabiendo que es inocente?

–Su lealtad hacia su hermano es loable, milady. Yo sería igualmente leal si estuviera en su lugar. Pero soy un soldado, lady Eleanor, y debo obedecer órdenes.

–¿Y cuáles son esas órdenes?

–¡Es un hombre peligroso! ¿Por qué se atormenta de esta manera en el día de su boda?

Ella volvió a agarrarlo.

–Hay más, ¿verdad? ¿Por qué no quiere decírmelo? ¡Y Sean no es peligroso!

Brawley tuvo que luchar consigo mismo. Se zafó de ella y susurró:

—Lo quieren vivo o muerto, lady Eleanor. Siento tener que ser yo quien se lo diga.

Eleanor gritó.

Eleanor estaba sentada frente a su tocador, vestida de novia, con sus dos cuñadas; Virginia, la esposa de Devlin, acababa de decirle que estaba maravillosa con su traje blanco.

A Eleanor no le importaba. No podía quitarse de la cabeza las palabras del capitán Brawley. Rezaba para que Sean estuviera en un barco camino del océano Atlántico.

Se miró en el espejo. Estaba muy pálida, tanto, que parecía que estaba enferma, o de luto. Y realmente estaba de luto, pensó, por la pérdida de su mejor amigo y del hombre al que amaba. Se preguntó si estaría de luto para siempre.

Y para empeorar las cosas, iba a bajar las escaleras y a casarse con Peter, que era un hombre honorable que la quería. Eleanor sabía que había sido muy injusta con Peter la noche anterior, y sabía que iba a serlo casándose con él.

Lizzie se acercó a Eleanor y le puso la palma de la mano en el hombro.

—Querida, no has dicho ni una sola palabra en una hora. ¿Podemos hablar? Porque a Ginny y a mí nos tienes asustadas.

Eleanor cerró los ojos con desesperación.

—¿Eleanor? —dijo Virginia—. Te estás comportando como si hubiera muerto alguien, no como una novia feliz.

Eleanor miró a sus bellas cuñadas a través de su reflejo en el espejo.

—Ha muerto alguien. Y yo no quiero a Peter. No puedo hacer esto. Peter no se lo merece.

Virginia y Lizzie intercambiaron una mirada de consternación.

—¿Quién ha muerto? —le preguntó Lizzie con preocupación.

—Yo. Yo he muerto, y esto debe de ser el infierno.

—Voy a ir a buscar a la condesa —dijo Lizzie, pálida de angustia—. Está con el ama de llaves, creo, pero ahora es necesaria aquí.

—Sean ha estado aquí —dijo Eleanor.

Lizzie soltó un jadeo, y Virginia la miró con los ojos desorbitados.

—Eleanor, ¿qué estás diciendo? —le preguntó Virginia.

—Él no me quiere —prosiguió Eleanor—. He sido una idiota. Y lo peor es que yo sí lo quiero a él.

Virginia se mordió el labio.

—¿Dónde está? Dios Santo, los soldados estuvieron aquí el otro día y esta mañana... ¡Devlin tiene que enterarse de que su hermano está cerca!

—Se fue anoche. No va a volver. Se va a América —dijo Eleanor, como si estuviera en trance.

—Tengo que decírselo a Devlin —dijo Virginia, corriendo hacia la puerta.

Lizzie le tomó la mano a Eleanor para obligarla a que la mirara a los ojos.

—¿Por qué no se lo has dicho a nadie?

—Él me pidió que no lo hiciera, pero se lo dije a Cliff y a Rex.

Lizzie se sobresaltó.

—Yo tengo que decírselo a Tyrell. ¿Estarás bien si te dejo sola? —le preguntó.

Eleanor asintió distraídamente.

—No me voy a casar. Ni hoy ni nunca. Quizá deba entrar en un convento.

—No te muevas de aquí —le dijo Lizzie— hasta que venga alguien.

Después le apretó la mano y se marchó.

Y Eleanor se quedó sola. Se secó una lágrima que le corría por la mejilla. Al menos, Sean tenía una ventaja de doce horas sobre Brawley y sus hombres, o quizá más, si Brawley no había encontrado su rastro.

De repente, se sintió como si alguien la estuviera vigilando y miró al espejo. Entonces, vio un par de ojos plateados en el azogue.

Sean estaba tras ella.

Eleanor se puso en pie.

—¡Sean!

Él sacudió la cabeza. Tenía una mirada de desasosiego.

—He venido... lo siento, Elle. Siento mucho haberte hecho daño.

—Te quiero.

—No digas eso. Lo que hice estuvo muy mal. Me odio a mí mismo por ello. ¡Lo siento! ¿Cómo puedo deshacerlo? ¿Cómo?

—No importa —susurró ella—. Lo único que importa es que has vuelto —dijo. Después, se dio cuenta con horror de las implicaciones de la presencia de Sean en la casa—. ¡Sean! ¡Te están buscando!

—Lo sé. Se marcharon hace... una hora. No pasa nada. No me atraparán —respondió él. Después miró el vestido de novia de Eleanor y volvió a mirarla a los ojos—. Yo no quería... hacerte daño. A ti no. No sé qué ocurrió... ni por qué. Estoy avergonzado.

—No me has hecho daño —mintió ella—. No puedes hacerme daño. Nada de lo que hagas o digas podrá cambiar mis sentimientos por ti.

—No digas eso, por favor. Eleanor... esta noche, con Sinclair... tienes que fingir.

De repente, ella se dio cuenta de lo que le acababa de decir. ¡Se refería a su noche de bodas!

—¡No!

—Finge... dolor. Él nunca lo sabrá. Te quiere.

—¡Déjalo! —dijo ella entre sollozos—. No me voy a casar con él. ¡No puedo hacerlo!

—Debes hacerlo. Él te cuidará porque... yo no puedo —le dijo Sean. Tenía una expresión de dolor, y los ojos llenos de lágrimas.

Ella no podía hablar, no podía respirar. La desesperación la ahogaba.

—Adiós —dijo Sean, con una sonrisa triste.

—No —susurró Eleanor.

Entonces, él se dio la vuelta.

Eleanor volvió a la vida.

—¡No! —exclamó, y corrió tras él hacia la ventana, que estaba abierta de par en par—. ¡Sean, no puedes irte sin mí!

Él no le hizo caso y salió por la ventana.

—¡Sean!

Pero él ya estaba bajando al balcón del piso inferior.

—¡Sean, llévame contigo!

Él no miró hacia arriba. Saltó a la rama del roble que había bajo la ventana de Eleanor y de allí, al suelo.

Eleanor se dio la vuelta, se agarró la falda del vestido y atravesó corriendo la habitación. Cuando salió al pasillo se topó con una doncella que portaba una bandeja de bebidas y que tuvo que apartarse para evitar el choque. Eleanor ni siquiera se detuvo; bajó las escaleras de dos en dos. Tras ella, la cola del vestido flotaba como un velo interminable de satén y seda.

Se dio cuenta de que había cientos de invitados por la casa. A Eleanor no le importó, e hizo caso omiso de las expresiones de sorpresa y los murmullos que se producían a su paso. Atravesó el vestíbulo y vio que el padre de Peter, lord Henredon, el conde de Chatton, la estaba mirando con estupefacción.

—¡Abrid las puertas, idiotas! —les gritó a los dos porteros uniformados que guardaban la entrada.

Ellos obedecieron al instante.

—¡Eleanor! —dijo Devlin, que se acercaba a ella, en tono de orden.

Eleanor apenas lo oyó. Salió de la casa, y al instante vio a Sean, que estaba a medio camino hacia los establos. Ella se levantó la falda nuevamente y echó a correr.

—¡Sean!

Él se volvió y la vio. Después huyó a toda prisa.

Eleanor vio a un mozo que le llevaba un caballo, y su decisión se reforzó aún más.

—¡Sean! —gritó con tanta fuerza como pudo, y se tropezó en la hierba.

Él montó de un salto y la miró. Los separaban doscientos metros.

Eleanor tuvo que detenerse a tomar aire, con un agudo dolor en un costado. Percibió vagamente que se estaba formando una multitud a sus espaldas, oyó murmullos de excitación, y supo que Devlin y Cliff estaban tras ella. Uno de sus hermanos soltó una imprecación.

Cliff dijo:

—Devlin, han vuelto.

Eleanor no podía apartar la mirada de Sean, pero no tuvo que hacerlo para saber que Cliff se refería a los soldados. Sabía que si miraba hacia la casa, los vería acercándose a caballo.

Sean espoleó al caballo negro y galopó hacia el bosque para huir.

No. Eleanor se levantó la falda y comenzó a correr hacia él.

—¡Sean! —gritó—. ¡Sean!

De repente, el enorme caballo se dio la vuelta, y Sean estaba galopando hacia ella.

Eleanor extendió la mano.

Sean tenía al caballo a todo galope, y cuando estaba a

tan sólo unos metros, su mirada se encontró con la de Eleanor. Ella se sintió exultante. Él volvía a recogerla.

Sus manos se tocaron, se aferraron la una a la otra.

Y Eleanor saltó a la grupa del caballo mientras él tiraba de ella. Elle se agarró a la cintura de Sean y enterró la cara en su espalda. Sean giró al caballo de nuevo; detrás de ellos sonaron gritos de asombro, órdenes de alto y exclamaciones.

Ellos galoparon hacia el bosque.

¿Qué había hecho?
¿Y a qué distancia estaban sus perseguidores?

Eleanor permaneció tras él mientras galopaban entre los árboles. Sean sentía sus manos, ligeras pero firmes, en la cintura. Ella montaba tan bien como cualquier hombre, y mantenía el equilibrio a la perfección. ¿Qué había hecho? Sentía sus pechos, suaves y llenos, en la espalda, y percibía su presencia tras él con toda intensidad.

También, con toda intensidad, tenía en la mente la imagen de la casa que acababan de dejar atrás, llena de invitados. Devlin también estaba allí, y el conde y su madre, y él sabía que todos debían de estar estupefactos.

Él acababa de robar a la novia.

Estaba anonadado con lo que había hecho, pero ya no importaba. Sean conocía aquellos bosques tan bien como cuando era joven; los había recorrido mil veces en persecución de Elle cuando era una niña pequeña y salvaje. Viró, por décima vez, para tomar otro sendero, que por fin los llevó hacia el río ancho y profundo que discurría hacia el sur desde Shannon. Eleanor había hecho el camino con la mejilla apoyada contra su hombro, pero en aquel momento, cuando Sean detuvo el caballo, ella se irguió. Fue un alivio para él, puesto que sabía que ya no era la niña de antes, sino toda una mujer.

—Sean —le dijo con la voz ronca—. Podemos despistarlos en el río.

Por supuesto que ella sabía cuál era su intención. Seguía siendo la mujer más inteligente que él hubiera conocido. Sean bajó del caballo y la miró.

Estaba deslumbrante con su traje de novia, las mejillas enrojecidas y los ojos brillantes. La larga cola blanca se le había manchado, y caía colgando por la grupa del caballo hasta el suelo. Estaba hecha jirones. Él tuvo miedo de que los trozos de tela hubieran dejado un rastro para los caballos.

No debería estar admirándola, ni en aquel momento, ni en ningún otro. Sólo había vuelto a casa para decirle cómo engañar a Sinclair en su noche de bodas y, más importante aún, para disculparse y pedirle un perdón que no se merecía. Y había querido decirle adiós por última vez. En vez de eso, la había secuestrado.

Sintió una punzada de pánico. Aún no sabía qué era lo que le había empujado a volverse atrás por ella. Sean había visto a los soldados subir hacia la casa. Debería haber seguido cabalgando hacia el bosque. Sin embargo, había oído cómo ella gritaba su nombre, como lo había hecho tantas veces antes, de niña, y sin darse cuenta, había hecho girar al caballo para recogerla.

—¿Sean? —dijo ella nerviosamente, con la mirada clavada en él. Estaba esperando a que actuara de algún modo.

Sean sentía un pánico cada vez mayor. Tenía miedo.

Los ingleses iban tras ellos. Sabía que había puesto a Eleanor en peligro de muerte.

—¿Sean? ¿Qué vamos a hacer?

Él se sobresaltó. No podía hacerle aquello.

—Los despistaremos en el río.

—Yo también caminaré —dijo ella con decisión—. Así nos moveremos con más rapidez. Pero no puedo andar con el vestido por el agua.

Aquello era evidente. La amplia falda y la cola serían un pesado lastre. Ella no había acabado de decir aquellas palabras cuando él ya tenía la daga en la mano.

—Quédate quieta —le dijo.

Ella asintió, y miró con los ojos muy abiertos cómo Sean cortaba la cola del vestido.

—Dame el cuchillo —dijo ella, mientras se deslizaba hasta el suelo.

Entonces, cortó también la falda a la altura de las caderas, y se quedó tan sólo con una combinación rosa y con el corpiño. Él se ruborizó al verla. Tomó una rama y comenzó a borrar sus huellas mientras ella conducía el caballo hasta el agua. Mientras comenzaban a caminar por el lecho del río, Eleanor le preguntó:

—¿A cuánta distancia crees que están?

—Podríamos haberlos perdido por completo... o podrían estar a unos minutos.

—Estoy segura de que Devlin y Cliff estaban detrás de mí cuando viniste a recogerme. Sé que habrán hecho algo para ayudarnos a escapar.

Tenía razón. Sean esperaba que, fuera lo que fuera, hubiera sido discreto. Y comenzó a darse cuenta de que Elle no era la única a la que había puesto en peligro; toda su familia corría un grave riesgo a causa de sus acciones.

—¿Qué vamos a hacer, Sean? —le preguntó ella con preocupación.

—Continuaremos avanzando hasta que oscurezca... descansaremos... y seguiremos.

—¿Adónde vamos?

—A Cork.

—Cliff tiene un barco en Limerick.

Él no respondió. Cuanto menos supiera, mejor. Elle estaba en peligro. Podían hacerle pagar por sus crímenes, como habían hecho pagar a Peg y a Michael.

Se sintió hundido, incapaz de detener sus pensamientos.

*Ella estaba pálida de miedo.*

*—Tienes que detenerlos. No les permitas ir —le rogó Peg—. Los matarán a todos. ¡Sean, por favor!*

*Su miedo era muy real, y él nunca lo olvidaría. Él había ido tras su padre, el dirigente de la algarada, porque se lo había prometido a Peg. Desde su llegada al pueblo, el año anterior, la gente había acudido a él en busca de consejo y liderazgo. Y como él había sido el señor de Askeaton durante todos aquellos años durante los que su hermano mayor estaba en el mar, había ocupado naturalmente aquella posición.*

*Le había prometido a Peg que impediría la catástrofe, pero era demasiado lejos. Dos docenas de hombres mal armados ya se habían enfrentado a lord Darby. Habían formado una barrera que no permitía pasar el carruaje del noble a su finca. Darby tenía una escolta formada por el coronel Reed y cinco hombres más. Antes de darse cuenta, estaba negociando con Darby para que no ejecutara un desahucio, con la esperanza de acabar con aquel disturbio; pero Darby se había negado.*

*Los hombres se habían vuelto locos; habían tumbado el carruaje y habían sacado a Darby a rastras. Dos de los soldados fueron golpeados hasta la muerte. Reed y los otros tres habían huido. Los hombres habían arrastrado a Darby, que no dejaba de lloriquear, hasta el árbol más cercano. Sean había suplicado que no lo mataran; sin embargo, el inglés había terminado ahorcado.*

*Después, la turba había descendido hasta la residencia de Darby y la habían quemado, haciéndole caso omiso cuando les había rogado que se retiraran. Sean, vencido e incapaz de presen-*

*ciar tanta destrucción, había vuelto a su casa. Después habían llegado los refuerzos ingleses, y la masacre había comenzado.*

*Cuando terminó, todos los hombres del pueblo de Kilraddick habían muerto, salvo Flynn y él mismo. Sean había matado a un soldado. Sabía, por instinto, que debía encontrar a Peg y a Michael y huir. A pie, cojeando por una herida de bayoneta, había corrido hasta el pueblo. Peg lo estaba esperando pálida de miedo. No había habido tiempo para explicar nada, sólo para recoger sus escasas pertenencias. Se había llevado a Michael y a ella al pueblo más cercano.*

*Al día siguiente, Sean le contó toda la verdad a Peg. Ella lloró las muertes de su padre y de todos los demás. Y después, le dijo que estaba esperando un hijo suyo. Sean se casó con ella al día siguiente.*

*Como no fue ningún soldado a buscarlo, comenzaron a albergar la esperanza de que lo hubieran dado por muerto en el incendio de Darby. Comenzaron a perder algo de miedo, y entonces llegó la tristeza por todos los que habían muerto y el deseo de venganza. Sin embargo, Sean sabía que no era posible.*

*Y cuando Peg le preguntó dónde iban a vivir, se dio cuenta de que se había convertido en un hombre casado.*

*Él se había quedado mirándola anonadado, incapaz de entender cómo y cuándo se había casado con aquella mujer a la que no conocía en realidad, y a la que no amaba. Unos ojos de color ámbar lo habían obsesionado, y la culpabilidad se había adueñado de él.*

*Tímidamente, Peg le había dicho que quería hacer planes para el nacimiento de su hijo. Y tímidamente también, le había dicho que necesitaban su propia casa y, a ser posible, otra granja.*

*De repente, se dio cuenta de que tenía una esposa y un hijo de los que responsabilizarse, y otro hijo en camino. Estaban demasiado cerca de Kilvore y de la guarnición inglesa de Drogheda. Sabía que debía llevarse a su familia a Askeaton. El coronel Reed nunca lo buscaría allí, y aunque lo hiciera, no se le ocurriría pen-*

*sar que el hijo del conde era el mismo hombre que había estado presente en el levantamiento de Kilvore.*

*Pero entonces se dio cuenta de que no podía llevar a casa a Peg y a Michael. ¿Qué diría su hermano? ¿Qué dirían el conde y la condesa? ¿Qué pensarían?*

*¿Qué pensaría Elle?*

*Se habían alojado en una casa de alquiler del pueblo, y él se había quedado pensando en aquello, hasta que unos gritos de alarma lo habían sacado de su inquietud y su indecisión. Se había declarado un incendio. Agradecido por la distracción, él se había unido a los hombres que intentaban apagarlo. Cuando todo había terminado, Sean comprobó con asombro que había anochecido; y entonces, se había dado cuenta de que la casita donde él se alojaba también estaba ardiendo.*

*Entendió lo sucedido, y sintió horror. Y vio a la caballería alejándose del pueblo, y supo lo que había ocurrido...*

*Sean corrió.*

*Sólo había una casa incendiada, y era la suya. El tejado de paja era un infierno. Las paredes estaban empezando a arder. Gritó llamando a Peg y a Michael. Se arrancó la camisa del cuerpo y la usó como mascarilla para no inhalar el humo. Dentro, las llamas devoraban los muebles y las puertas. Sean encontró a Peg inconsciente en el suelo, con la ropa hecha jirones, sangrando por sus numerosas heridas, aferrada al juguete de madera del niño. Ella había muerto en sus brazos, y a Michael no había podido encontrarlo...*

Y en aquel momento, Elle estaba a su lado, y los ingleses estaban persiguiéndolos.

Tuvo terror al pensar en que el pasado pudiera repetirse. No había nada tan importante como proteger a Elle, conseguir que volviera a salvo a casa. No podía dejarla sola en el bosque, así que la llevaría a Cork, donde encontraría una escolta que la acompañara de vuelta a Adare. Un hombre como Reed no le haría daño detrás de los sólidos muros de aquella casa. Pero, ¿y si el conde no podía protegerla contra una acusación criminal? Si no podían herirla como habían destrozado a Michael y a Peg, quizá hicieran otra cosa: ella no sería la primera mujer a la que encerraban en la Torre para el resto de su vida, acusada de conspiración y traición.

No, pensó Sean con furia; aquello tampoco iba a ocurrir. Pero sentía tanto pánico que le resultaba difícil pensar.

—¿Sean? ¿Por qué no te marchaste anoche?

Él no quería pensar en la noche anterior, nunca jamás. Y tampoco quería hablar con Elle de aquella noche.

—Sí me marché.

—Pero has vuelto.

Él prefirió no responder.

Eleanor lo tomó por el brazo. Hizo que se detuviera en el agua y que se girara hacia ella.

—Gracias —le dijo suavemente.

Él se zafó de su mano.

—Te dije adiós.

—Pero no era una despedida. Esto es un nuevo comienzo.

—¡Maldita sea! ¿Cuándo te has vuelto... tan tonta? —explotó él—. ¡Podrías estar casada con ese inglés... Sinclair! En vez de eso estás aquí, metida en el agua helada, ¡perseguida por los ingleses!

—Yo no quiero a Peter —reiteró ella con obstinación.

—Eso no tiene importancia —sentenció Sean mientras retomaba la marcha por el río—. Nadie se casa por amor.

—¡No estoy de acuerdo! —exclamó Eleanor, siguiéndolo—. Papá quiere a la condesa, y se casó con ella por amor. Tyrell se casó por amor, pero claro, tú no lo sabes, porque no estabas aquí. ¿Y Devlin? ¡Tú sabes tan bien como yo que también se casó por amor!

—Tenemos una familia poco corriente, ¿no? Pero Rex no se ha casado por amor... ¡Y Cliff no se va a casar! Y yo...

Sean se quedó callado. Él tampoco se había casado por amor. Se había casado porque había dejado embarazada a Peg y ella lo necesitaba desesperadamente. Sin embargo, al final, no había sido capaz de protegerla.

—¿Tú qué? —le preguntó ella con desconcierto, tomándolo del brazo.

Él dio un tirón para librarse de su mano y siguió guiando al caballo por las riendas. Elle no dijo nada más. Sabía cuándo debía insistir y cuándo debía dejar un asunto, por el momento.

—Creo que estamos avanzando a buen paso —dijo, como si su discusión previa no hubiera ocurrido—. No nos hemos detenido, pero tendremos que descansar en algún momento, sobre todo por Saphyr.

Sean no creía que hubieran pasado más de dos horas desde que habían salido de Adare, pero Eleanor tenía razón. Habían caminado a buen ritmo.

—Dejaremos el río en media hora y nos adentraremos en el bosque otra vez.

—¡Sean! —exclamó Eleanor, y se aferró a su brazo—. ¿Has oído eso?

Él no esperó a discernir si lo que había oído ella era el ruido de sus perseguidores o no.

—Vamos —dijo.

Corrió con el caballo a la orilla opuesta con Eleanor a su lado. Le entregó las riendas y ella corrió con el animal hacia la espesura. Él tomó un pedazo de la cola del vestido de novia, que se había enrollado en el brazo, lo ató a una rama y borró sus huellas. Después siguió a Eleanor al bosque.

La encontró y se detuvo, respirando profundamente. Y

entonces, oyeron voces, apenas perceptibles, pero no demasiado lejos. Eran ingleses. Una de las voces daba las órdenes con claridad.

Elle se volvió para hablarle.

Él le puso la mano sobre la boca y se la acercó al cuerpo. Ella se quedó inmóvil. Sean le susurró:

–Vienen por el río. Están cerca.

Ella asintió, con los ojos muy abiertos.

Lentamente, quitó la mano de sus labios, y con la otra mano comenzó a acariciar el cuello del caballo. El animal podía delatarlos con facilidad.

Aparecieron cuatro soldados por el río, en fila, recorriendo ambas orillas con la mirada. Y el quinto jinete era Devlin O'Neill.

Al verlo, a Sean se le encogió el corazón. Sabía lo que estaba haciendo su hermano: Devlin había convencido al oficial al mando para que le permitiera unirse a la búsqueda. Devlin tenía reputación de haber sido un comandante implacable durante la guerra. La mayoría de los mandos navales lo temían y lo respetaban. Probablemente, no le habría resultado difícil convencer al oficial para que le dejara acompañar al grupo.

Y estaba allí para ayudar a escapar a Sean.

La mirada de Devlin viró hacia ellos, como si hubiera localizado el lugar donde estaban escondidos.

Sean rodeó a Eleanor con un brazo y notó su tensión. Ella intentó sonreírle, pero estaba pálida de miedo.

–¡Señor! –gritó uno de los soldados–. Deben de haber retomado el camino por el bosque mucho más abajo. Aquí no hay ni rastro de un caballo ni de un hombre.

–¿Y usted, capitán? ¿Qué opina? –preguntó con tirantez el oficial.

–Creo que ha sido muy inteligente por su parte enviar a Limerick a la mitad de sus hombres. No hay ni una sola señal que indique que han pasado por aquí —respondió Devlin—. La cola del vestido habría dejado algunos jirones.

Sean miró a Elle a los ojos. Devlin debía de haber encontrado numerosos pedazos de tela por el camino, y los había escondido, o distraído la atención de los soldados para que no los encontraran.

—Creo que tiene razón, capitán O'Neill. Creo que han ido al norte, hacia Limerick, y que estamos siguiendo un rastro falso. No hemos visto ni una sola rama rota, ni una huella de caballo, ni un pedazo del vestido de su hermana. Y está notablemente calmado, señor.

—Le he dicho una vez, y no me gusta repetirme, que mi hermano no es un peligro para nadie, y que los cargos de los que se le acusa son falsos —dijo Devlin con una sonrisa fría—. He visto muchos testimonios falsos mientras servía a Gran Bretaña, capitán.

—Si tiene razón, cuanto antes apresemos a su hermano, antes podrá limpiar su nombre. ¡Adelante!

Los soldados y Devlin dirigieron los caballos hacia la orilla opuesta y se volvieron por donde habían llegado. Cuando desaparecían entre el bosque, Devlin no se volvió ni una sola vez.

—Nos ha visto —susurró Elle.

—Sí. Los ha alejado de nosotros —dijo Sean.

El hermano pequeño que había en él deseó seguir a Devlin y pedirle ayuda. Pero él era un hombre, no un niño, y su hermano tenía mucho que perder. Sean miró a Elle, que se había sentado en el suelo.

—Se han ido. Hoy no volverán.

Ella asintió, sin decir una palabra.

—Han estado cerca... pero lo hemos conseguido —dijo él. Deseaba con todas sus fuerzas lograr arrancarle una sonrisa, porque quería reconfortarla—. Elle... ellos me quieren a mí, no a ti.

—Exacto —dijo ella, mientras comenzaba a quitarse los zapatos y las medias empapados—. Ese capitán era Brawley, Sean. Yo hablé con él esta mañana. Tiene órdenes de apresarte, y tiene libertad en cuanto a los medios que utilice para conseguirlo.

Sean bajó la mirada. Lo había entendido. Brawley tenía permiso para atraparlo vivo o muerto.

Elle se miró los pies descalzos.

—Devlin estaba intentando convencerlo de que eres inocente. Yo también lo he intentado. Pero conozco un poco a ese hombre, y sé que es un soldado. Devlin puede intentar persuadirlo hasta que no le quede voz, y no servirá de nada. Puede que hayamos conseguido un día extra, pero Brawley va a hacer todo lo que esté en su mano para apresarte.

—¿Intentaste rogarle… negociar con un oficial británico?

Ella asintió.

—No tenía otro remedio.

Sean se arrodilló y la tomó por los hombros.

—No quiero… que vuelvas a acercarte… nunca a un soldado, ¿entendido? —le ordenó, y estuvo a punto de agitarla debido al miedo y la furia que sentía.

—Quería averiguar lo que él sabía. ¡Sólo quería ayudar! Tienes mucho miedo, lo veo en tus ojos. Es lo único que percibo. Nunca te había visto asustado de esta manera.

—¡Tengo miedo por ti! —gritó él sin poder contenerse.

Ella palideció.

—¿Cómo?

Sean cerró los ojos, temblando.

—Tenemos que continuar… Iremos hacia el este. Hay más bosque, y eso será ventajoso para nosotros. Pero tardaremos más en… llegar a Cork.

—No quiero que te preocupes por mí —le dijo ella lentamente—. Sean, es tu vida la que está en peligro, no la mía.

Aquellas palabras le hicieron daño. Más tarde, cuando estuvieran en un lugar más seguro, en su habitación de Cork, él le diría que había decidido enviarla a casa. No quería provocar una discusión en aquel momento.

—Será mejor que nos vayamos.

Ella titubeó. Después, lentamente, se puso en pie, como si estuviera dolorida.

Él se dio cuenta inmediatamente.

—¿Qué te pasa en los pies?

—Es por los zapatos nuevos —respondió ella, mordiéndose el labio.

Él le ordenó que se sentara de nuevo y se arrodilló ante ella. Entonces le quitó uno de los zapatos, y al ver las ampollas, su expresión se tornó grave.

Ella estaba herida, y él tenía que curarla. Miró hacia arriba.

—Puedo caminar —dijo ella con terquedad.

—No. Vas a ir a caballo hasta que paremos para pasar la noche —replicó él. Usaré la tela de la cola para hacer unos vendajes.

Era casi medianoche cuando Devlin entró por la puerta principal de Adare. El capitán Brawley lo acompañó; el resto de los soldados permaneció fuera. Al instante, aparecieron Cliff, Tyrell y Rex, el conde, la condesa y Peter Sinclair. Él último estaba pálido y tenía los ojos abiertos de par en par.

Devlin miró a Cliff a los ojos, y Cliff esbozó la más ligera de las sonrisas.

Devlin sabía que Cliff había cabalgado como alma perseguida por el diablo a través de los bosques hacia Limerick, y no para preparar su barco para que zarpara al amanecer; de aquello ya se había ocupado la noche anterior. Su hermano había dejado un rastro falso para los soldados, y por la mirada de satisfacción de sus ojos, parecía que los militares habían mordido el anzuelo.

—¿Los ha encontrado? —le preguntó el conde a Brawley, evitando cuidadosamente mirar a Devlin.

—Me temo que no. Parece que se han dirigido a Limerick. Esperaré a tener noticias de los hombres a los que envié al norte —respondió Brawley.

El conde asintió.

—Le agradezco los esfuerzos que está haciendo en mi nombre, Thomas —dijo—. Estoy desesperado por encontrar a mi hijo.

Brawley vaciló.

—Sé que lo está, milord. Esperemos que haya una conclusión satisfactoria para este asunto —dijo.

Después hizo una reverencia y se marchó.

El conde se dirigió al joven Sinclair.

—Peter, ¿quieres unirte a tu padre y a mí para tomar una copa? Por el momento no podemos hacer nada más.

Sinclair miró con desconcierto a Devlin.

—¡El delincuente es su hermano, capitán! ¿Es cierto que piensa que ha ido a Limerick? ¿Y qué ocurre con Eleanor? ¡Todo el mundo dice que no hay peligro para ella por parte de su hermano, pero yo no estoy del todo convencido!

—Mi hermano es inocente —dijo Devlin, tomando a Peter por el hombro.

—¡Está acusado de asesinato, señor, de asesinato y traición! —exclamó Sinclair.

—Sean es un caballero, no un asesino. Y es un patriota.

—¿Un patriota irlandés, quizá?

—Somos parte de la Unión —replicó Devlin en su tono más autoritario—. Él es tan patriota como usted. Eleanor es su hermanastra, y él nunca le haría daño. Muy al contrario, daría su vida por ella.

Sinclair asintió, finalmente, aunque seguía consternado.

–Nunca entenderé por qué se fue con él.

El conde se acercó a Sinclair.

–Eleanor siempre ha sido impetuosa, me temo. Intentemos no preocuparnos. Sean la mantendrá a salvo y yo estoy seguro de que los encontrarán mañana mismo. Dejarás de angustiarte cuando puedas hablar con ella y nosotros, por supuesto, comenzaremos a limpiar el nombre de Sean de esas terribles acusaciones.

Sinclair miraba a la nada. Después de un instante, sacudió la cabeza y murmuró:

–Disculpen. Creo que voy a salir al jardín. Necesito pensar.

Cuando se hubo ido, Rex dijo con tirantez:

–Uno de nosotros tiene que estar con él. Podría ser un buen aliado si atrapan a Sean.

–Tienes razón –dijo el conde–. Tyrell, ve a calmar al joven Sinclair. Convéncelo de que Sean ha sido acusado falsamente, y cuando lo hayas conseguido, convéncelo de que Eleanor actuó por amor a su hermanastro –añadió con seriedad.

Tyrell asintió y salió tras Sinclair.

–¿Qué ha pasado? –le preguntó el conde a Devlin.

–Han ido al sur, a Cork. Estaban a unos seis kilómetros de aquí, al otro lado del río. Sin embargo, me aseguré de que no dejaran rastro y Brawley cree que han ido a Limerick.

El conde asintió y se volvió hacia Cliff.

–¿Puedes zarpar al amanecer?

–Puedo tener mi barco en Cobh en dos días, como mucho –respondió Cliff–. Pero, ¿qué pasará con Eleanor?

Hubo un breve silencio. Entonces, la condesa intervino, mirando sólo al conde.

–Ella es una mujer adulta, y nunca ha dejado de querer a Sean.

–¿Y si no conseguimos anular su condena? ¿Y si no hay amnistía? Es un fugitivo de la ley, Mary, y tendrá que marcharse del país. ¿Y si lo atrapan y ella está con él? ¿Y si la acusan de traición y conspiración?

Mary había palidecido.

–Si él quiere estar con ella, nunca la convenceremos de que lo abandone –dijo–. Querido, sé que estás enfadado con Sean, pero yo conozco a mi hijo. Se ha enamorado de ella, Edward. No hay otra explicación para su comportamiento.

–En este momento, no estoy seguro de que me importen sus sentimientos hacia Eleanor –dijo el conde con brusquedad–. Sinclair es un buen partido. Tiene título, riqueza y, además, no es un forajido que vaya a poner en peligro la vida de Eleanor.

Mary se puso tensa.

–¿Así que sabiendo que Eleanor ha querido a mi hijo durante toda su vida, serías capaz de ir en contra de ellos?

–Antes de que Sean levantara las armas contra los británicos, habría permitido esa unión. Lo he criado como hijo mío... ¡es mi hijo! Pero no esperarás que permita que Eleanor se case con un forajido.

–Si es eso lo que ellos quieren, entonces eso es lo que espero, sí.

Una terrible tensión se había apoderado de todos los presentes.

Devlin se interpuso entre ellos. Sonrió a su madre y después se dirigió al conde.

–Edward, eso es intrascendente en este momento. No estamos enfrentándonos a un posible matrimonio entre Eleanor y Sean. No sabemos lo que pretenden hacer. Sin embargo, yo sí sé que Sean nunca podría en peligro a Eleanor deliberadamente, porque aunque sólo sea como hermana, la quiere demasiado.

—Pues lo ha hecho —replicó Edward—. Y yo tengo miedo por los dos.

—Lo sé. Sin embargo, no lo atraparán. Y prefiero ser yo quien traslade a Sean a costas extranjeras.

Cliff tomó por el brazo a su hermano.

—Devlin, tú tienes esposa y dos hijos, y yo no tengo a nadie. Yo cuidaré de Sean. Y si Eleanor está con él, también la cuidaré a ella. Yo puedo navegar y vencer a cualquiera, y eso incluye a cualquier barco británico que pueda salir en nuestra persecución.

—Si crees sinceramente que eres invencible, te llevarás una decepción, muchacho. Hay una base naval en Cobh, ¿o es que se te ha olvidado?

Cliff sonrió con frialdad.

—Nunca he perdido una batalla y no pienso hacerlo ahora. Y en cuanto a los marinos que hay allí, la mitad son delincuentes en trabajos forzados que saltarán al agua a la primera señal de peligro.

Rex se acercó a ellos.

—¿Ahora vais a empezar a competir el uno contra el otro? ¡No! El que se lleve a Sean lejos de Irlanda, con o sin Eleanor, quizá nunca pueda volver. Por lo tanto, tengo un plan.

Mary se había sentado. Tenía una expresión de profunda angustia y los brazos cruzados sobre el pecho.

—Por favor, Rex —dijo.

—Cliff puede navegar hasta Cobh, pero será nuestro señuelo. Devlin, tú debes comprar en secreto un barco armado y rápido. Ese barco también irá a Cobh. Cuando encontremos a Sean, Cliff puede zarpar y distraer a los británicos. Devlin podrá llevar a Sean a un lugar seguro sin sufrir persecución. Mientras, yo voy a ir a Cork —dijo Rex—. Si me marcho ahora, llegaré pocas horas después que ellos, así que su rastro permanecerá fresco.

Sonó una tos y todos los presentes se volvieron hacia la puerta. Rory McBane estaba en el umbral.

—He decidido intervenir —dijo—, porque van a necesitar mi ayuda.

El sol se había puesto por fin. Eleanor nunca había deseado tanto que anocheciera. Mientras Sean acomodaba al caballo, el agotamiento se adueñó de ella. Caminó cojeando hasta un pequeño claro de hierba y extendió la cola de su vestido, doblándola varias veces. Después se sentó. A pesar del cansancio, del frío y del hambre que sentía, nunca había sido tan feliz.

Sean había vuelto a buscarla. Era un sueño hecho realidad, un milagro. La noche anterior lo había cambiado todo. Era evidente que él correspondía sus sentimientos, o al menos, estaba comenzando a hacerlo. Y como habían conseguido librarse de los soldados, lo peor había pasado. Pronto llegarían a Cork, y en poco tiempo estarían de camino a América.

Eleanor observó a Sean. Desde el otro extremo del pequeño claro, él debió de percibir su mirada y se volvió hacia ella.

—¿Cómo estás? —le preguntó, acercándose.

—¡Estoy exhausta, tengo frío y tengo hambre! Pero estoy muy bien, Sean.

Ella misma se dio cuenta de lo aterciopelado que se había vuelto su tono de voz.

Él se puso tenso.

—No quiero encender una hoguera —le dijo lentamente.

—Creo que podremos sobrevivir sin ella —respondió Eleanor con una sonrisa suave.

Él la miró brevemente a los ojos.

—Tienes frío, y esta noche va a refrescar aún más... No tenemos nada salvo la cola del vestido...

Al instante, ella pensó en la manera más evidente de remediar aquello y sonrió. En sus brazos, ella nunca pasaría frío. Y en aquella ocasión habría amor entre ellos, no sólo una pasión explosiva.

—No me preocupa el frío —murmuró.

Sean se sobresaltó.

—¿Qué significa... eso? —le preguntó.

Eleanor se levantó y le tomó la mano.

—¡Tienes miedo incluso de mirarme! —exclamó—. Sean, si hay alguien que debería estar avergonzado por lo que ocurrió anoche, soy yo.

Él tiró de la mano y se liberó de ella.

—Hay pan y queso en esta alforja —dijo él.

Se arrodilló y abrió la bolsa de viaje parar sacar la comida. Sin embargo, ella insistió:

—Sean, mi conducta fue reprobable, es cierto, pero...

Él alzó la mirada y la clavó en ella.

—¡No quiero hablar de lo que ocurrió anoche!

Ella hizo un gesto de dolor.

—Sé que el tema no es del todo correcto, pero al menos, tu comportamiento demuestra que aún eres un caballero.

Él se puso en pie, incrédulo.

—¿Que mi comportamiento demuestra que soy un caballero? ¿Estás loca?

Ella se ruborizó. Se sentía muy insegura.

—Yo te animé...

—He dicho que no quiero hablar de anoche. En lo que a mí concierne, nunca ocurrió.

Ella lo miró sin dar crédito a lo que acababa de oír.

—No lo entiendo. ¿Por qué estás tan enfadado? ¿Estás enfadado conmigo?

—No estoy enfadado contigo. Estoy enfadado conmigo por haberte usado anoche —dijo, y enrojeció violentamente—. ¡Estoy tan enfadado que no me soporto!

—Pero tú viniste a buscarme.

—Yo fui a buscarte para despedirme. ¡Come! —le ordenó, intentando zanjar la cuestión.

—Pero no te marchaste. Viniste por mí. ¿No?

—Ojalá... no lo hubiera hecho.

Ella jadeó de espanto al oírlo y se cubrió el corazón con ambas manos.

—¿Ojalá no hubieras vuelto por mí?

—Me he pasado la vida... protegiéndote. Ahora no deberías estar conmigo.

—¡No estoy de acuerdo! Y no puedo creer que estemos discutiendo por esto, cuando estoy aquí contigo y ayer tomaste mi virginidad.

—¿Qué quieres decir?

—Pensaba que ésa era la razón por la que habías vuelto a buscarme. Por lo que ocurrió en mi habitación.

—¿En qué estás pensando?

—Ya no soy virgen. Tienes el deber de casarte conmigo y llevarme adonde vayas.

Él se limitó a mirarla fijamente.

—Oh, Dios —susurró ella—. No piensas casarte conmigo, ¿verdad?

Él negó con la cabeza.

—Pienso mandarte a casa, a Adare. Allí, el conde podrá protegerte.

Ella gritó y ahogó el grito tapándose la boca con la mano.

—Y lo siento —prosiguió él—. ¡Lo siento muchísimo! No quería que ocurriera nada de lo que ocurrió. Te dije que debías casarte con Sinclair. Pero ya no soy un caballero. Sean O'Neill ha muerto. Te lo dije, pero no me escuchaste. Tú no puedes escapar con un fugitivo. ¿Por qué no eres razonable? —le dijo con desesperación.

Ella se enfureció.

—Entonces, ¿por qué demonios me llevaste contigo? Si no es para convertirme en una mujer honesta, ¿para qué? ¡No lo entiendo!

—¡No lo sé! —gritó él—. ¡No lo sé! ¡Maldita sea! Tú estabas llamándome a gritos, como siempre hacías cuando tenías algún problema. Yo volví por ti... ¡como lo he hecho tantas veces en el pasado!

Ella lo abofeteó con todas sus fuerzas. El sonido de la bofetada restalló como un látigo.

—¡Ya no soy aquella niñita a la que tú cuidabas! Soy la mujer a la que has quitado su virginidad. ¿Y ahora, qué soy para ti? ¿Los restos? ¿Una basura de la que puedes deshacerte?

Él sacudió la cabeza con los ojos llenos de lágrimas.

—Sinclair te quiere.

—No voy a volver con él. ¡Además, él no me aceptaría!

Quiso abofetearlo de nuevo, pero él atrapó su muñeca antes de que lo consiguiera.

—¡Elle! —dijo él, mientras ella forcejeaba para liberarse—. Debo protegerte... por favor, entiéndelo. Sinclair es inglés. Si te casas con él, nadie te perseguirá, nadie te hará daño. ¡Él te mantendrá a salvo!

Ella se zafó, por fin, furiosamente.

—Ahora eres tú el que está loco. Él nunca me aceptará de nuevo después de lo que he hecho. ¡Lo abandoné en el altar! ¡Nadie me va a hacer daño, salvo tú!

Pasó un terrible momento. Después, lenta y calmadamente, él dijo:

—Tú dices que me quieres... como a un hermano. Y como mi hermana, tú debías ayudarme a escapar. Sinclair te creerá. Hay formas de conseguir... que te crea.

Ella estaba temblando.

—He sido una idiota. Te ofrecí mi cuerpo, habría dado mi vida por ti, ¿y para qué? ¿Para que me trates así? ¿Me has querido alguna vez, incluso cuando éramos niños?

Eleanor se sentía como si le hubieran atravesado el corazón. Comenzó a caminar ciegamente hacia el bosque.

—¡Maldita sea! —dijo él, y la siguió.

La atrapó y la arrastró hacia el claro de nuevo.

—¿Qué estás haciendo? ¡Hay lobos!

—¡En este momento no me importa! ¡Quiero alejarme de ti todo lo posible! —le gritó.

Se retorció salvajemente hasta que él la soltó. Se secó las lágrimas que se le habían derramado por las mejillas rápidamente, porque no quería que él la viera llorar; sin embargo, su llanto no cesó.

—He aprendido la lección. No me quieres, nunca me has querido. Yo también voy a dejar de quererte. ¡No te mereces mi amor!

Él estaba inmóvil, mirándola fijamente.

—Bien —dijo.

Aquélla no era la respuesta que ella quería oír.

—Anoche me usaste, sí. Creo que eso es exactamente lo que has dicho. Anoche, yo fui tu prostituta.

Él inhaló bruscamente.

—¡No! ¡Eso no es cierto!

—Yo quería que me hicieras el amor, Sean. ¡Qué tonta fui! Eso no fue lo que ocurrió, ¿verdad?

Él no dijo nada durante un largo momento.

—No —respondió lentamente—. Eso no fue lo que ocurrió.

Entonces, ella lo golpeó de nuevo, y él se lo permitió.

Sean la observó.

Elle estaba tumbada de espaldas a él. Se había envuelto en la cola del vestido. La noche había caído, pesada y oscura, pero el cielo estaba lleno de estrellas. Sean se sentía aliviado porque no hiciera tanto frío como él había pensado. Sabía que ella se había dormido, por fin, porque su respiración se había vuelto tranquila, profunda y rítmica.

Él estaba sentado con la espalda apoyada en el tronco de un árbol, haciendo el primer turno de vigilancia. Sin embargo, la noche era silenciosa y no parecía que hubiera ninguna amenaza. Si su situación hubiera sido distinta, aquella noche habría sido perfecta para disfrutar y descansar.

Sin embargo, no había nada de lo que disfrutar.

Sean sabía que había vuelto a hacerle daño a Eleanor, incluso de una manera más terrible que la noche anterior, y no podía soportarlo.

«Voy a dejar de quererte», le había dicho ella.

Sean no quería recordar aquellas palabras. Sabía que era lo mejor que podía suceder. Él nunca había pedido ni deseado aquel amor, aquella lealtad, aquella confianza. Sin embargo, la declaración de intenciones de Eleanor no le había aliviado. Extrañamente, sus palabras lo habían asustado.

Echó un vistazo breve, cauteloso, por el perímetro del claro, y después se cubrió la cara con las manos. Ella había cambiado tanto... y al mismo tiempo, no había cambiado en absoluto. Sean no sabía qué hacer. Por supuesto, ella debía dejar de quererlo. Tenía que querer a Sinclair y casarse con él. Sin embargo, ¿podrían volver a ser amigos? Sean nunca se había sentido más confuso. Los recuerdos lo asaltaron; Elle de niña, persiguiéndolos a él y a sus hermanos; Elle creciendo, espiándolo incluso cuando él tenía una aventura; Elle a su lado, con las manos despellejadas, con el rostro quemado por el sol, reconstruyendo Askeaton.

Sean cerró los ojos con fuerza. Nunca podría soportar que ella lo odiara, aunque lo comprendería. Tenía todos los motivos para odiarlo, pero él no se veía capaz de aceptar aquel odio. No entendía cómo su relación, desarrollada durante toda una vida, había llegado a semejante final; él le había hecho daño una y otra vez, y ella había terminado por detestarlo.

Sin embargo, si aquel odio servía para mantenerla a distancia, él debía fomentarlo. Necesitaba que Elle siguiera enfadada con él para alejarla, para empujarla hacia los brazos de otro hombre. Él no podía ofrecerle nada, nada salvo una existencia proscrita y, por alma, una cáscara vacía.

Él ya no tenía corazón, y por lo tanto era incapaz de amar a nadie. Así debían ser las cosas.


Eleanor estaba muy rígida detrás de Sean mientras él abría la puerta de la habitación, en un pasillo estrecho, oscuro y sucio. Aquella habitación era el lugar donde Sean y ella iban a esconderse; estaba sobre el taller del zapatero del pueblo, en una calle que daba a uno de los muchos canales que atravesaban Cork. No había luz, y el edificio olía sospechosamente a vinagre. ¿O sería orín?

La puerta que Sean estaba abriendo tenía un agujero entre dos tablones. Seguramente, una vez había sido verde; en aquel momento, sin embargo, era grisácea.

Sean se apartó y la miró.

–No es mucho... pero es un buen escondite –le dijo lentamente.

Eleanor no le devolvió la mirada. Pasó por delante de él, con cuidado de no rozarlo, y se detuvo en medio de la habitación. Sean la siguió y cerró la puerta con llave. Había un camastro, una mesa y dos sillas desvencijadas, una estufa de hierro y un perchero. La ventana, cuyos cristales estaban muy sucios, tenía unas cortinas descoloridas. En el perchero había un traje de hombre con chaleco y una camisa arrugada. Bajo aquellas prendas, en el suelo, había un par de zapatos y algunos calcetines. Aquella ropa de buen corte era una incongruencia en relación con el resto de la estancia.

–Sé que nunca... has estado en un... tugurio así –dijo Sean con tirantez–, pero no será para mucho tiempo.

Eleanor se acercó cojeando a la ventana y vio uno de los canales del río Lee. Había algunas barcazas, y una de ellas, llena de pasajeros, estaba a punto de amarrar en el muelle. Ella le dio la espalda a la escena y tomó una de las sillas para sentarse. Mientras se quitaba los zapatos, intentó decidir si debía hacerle caso omiso durante el tiempo que les quedaba juntos, sobre todo teniendo en cuenta que él quería recuperar su atención. Sin embargo, aquel comportamiento habría sido infantil por su parte, porque ella quería responderle, así que por fin lo miró.

–Sí, ya sé que no será mucho tiempo. Vas a enviarme rápidamente a casa. ¿Y cuándo será eso? –le preguntó con amargura.

—Lo antes posible... no puedo mandarte a casa con cualquiera, Elle —dijo, y se ruborizó—. Eleanor —dijo, corrigiéndose—. Tengo que encontrar una escolta para ti. Alguien en quien pueda confiar... alguien que te proteja con su vida.

Así que se había convertido en Eleanor, pensó ella.

—¿Y antes de que me marche, vas a darme instrucciones precisas de cómo engañar a Peter para que crea que soy virgen? —le preguntó con frialdad.

Él hizo un gesto de dolor. Estaba del color de la grana en aquel momento.

—Sí —respondió, y se dio la vuelta, con las manos en los bolsillos.

—Quizá lo mejor sea que me instruyas ahora —dijo ella—. ¿Eres un experto en la disciplina de acabar con la inocencia de las mujeres y después educarlas para que sean buenas actrices?

Él se giró hacia ella de nuevo.

—Entiendo que estés enfadada conmigo. ¡Tienes motivos!

—No estoy enfadada —dijo ella, y se puso en pie—. Me he dado cuenta de que tienes razón. Has cambiado. Sean O'Neill ya no existe. En cuanto sea posible, me gustaría volver a casa con mi prometido. Estaba enamorada de él antes de que llegaras, y no sé qué ha podido sucederme para mirar a un hombre como tú.

Sean palideció.

Ella había querido hacerle daño, y sabía que lo había conseguido. Vio el dolor reflejado en su mirada. No le importó. Había llegado la hora de volver a casa y casarse con Sinclair. Pero, Dios Santo, no podía evitar pensar que Sean ya había sufrido lo suficiente.

Su semblante se había convertido en una máscara sin expresión. Se acercó a la estufa y comenzó a poner troncos dentro.

En aquella habitación hacía frío, y ella no puso objeciones. Se dio cuenta de que estaba muy tenso y enfadado. En aquel momento, Eleanor deseó no haber dicho cosas tan crueles.

–¿Puedo ayudarte?

–No.

Él encendió el fuego con las piedras y, cuando estuvo ardiendo, cerró la portezuela de la estufa. Sin mirarla, se acercó a una silla, la apartó de la mesa y se sentó. En cuanto lo hizo, estiró sus largas piernas y dejó caer la cabeza hacia atrás. Y entonces, Eleanor se dio cuenta de que estaba completamente exhausto.

–Debes de estar muy cansado. ¿Por qué no te quitas las botas? –le dijo.

Aunque no tenía ganas de sonreírle, Eleanor seguía siendo una persona con compasión, y no iba a tratar a Sean de una manera distinta a la que hubiera tratado a cualquiera en su situación.

Entonces, él comenzó a tirar de una de sus botas, y ella se dio cuenta de que estaba muy pálido y tenía gotas de sudor en la frente, como si estuviera sufriendo mucho. Sin poder evitarlo, se levantó y se acercó.

–Yo lo haré –le dijo.

Sus miradas se cruzaron. Al instante, él bajó la suya.

–Gracias.

Eleanor se colocó frente a Sean y, con ambas manos, agarró la bota y tiró con fuerza. La bota salió; Sean jadeó, pálido como la sábana de la cama.

Al instante, ella supo por qué. Tenía los calcetines hechos jirones, y los pies hinchados y sangrantes. ¿En qué había estado pensando Eleanor? Sean había estado en una celda durante dos años. No estaba acostumbrado a caminar, y tampoco a llevar botas. Y ella se había estado quejando de unas cuantas ampollas.

–Sean... –susurró, sufriendo al instante por él.

Sean estaba recuperando el color. Se quitó el calcetín manchado de sangre y lo lanzó a un lado. Después agarró la otra bota, pero ella le apartó las manos.

–Yo lo haré –dijo, con el estómago encogido.

Él la miró.

–Hazlo con rapidez.

Eleanor asintió y tiró de la otra bota. En aquella ocasión, Sean no emitió el más mínimo sonido. Eleanor se arrodilló a sus pies y le quitó el otro calcetín.

–Tengo que bajar a buscar agua. ¿Tenemos jabón?

Él tenía la cabeza echada hacia atrás y estaba respirando profundamente. Pasó un momento antes de que respondiera, y lo hizo sin mirarla.

–Estoy bien.

Sin embargo, tenía la camisa empapada de sudor.

–No, no estás bien. Y, a menos que quieras tener una infección grave, debo lavarte los pies, Sean. ¿Por qué no has dicho nada?

–Tenía otras cosas en las que pensar –respondió él, e hizo ademán de ponerse en pie.

Ella lo empujó hacia la silla de nuevo.

–Iré a buscar el agua y el jabón. Quédate sentado.

Él no dijo nada, así que Eleanor se levantó, tomó un cubo que había junto al lavabo, donde había también una pastilla de jabón de lejía, y bajó al pequeño patio trasero, donde encontró una bomba de agua. Llenó el cubo rápidamente y volvió a la habitación sin que nadie la viera.

Cuando entró, él seguía en la silla, pero estaba profundamente dormido.

En aquel momento, Eleanor olvidó el daño que le había hecho, su rechazo. Olvidó su enfado. Estaba muy preocupada por él, y no tenía forma de deshacerse de aquellos sentimientos. Él estaba agotado y tenía heridas; y además, tenía lesiones en algún lugar profundo y oscuro del alma. ¿Cómo iba a continuar enfadada con él? Si no lo ayudaba, ¿quién iba a hacerlo?

Mientras se arrodillaba frente a Sean, se preguntó en qué situación los dejaba aquello. Sin embargo, mientras comenzaba a lavarle los pies, pensó en que él le había dejado muy claro que para ellos no habría ninguna situación, y tenía razón. Ya nunca estarían juntos de nuevo. Nunca saltarían de un puente al río para bañarse, ni correrían por los campos de cultivo, ni pintarían un muro de blanco.

De repente, se detuvo, abrumada por una insoportable tristeza. Había perdido a su mejor amigo, y al mismo tiempo al hombre al que amaba. Nunca podría perdonarlo por usarla del modo en que lo había hecho, aunque ella misma lo hubiera animado. Sin embargo, iba a impedir que tuviera una infección, y también iba a ayudarlo a que escapara del país sano y salvo.

Eleanor terminó de lavarle los pies y lo miró. Él continuaba profundamente dormido, pese a que estaba en una silla desvencijada y en una posición muy incómoda. Y mientras él dormía, ella tuvo la oportunidad de estudiarlo. Tenía el rostro mucho más delgado, y una cicatriz en la mejilla derecha, pero sus rasgos seguían siendo duros y perfectos, familiares para ella, de una manera que le producía dolor, pero que al mismo tiempo era maravillosa. Permanecer firme en sus nuevas convicciones hacia él iba a resultarle muy difícil, pensó.

Apartó el cubo de agua y el trapo que había usado y después, sin despertarlo por completo, le pidió que se levantara. Él la miró sin enfocar la vista y sonrió suavemente.

—Elle —susurró.

Eleanor sabía que no estaba del todo consciente, pero aquel murmullo y aquella sonrisa le provocaron una profunda felicidad. No había visto una sonrisa suya desde que había vuelto a casa, pero en aquel momento de descuido provocado por el agotamiento, Sean había intentado hacerlo.

Ella daría cualquier cosa por conseguir que sonriera de nuevo. ¿Conseguiría que el viejo Sean volviera a su lado?

Él se acercó a la cama tirándole suavemente de la mano y se tendió sobre el colchón, haciendo que ella cayera a su lado. Eleanor contuvo la respiración; temía que si él despertaba, se diera cuenta de lo que estaba haciendo y la rechazara de nuevo. Sin embargo, Sean la abrazó y volvió a sumirse en un profundo sueño.

Ella se quedó mirándolo mientras él dormía. Permaneció entre sus brazos, sin moverse, porque no quería apartarse de él. Alzó cuidadosamente la mano y se la posó en la mejilla; y sin que pudiera evitarlo, el amor le inflamó el pecho nuevamente. En aquel momento, supo que nunca dejaría de quererlo, y tuvo que rendirse. Permaneció allí, atesorando todos los recuerdos posibles de aquel momento, sabiendo que sería único.

Unas horas después, se levantó. Sean no había vuelto a despertarse. Eleanor se acercó a la ventana. Era por la tarde ya, y ella no había conseguido dormir nada. Estar con Sean le producía un caos de emociones, y no sabía cuánto tiempo más podría soportarlo.

De repente, tuvo la sensación de que la observaban y se volvió hacia la cama. Sean estaba tumbado de costado, de cara a ella, estudiándola con sus preciosos ojos grises.

—Estás despierto —le dijo, y sonrió un poco, con una punzada de excitación en el corazón, algo que no quería ni debía sentir.

—¿Cuánto tiempo he dormido?

—Cuatro o cinco horas. Es tarde. He oído que el reloj de la iglesia daba las cinco.

Entonces, él se incorporó y se levantó de la cama, mirándola.

—¿Has salido?

Ella negó con la cabeza.

Sean atravesó la habitación, tomó unos calcetines limpios y se los puso. Eleanor lo observó.

—¿Adónde vas? —le preguntó. No le gustaba la idea de que él saliera.

—Necesitamos comida... sábanas... más ropa —dijo.

Mientras se calzaba las botas, hizo un gesto de sufrimiento.

Eleanor se mordió el labio. Él tenía que curarse, no debía ir por ahí caminando para hacer recados, tratando de evitar encontrarse con los soldados de la guarnición de la ciudad.

—Yo iré.

—No. Tú espera aquí.

Ella intentó sonreír.

—Creo que deberías descansar.

Sean le había dado al dueño de los establos uno de los pendientes de diamantes de Eleanor para pagarle el alimento y el acomodo de Saphyr. Ella tomó el otro pendiente y se lo mostró.

—Hay un almacén en la esquina. No está lejos. Estoy segura de que allí podré comprar pan y queso, y quizá algo de beicon. ¿Tenemos una sartén? Usaré este pendiente como pago. Tendremos crédito durante meses.

Él la miró con cautela.

—¿Qué pretendes?

Ella sabía perfectamente lo que él le estaba preguntando, pero fingió que no lo entendía. Después de todo, sólo unas horas antes había estado furiosa con él.

—Yo me siento bien, y tú no. Siempre nos hemos cuidado el uno al otro. Yo saldré. De todos modos, necesito tomar un poco el aire.

—Hace un rato… me odiabas.

—No creo que nunca pueda odiarte, Sean, por mucho que hayas cambiado. Y no tiene sentido que sigamos enfadados. Siempre hemos sido amigos.

—¿Quieres que seamos… amigos? —le preguntó él con incredulidad—. ¿Me perdonas?

—Si me estás pidiendo que te perdone por haberme tratado como una amante sin importancia, como tratabas a las hijas de los granjeros y a sus esposas, no, no voy a perdonarte por eso —respondió Eleanor. Sin embargo, no estaba enfadada, y se sentía como si ya lo hubiera perdonado—. Traeré la cena, Sean. Y más calcetines.

—No —respondió él con firmeza.

—¿Por qué?

—¡Hay soldados… hay una guarnición al oeste de la ciudad!

Él estaba muy disgustado, y ella no entendía el motivo.

—¿De qué estás intentando protegerme? ¡Eres tú quien necesita protección, no yo!

—No dejes entrar a nadie —dijo él—. Cierra la puerta con el cerrojo —le ordenó.

—¿De qué tienes miedo, Sean? ¡No lo entiendo!

Él apretó la mandíbula.

—¡Te lo he dicho! No importa lo que yo diga… lo que tú digas… te acusarán de ser mi cómplice, de haber conspirado conmigo. Eso es traición. ¡Nunca dejaré que vayas a la cárcel… por mis pecados! —dijo, con los ojos brillantes.

Ella se quedó inmóvil, alarmada. ¿Por qué había hablado de sus pecados? Su intuición le dio a entender que aquello era la raíz de sus heridas.

—Te refieres a tus delitos. Quieres decir que no permitirás que vaya a la cárcel por tus crímenes. Y nadie va a obligarme a pagar por lo que tú has hecho, Sean.

Él se dio la vuelta, temblando, y tomó el cubo.

—Voy por agua —le dijo. Abrió la puerta, y antes de salir, se volvió hacia ella—: Cierra con los cerrojos, Eleanor.

Ella apenas lo oyó marchar. Incluso sabiendo que se había convertido en un hombre tan oscuro, aquellas palabras eran muy extrañas. Sean no era un religioso ferviente; ella sabía que creía en Dios, como la mayoría de la gente. Sin embargo, no creía que se refiriera a las muertes de los soldados, que habían sucedido a causa del patriotismo, como pecados. Sin embargo, Eleanor se recordó que estaba formulando hipótesis sobre Sean, el hombre que había sido una vez, no el hombre que era en el presente.

La lógica, no obstante, estaba clara: si Sean se había referido a sus crímenes como pecados, era porque se culpaba por algo terrible. ¿Sería aquélla la causa del cambio que había experimentado?

De repente, él entró en la habitación con el cubo lleno de agua, y se enfureció.

—¡No habías cerrado con el cerrojo!

—Sólo te has ido durante un momento.

—¡Te he dicho que cerraras!

Ella no iba a discutir con él sobre su desobediencia.

—¿Por qué dijiste pecados en vez de crímenes?

Y al instante, él apartó la mirada.

—Fue un error —dijo, y se encogió de hombros.

—No, no lo creo. Creo que te ocurrió algo. O que le ocurrió algo tremendo a alguien. Pero no era un soldado. Tú no te culparías por la muerte de un soldado en una batalla.

—No sé a qué te refieres —dijo él, con los ojos abiertos de par en par por la sorpresa.

Y entonces, Eleanor supo que había dado con la verdad.

—Quizá te ayude hablar de ello.

—No. Voy a conseguir comida y ropa.

—¿Es ése el motivo de que hayas cambiado? ¿Es por un secreto oscuro, profundo, un pecado que has cometido?

—No sigas —le dijo él, y la agarró por el brazo.

—Deja que te ayude —le suplicó Eleanor, susurrando, y le acarició la mejilla.

Él le apartó la mano. Pasó un momento antes de que pudiera hablar de nuevo.

—No puedes. Nadie puede —sentenció, y salió de la habitación dando un portazo.

En aquella ocasión, Eleanor cerró la puerta con ambos cerrojos.

# 11

La ansiedad de Eleanor era cada vez mayor. Sean llevaba fuera más de una hora. No habría tardado tanto si sólo hubiera ido a la tienda de la esquina a comprar comida y otras cosas. Ella estaba descalza, junto a la ventana; se había puesto los pantalones que había en el perchero y la camisa arrugada, para poder mirar por la ventana mientras lo esperaba. Desde su puesto de observación no veía la esquina más lejana, donde estaba la tienda.

¿Por qué tardaba tanto?

Justo cuando ella se había convencido por completo de que él tenía problemas, lo vio caminando por la calle. El corazón se le aceleró y se sintió tremendamente aliviada.

Sean llevaba varios paquetes en la mano. Llevaba comida a la habitación, y lo que era más importante, no estaba herido ni había sido capturado. Ella estuvo a punto de sonreír, pero no llegó a hacerlo. Sean no estaba solo.

Había una mujer de baja estatura con él, caminando a su lado. Tenía el pelo oscuro, rizado, y era guapa y regordeta. Ambos se detuvieron en la calle de abajo, a la entrada de la zapatería, y Eleanor los observó. Mientras conversaban, la muchacha no dejaba de tocarle el brazo a Sean; Eleanor reconocía un coqueteo cuando lo veía. Sabía exactamente lo que estaba ocurriendo. Si Sean no se había acostado con aquella mujer, iba a hacerlo pronto.

Eleanor se aferró al alféizar. Le costaba respirar. No era posible que estuviera celosa; ella iba a volver a casa para casarse con Sinclair. Quería hacerlo, porque el hombre al que quería había cambiado tanto que ella ya no lo conocía. Sin embargo, su razonamiento no consiguió calmar sus emociones frenéticas.

Se sintió tan mal que tuvo que apartarse de la ventana para no seguir viendo la escena. La puerta de abajo se abrió y se cerró.

–Elle.

Eleanor se acercó a la puerta de la habitación, se detuvo allí un instante para respirar profundamente y, con calma, descorrió ambos cerrojos.

Él la miró y se sobresaltó.

–¿Estás bien?

Ella intentó sonreír.

–Has tardado mucho. No he podido evitar preocuparme.

Él la miró con desconfianza y entró en la habitación. Eleanor cerró la puerta. Él depositó las bolsas de papel sobre la mesa mientras ella lo observaba. Entonces, Sean le dijo:

–Ven a sentarte. Te vendaré los pies.

–Mis pies están perfectamente. Tú eres el que necesita vendas. ¿Quién es tu amiga? –preguntó antes de poder evitarlo, y se quedó horrorizada. Notó que le ardían las mejillas.

–¿Cómo dices?

Ella se mordió el labio, arrepintiéndose profundamente de haber formulado aquella cuestión.

–¿Te refieres a Kate?

Eleanor vaciló, y después se encogió de hombros con tanta despreocupación como pudo.

—Es la hija del zapatero —le explicó él—. Le he dicho que eres mi hermana.

—Qué apropiado —respondió Eleanor.

—Nos vio entrar. Es un poco... fisgona. Tenía que contarle algo. Le he dicho que te llamas Jane. Y cree que yo me llamo John Collins. ¿Te importaría sentarte, por favor?

Eleanor quería saber si se habían acostado. Si habían estado en aquella cama, ella no volvería a dormir allí. No era asunto suyo, pero le hacía daño.

Sean enrojeció.

—No me he acostado con ella, si es lo que estás pensando.

¡Él aún podía leerle la mente!

—¡No! —dijo ella, sonriendo, y se sentó—. Ni siquiera se me había pasado por la cabeza.

Sean asintió, como si quisiera dar por zanjado aquel asunto.

—He comprado un pavo asado para cenar en la posada que hay a la vuelta de la esquina —dijo.

Abrió un pequeño armario que había sobre el lavabo y sacó dos platos, dos tazas de latón y algunos cubiertos. Eleanor vio que había puesto una botella de vino tinto sobre la mesa. Los aromas que emanaban de la bolsa de papel eran muy apetecibles. Él puso la mesa mientras Eleanor abría el paquete de carne; después, Sean descorchó la botella.

—¿Has visto soldados? —preguntó ella.

—No. Pero he visto una fragata en el puerto de la isla... la HMS Gallantine.

—¿Conoces ese barco?

—Devlin se lo capturó a los franceses hace años... He hecho algunas preguntas. Tiene treinta y dos cañones. Quizá mañana vaya a echarle un vistazo.

Ella se quedó asombrada, y no de una manera agradable.

—¿Y en qué puede afectarte a ti? ¿Qué diferencia hay entre nueve cañones o treinta?

—Sólo me afecta... si va a perseguirme cuando yo zarpe.

A Eleanor se le encogió el estómago.

—¿Te has comprado ya el pasaje?

—¿Cómo voy a hacer eso? —le preguntó él, sorprendido—. Antes tienes que volver a casa —dijo. Con brusquedad, tomó la botella de vino y sirvió dos vasos. Después se detuvo—. Se me ha olvidado que no bebes.

—No pasa nada —dijo ella.

Nunca había necesitado más sentir los efectos del vino. Él le entregó el vaso, y sus manos se rozaron. Él bajó la mirada y dio un sorbo a su vaso. Eleanor creyó que él temblaba, pero no podía estar segura. Notaba cierta tensión en sus hombros. Dejó el vaso sobre la mesa, intacto.

—He estado pensando en ello.

—¿En qué?

—Creo que deberías marcharte del país antes de que yo vuelva a casa. Quiero saber que has escapado sano y salvo.

—¡Rotundamente no! —respondió él con firmeza, y se dio la vuelta con una ira evidente.

—Puede que nuestra amistad haya cambiado —dijo Eleanor—, pero antes estábamos muy unidos. Te lo debo, Sean. ¿Cuántas veces me rescataste tú de mí misma mientras crecía? En conciencia, no puedo dejarte aquí solo.

—Tú no me debes nada, Elle... Eleanor. Yo no podría seguir viviendo... no me soportaría... si permitiera que te ocurriese algo por lo que yo he hecho.

—Ahora tampoco te soportas —se atrevió a decir ella—. ¡Oh, Sean! ¿Por qué? ¿Qué te ha ocurrido para que te culpes de esa manera, para que te odies tanto? ¿Por qué has cambiado así? ¿Dónde está el hombre al que yo quería, en el que confiaba?

—¡Debemos comer! —estalló él.

Tiró de una de las sillas y tomó asiento. Después clavó el tenedor en su comida y comenzó a tomar bocados sin pausa.

Ella supo que había dado en el clavo. Estaba descubriendo sus sentimientos, pero no su origen. Se sentó también, y observó que Sean había consumido casi la mitad del plato, ansiosamente.

—Sean, no insistiré más. Disfruta de la comida —le susurró.

Él se detuvo. El tenedor quedó en el aire, a medio camino de su boca. Lo posó en el plato y terminó de masticar. La miró de una manera inquietante.

—Por favor —dijo ella, con una sonrisa.

Entonces, él volvió a comer, con calma esta vez. Eleanor no esperaba que hablara, y sus palabras la sorprendieron.

—Siempre estabas fisgoneando y espiando —le dijo Sean, mirando a la mesa—. Eras imposible. Yo no podía tener secretos.

Ella se estremeció.

—No quería ser tan molesta. ¡Te quería tanto! Tenía que estar contigo todo el tiempo. No podía contenerme.

Él tenía las mejillas coloradas. No alzó la vista.

—Tan imposible —repitió suavemente.

—Pero de todos modos, tú me ayudabas siempre que tenía algún problema, me rescatabas cuando me metía en algún lío.

—Sí, es cierto.

—¿Recuerdas aquella vez en que me dijiste que no me bañara en el lago porque había llovido durante toda la semana? Por supuesto, yo no te hice caso.

Él elevó la mirada lentamente.

—Tú nunca hacías caso.

—Me quedé atrapada con unas ramas, y me habría ahogado, si no llega a ser porque tú te tiraste a salvarme —rememoró ella con una sonrisa—. Yo tenía ocho o nueve años.

—Diez —corrigió él—. Tenías diez años, porque yo tenía dieciséis.

—¿Cómo he podido olvidar eso? ¡Fue el año en que llegó la nueva institutriz! Era rubia, muy bella, y tú estabas en su cama al momento siguiente de que llegara a Adare.

Él se quedó mirándola fijamente.

Eleanor se dio cuenta de que, al instante, la tensión se adueñó del ambiente, caliente y sexual. Su corazón comenzó a latir con lentitud, pesadamente.

—Era muy esbelta, y alta para ser mujer.

Él bajó los párpados.

Lady Celia era muy parecida a Eleanor en aquel momento: rubia, alta y esbelta. Sean había estado muy encaprichado con ella, y Eleanor intentó no pensar en que había demasiadas coincidencias.

—Deberías comer —dijo él.

—¿Estabas enamorado?

Él se encogió de hombros.

—Siempre estaba enamorado... pero nunca duraba.

—Entonces no era amor. El amor de verdad nunca muere.

—Sólo tenía dieciséis años.

Ella sonrió.

—Y cuando yo cumplí los dieciséis, papá y mamá me obligaron a presentarme en sociedad. ¿Te acuerdas de eso?

Él torció los labios.

—Lo sentía mucho por ti.

—¡Nadie lo sentía más que yo! —exclamó ella.

Había odiado las temporadas sociales que había pasado en Londres. Eran para ella un borrón de tristeza e imposiciones. Para Eleanor, su presentación había sido una cárcel, también.

Sin embargo, Sean la había rescatado incluso entonces.

—Tú viniste a mi primer baile. No había vuelto a acordarme. ¡Fue tan horrible!

—Lo siento. Siento haberme burlado de tu vestido.

A ella se le había olvidado. Su primer vestido de fiesta era muy bonito, pero ella se sentía demasiado alta y delgada entonces. Y lo era. Sean se había reído de ella, y ella le había dado un puñetazo en el estómago, con tanta fuerza, que él había soltado un jadeo de dolor y se había doblado hacia delante. Eleanor lo había odiado en aquel momento, porque él tenía razón: un vestido de fiesta no iba a cambiar quien era.

Sin embargo, cuando él le había pedido su primer baile, cuando la había acompañado a la pista, ella se había agarrado a su brazo con firmeza, y se había sentido agradecida y orgullosa. Había fallado algunos pasos, pero él la había guiado con tanta desenvoltura que nadie se había dado cuenta. Ella estaba aterrorizada al comenzar el baile, pero al final, se había divertido.

—Bailaste conmigo —le dijo lentamente—. Y ahora sé, exactamente, por qué siempre te he querido tanto.

Él se puso en pie.

—Come.

Ella sacudió la cabeza y apartó el plato. También se puso de pie.

—Sean, te necesito. Tienes que volver a ser como eras antes.

Él se alejó, sacudiendo la cabeza con vehemencia.

—¡Por favor! —le suplicó Eleanor—. Tenemos que hablar del pasado de esta manera. Tenemos que volver juntos a Askeaton y recorrer el piso de arriba. Devlin no ha terminado la tercera planta.

Él estaba incrédulo... o temeroso.

—Podemos terminar juntos esas habitaciones. ¡Y lo que te está atormentando desaparecerá, lo sé!

—¡Nunca desaparecerá! ¡Deja de pedirme… lo que no puedo darte!

—No te estoy pidiendo amor —exclamó ella—. Puedo renunciar a tu amor. Pero quiero que vuelvas a ser tú, ¡maldita sea!

Él alzó una mano para apartarla de sí.

—¡No!

Eleanor caminó hacia él y se detuvo tan cerca que su nariz casi rozaba la palma de la mano de Sean.

—No, no puedes levantar la mano para que yo me aparte como si fuera un fantasma que te ha robado el alma. Yo no voy a robarte nada, pero Dios sabe que otra persona sí lo ha hecho. Sé que puedo ayudarte.

Él tenía la respiración entrecortada.

—Algunos secretos deben ser secretos siempre. Yo he cambiado. ¡La cárcel les hace eso a los hombres!

—¿Fue algo tan malo? —Eleanor tenía que saberlo—. ¿Es eso lo que le ha pasado a tu voz? ¿Por eso estás tan delgado?

—Fue malo… fue espantoso… como estar enterrado en un agujero negro.

Ella no lo entendía. No podía ser que estuviera hablando literalmente.

—Sean, no querrás decir que has estado encerrado en un agujero, ¿verdad?

Él no respondió. Sólo la miró fijamente.

—Oh, Dios Santo —susurró Eleanor, horrorizada, al ver la respuesta en sus ojos—. ¿Estuviste en un foso durante dos años?

—No importa.

—¡A mí sí me importa! —Eleanor estaba desolada.

Él debía de tener cicatrices más profundas de lo que ella había supuesto. Y, sin embargo, los horrores físicos que había sufrido palidecían en comparación con la culpabilidad que lo afligía.

—Lo siento. Lo siento muchísimo.

—No sigas —le pidió él.

Sin embargo, Eleanor no cedió.

—Sé que no eres un cobarde, y aun así estás huyendo de mí, de algo y de alguien. Es eso, ¿verdad? No estás tratando de escapar de los ingleses, sino de aquello de lo que te sientes culpable.

Él sacudió la cabeza y se acercó a la puerta para descorrer los cerrojos. Al instante, la cólera de Eleanor se desvaneció.

—Sean, no te vayas. ¿Adónde quieres ir?

Él apoyó la frente contra la puerta, con la respiración entrecortada.

—No insistiré más. No diré nada más. Pero mis sentimientos no van a cambiar.

Él emitió un gemido áspero, desdeñoso.

—No es seguro que salgas tanto, y lo sabes. Estamos escondidos.

Sean se apartó de la puerta.

—Tú come y acuéstate... yo vigilaré.

Ella sonrió débilmente.

—Muy bien —dijo.

No obstante, cuando se sentó a la mesa, frente a su plato, no estaba pensando en la cena. Miró a Sean, que se había acercado a la ventana. Él no estaba huyendo de ella, sino de sí mismo, y Eleanor tenía que detener aquella escapada de alguna manera. Iba a encontrar al hombre al que amaba y lo iba a despertar nuevamente a la vida.

Aparte del pequeño fuego que ardía en la estufa, no había ninguna otra luz en la habitación. Habían hecho turnos para vigilar, porque Eleanor había insistido. Sean estaba profundamente dormido en la única cama de la habitación, y Eleanor estaba sentada junto a la ventana. Estaba contenta de tener algo de soledad; así podía pensar con calma, y hacer planes.

Estaba totalmente decidida. De un modo u otro, iba a ayudar a curar las heridas de Sean, y a que se encontrara a sí mismo de nuevo.

Volvió a mirarlo. Era difícil no hacerlo. Cada vez que veía su rostro, se le removía el corazón de amor y de anhelo. El pecho de Sean se elevaba y se hundía con un ritmo tranquilo; él no había movido un solo músculo desde que se había tumbado en el camastro.

De repente, sin embargo, Sean se estiró. Eleanor pensó que debía de estar despertándose.

Él comenzó a revolverse con inquietud, y murmuró algo en sueños.

Estaba soñando. Ella decidió no molestarlo y se fue hacia la ventana. Al mirar a la calle, divisó la primera luz grisácea del amanecer en el cielo negro.

Sean gritó.

Alarmada, Eleanor se volvió y vio que, aparentemente, él seguía dormido. Tenía la frente cubierta de sudor, y la camisa empapada. Preocupada, ella no supo si debía despertarlo o no.

Sean comenzó a sollozar.

—¡No!

Eleanor se quedó petrificada al oír el sonido de un llanto masculino. Y entonces corrió hacia él, aterrorizada.

—Sean —le dijo, y posó la mano en su hombro.

Pero él se había quedado inmóvil. Su respiración volvía a ser rítmica. Tenía las mejillas húmedas por las lágrimas. ¿Con qué estaba soñando? ¿Por qué lloraba? Sólo había sido un sueño, pero sin duda tenía que ver con lo que le atormentaba tanto. Aquello que le obsesionaba en sus horas de vigilia también lo obsesionaba en sus sueños.

Ella vaciló, pero finalmente cedió ante el impulso que tenía. Se sentó en el camastro, junto a su cadera, y le tomó la mano. Y casi al instante, él se la cubrió con la otra y la agarró con fuerza.

—¡Elle!

Eleanor se sobresaltó, porque su grito fue de pánico.

—Sean, despierta —le dijo.

—¡No! ¡Elle, maldita sea, no tú, es Peg!

De repente, él le soltó la mano y se incorporó de golpe, con el rostro blanco. Su mirada era de horror, desenfocada.

Y ella lo agarró por el hombro para reconfortarlo mientras la mente se le llenaba de preguntas. ¿Quién era Peg? ¿Había oído aquel nombre correctamente? ¿Estaba soñando Sean con otra mujer?

Sus miradas se encontraron, y ella se dio cuenta de que él tenía un color verdoso, enfermizo. Sean saltó de la cama y corrió hacia el extremo opuesto de la habitación. Allí tomó el orinal y vomitó.

Ella se quedó inmóvil.

Sean continuó vomitando, y ella, demasiado preocupada como para no intervenir, se acercó y le puso una mano sobre la espalda.

—Sean, no pasa nada. Soy yo, Elle. Has tenido una pesadilla, pero ya se ha terminado.

Él siguió arrodillado sobre el orinal, respirando con dificultad. La tensión había convertido su espalda en un manojo de nudos.

—¿Sean?

—Ya te he oído —dijo, entre jadeos—. Estoy bien.

No estaba bien, pero ella no se lo dijo.

—Elle, dame un momento. Por favor.

Ella asintió y se apartó para que él pudiera recuperar la compostura y limpiarse.

Él se puso en pie, tambaleándose un poco. Después se acercó al lavabo y se lavó la boca con vino. Eleanor vio cómo se secaba las lágrimas con la manga.

¿Qué tenía que ver con ella una mujer llamada Peg? ¿Y con el pasado reciente de Sean?

Él se volvió lentamente hacia ella y la miró con fijeza.

—Sólo ha sido una pesadilla... he debido de comer algo en mal estado. ¿Tú te encuentras bien? —le preguntó.

Sin embargo, cuando desvió la mirada, Eleanor supo que aquella conversación era un truco.

Él era listo, pero no tanto como ella.

—No. Supongo que he tenido suerte. ¿Quieres que baje a buscar agua fresca? —le preguntó, sonriendo como si no hubiera pasado nada.

—Yo iré.

—Sean —le preguntó ella—. ¿Con qué estabas soñando?

Él se quedó helado.

—No lo recuerdo.

—Me has llamado.

Él enrojeció.

—No me acuerdo.

Eleanor respiró profundamente y le tocó la manga de la camisa.

—Sean, ¿quién es Peg?

Él se quedó perplejo.

Eleanor tragó saliva.

—Has llamado a una mujer de nombre Peg.

—Sólo era un sueño.

—Lo sé. Pero te has disgustado mucho, y a veces, soñamos con nuestra vida...

Él la interrumpió sin contemplaciones.

—No conozco a nadie llamado Peg —dijo.

Descorrió ambos cerrojos y salió de la habitación.

Sean estaba mintiendo. Ella había visto la mentira en

sus ojos. Sabía quién era Peg, pero no quería decírselo. Al poco rato, volvió con dos cubos de agua. Cerró la puerta de una patada y dejó ambos cubos bajo el lavabo.

—Casi ha amanecido. ¿Te apetece desayunar bollos recién hechos? —le preguntó él en voz baja.

Los deliciosos aromas de la panadería de abajo se habían metido en la habitación.

—No tengo hambre —dijo Eleanor, sin embargo. Y con mucho cuidado, añadió—: ¿Tienes pesadillas a menudo?

—No.

—Eso es todo un alivio. Sean, ¿de verdad piensas que los ingleses te están buscando tan al sur? Me dijiste que la prisión de la que escapaste estaba en Drogheda.

Él se cruzó de brazos.

—La prisión está al sur de Drogheda. ¿Qué estás intentando averiguar?

—Sólo me preguntaba... si has pasado dos años en la cárcel, ¿dónde estuviste los otros dos años?

—Estuve en un pueblo. Tú no lo conoces.

—Quizá sí...

—No, no lo creo. ¿Qué es lo que quieres saber?

—¡Has estado desaparecido durante cuatro años! Quiero saber dónde estuviste durante los dos primeros.

—Deberías dejarlo.

—¿Por qué?

—Porque la respuesta no te va a gustar.

—Estabas con Peg.

—Déjalo ya —le advirtió él—. ¡Déjalo!

—¿Estabas con ella? ¿Había otra mujer? ¿Hay otra mujer? —preguntó ella.

—¡Los estaba ayudando, eso es todo! —gritó Sean—. ¿Por qué sigues fisgando, preguntando? ¿Por qué, maldita sea?

¿Sean había pasado dos años con otra mujer? ¿Ayudándola a qué? Ella estaba muy afectada, y Sean lo sabía, porque se acercó, intentando contener su mal humor. Cuando hubo recuperado el control, le preguntó:

—No importa, Elle... tú vas a volver a casa con Sinclair. Yo me voy a marchar a América.

—Sí importa —susurró ella—. Importa mucho —dijo, y lo agarró del brazo—. ¿La querías?

Sean se estremeció.

Y Eleanor se dio cuenta de que sus temores eran ciertos.

—No —dijo él, asombrándola—. No, no la quería.

## 12

—Esto es imposible —dijo Tyrell, mientras recorría a zancadas la estancia—. Yo estoy aquí en casa, sin hacer nada, mientras Eleanor y Sean están por ahí, en algún lugar... y Sean está huyendo para salvar la vida.

Se detuvo frente al fuego. Su esposa estaba sentada en un sofá, junto a la condesa. Lizzie se levantó y se aproximó a él.

—Rex está en Cork, y ya ha enviado un mensaje. Cliff llegará allí por la mañana. Tu padre está a mitad de camino hacia Londres para hacer una petición de perdón. Tyrell, alguien tiene que estar aquí.

—Soy consciente de que el condado es lo prioritario, créeme —dijo con amargura—. Parece que el deber ha vuelto a atraparme.

Lizzie cruzó una mirada con la condesa.

—Sé que preferirías ir a Cork en persona y buscar por toda la ciudad, pero el condado requiere tu presencia. Sean no querría que tú te involucraras y pusieras en peligro todo lo que tiene esta familia.

—Devlin ha ido a Cobh a hacer la compra —comentó la condesa. Tenía el semblante pálido de tensión y fatiga.

—Y si se descubre que ha tomado parte en esto, él también podría perderlo todo –dijo Tyrell–. Y en cuanto a mi querido amigo McBane, ¡lo estrangularía por haber esperado toda la tarde antes de decirnos lo que sabía!

–Él también está cometiendo traición –dijo Lizzie para defender a su cuñado–. Deberías darle las gracias por ayudar a Sean, cuando ni siquiera sabía de quién se trataba.

–Gracias a Dios por Rory –susurró la condesa–. Lizzie, ¿cómo está tu hermana?

Georgina, la hermana de Lizzie, estaba casada con McBane.

–Muy tranquila. Estoy segura de que Georgina conoce de primera mano las actividades clandestinas de su marido. Todos son hombres fuertes, decididos y valientes. Oh, Mary, me imagino lo que debes de estar sintiendo, porque yo quiero mucho a Eleanor, y al haber oído hablar tanto de Sean, también lo quiero a él. Nuestros hombres los salvarán. Debes creerlo, porque yo lo creo.

Mary la abrazó.

–El día en que te convertiste en hija mía nuestra familia recibió una gran bendición –le dijo a su nuera.

–Por fin, algo con lo que estoy de acuerdo –afirmó Tyrell.

En aquel momento, llamaron a la puerta. Tyrell se volvió.

–Pase –dijo.

Un sirviente hizo una reverencia.

–Milord, un tal coronel Reed ha venido a hablar con usted. Dice que es un asunto de suma importancia.

Tyrell miró a su mujer y su esposa. Después le dijo al sirviente:

–Dígale que pase.

–No será necesario.

Un oficial rubio y guapo entró en el salón. Llevaba el

uniforme de los Dragones; su paso era enérgico, y la mirada de sus ojos azules, fría y dura.

—Señor de Warenne, al fin nos conocemos —dijo, y se inclinó. Sus palabras tenían un tono de sarcasmo.

—Coronel —dijo Tyrell cautelosamente. Después se giró hacia las damas—. Nos gustaría hablar en privado.

—Por supuesto.

Lizzie le sonrió, y ambas mujeres salieron tomadas del brazo.

—¿Le gustaría tomar algo de beber? —le preguntó Tyrell al oficial. Sentía mucha desconfianza; nunca había oído hablar de él, y no lo conocía. Tenía miedo de que las noticias que portase aquel hombre fueran malas—. ¿Un vino, un whisky?

—No, gracias —dijo Reed con la sombra de una sonrisa en los delgados labios—. He venido a mantener una conversación con usted sobre el condenado fugitivo, Sean O'Neill.

Tyrell se sintió furioso al instante al oír que se referían de aquella manera tan irrespetuosa a su hermano, pero se limitó a inclinar la cabeza. Perder el control no ayudaría a Sean.

—¿Ha habido noticias? —preguntó en un tono de calma.

—No. La búsqueda continúa. Me gustaría que usted me contara lo que sabe.

—¿Lo que sé? —preguntó. Se le hizo mucho más difícil controlarse en aquel momento, porque su ira se había convertido en rabia—. Mi hermanastro ha estado encarcelado durante dos años y nunca se avisó a su familia. ¿Lo que sé? —repitió con frialdad—. Mi hermano fue condenado por traición, pero su familia nunca tuvo noticias de ningún juicio. No sé nada, señor.

—Estoy seguro de que el ejército ya se ha disculpado ante su familia por la falta de protocolo.

—Perder a mi hermano en una cárcel, mantenerlo en confinamiento aislado durante dos años, no es una falta de protocolo.

Reed suspiró.

—Sí, fue un terrible error, ¿verdad? Pero yo no he venido aquí a hablar del sistema penitenciario en Irlanda. ¿Se ha puesto O'Neill en contacto con ustedes después de escapar?

—No.

—Pero estuvo ayer aquí. Lo vieron trescientas personas.

—Yo también lo vi. Ésa fue, francamente, la primera vez que veía a Sean en cuatro años.

Tyrell se dio cuenta de que necesitaba un trago, y se sirvió un whisky.

—¿Así que no sabía que estaba viviendo en Kilvore antes de la rebelión que hubo allí?

—Me han informado hace muy poco, después de la fuga de Sean. No conozco ese pueblo.

—Es un pequeño pueblo de granjeros que está al sur de Drogheda. Y cuando O'Neill se casó, ¿no les envió una carta para darles la feliz noticia?

Tyrell se quedó perplejo.

—¿Está casado?

Sólo pudo pensar en Eleanor. Iba a quedarse destrozada cuando se enterara de aquello.

—Veo que le sorprende.

—Ninguno de nosotros sabía nada de él desde hacía cuatro años. Coronel Reed, usted parece un hombre razonable y astuto. Puede que hubiera un levantamiento en Kilvore, pero puedo asegurarle que mi hermano no estuvo involucrado. Él ha formado parte de la aristocracia irlandesa desde el día en que mi padre se casó con su madre, cuando él era un niño pequeño. Señor, otra persona debió de dirigir a aquellos campesinos.

Sin embargo, el problema era que Sean siempre había estado de parte de los granjeros y los campesinos. Tyrell temió lo peor.

Reed arqueó las cejas.

—Pero él no es noble, ¿no? Su padre era un arrendatario de Adare, ¿no es así? Su familia es católica, y no tiene títulos, ni tampoco fortuna, aparte de la que ha amasado el capitán O'Neill en su carrera naval.

—¿Qué es lo que quiere decir? Mi hermanastro creció en la habitación que hay junto a la mía, señor, y siempre ha disfrutado de los mismos privilegios que yo. Mi hermano es inocente de las acusaciones que pesan sobre él. Otro debió de encabezar a aquellos campesinos —repitió Tyrell.

Reed sonrió fríamente.

—Le aseguro que fue él. Yo estaba allí, lord de Warenne.

Tyrell se puso rígido de temor.

—Debe de estar equivocado.

—Es usted muy leal. Claro que los irlandeses son muy leales, ya sean católicos o protestantes, ¿no?

Tyrell estuvo muy cerca de perder los estribos en aquel momento.

—No venga a calumniarnos, coronel. Y menos aquí y ahora, cuando soy lo suficientemente hospitalario como para permitirle estar en mi casa.

Reed no se amedrentó, pero se disculpó.

—Le ruego que me perdone. No era ésa mi intención —dijo, y añadió con brusquedad—: Me gustaría hablar con su hermana, lady Eleanor.

—A mí también. Por desgracia, como seguramente ya sabe usted, no está aquí.

—Entonces, ¿no ha vuelto después de fugarse con su hermanastro?

—No, señor. Y ella no se ha fugado con Sean. Siempre

ha sido muy impulsiva. Estoy seguro de que se sintió exultante al ver a nuestro hermano de nuevo, después de cuatro años de separación, y esa alegría la llevó a comportarse de tal modo. Creo que no pensó en sus acciones. Simplemente, quería verlo y hablar con él.

—¿De veras? ¿El día de su boda? —preguntó Reed, al borde de la carcajada.

—De veras. Mi hermana está enamorada de su prometido. Esto no es un asunto de risa, Coronel.

Reed siguió sonriendo.

—Me disculpo. ¿Piensa que ella ha estado en contacto con O'Neill desde que él escapó, antes de marcharse de Adare ayer?

—¿Está diciendo que mi hermana es una traidora, señor? —inquirió Tyrell.

Sentía una angustia fría por dentro. Tenía miedo por Eleanor. Aquel hombre era una amenaza, no sólo para Sean, sino también para ella.

—Claro que no. Pero me gustaría tener las cosas claras. ¿Por qué iba lady Eleanor a marcharse de su propia boda con su hermanastro?

—Creo que ya se lo he explicado. Y para responder a su pregunta, coronel, mi hermana no había tenido noticias de Sean durante cuatro años, desde la noche en que él se marchó de casa.

—Entonces, responda a esto: ¿por qué O'Neill se la llevó?

—No lo sé. Cuando éramos pequeños, Sean y Eleanor eran inseparables, pese a que entre ellos hay una diferencia de edad de seis años.

—Así que están muy unidos —puntualizó Reed con astucia.

—Estaban muy unidos —corrigió Tyrell.

Hubo una pausa. Después, Reed dijo:

—Hay rumores, sin embargo... he oído decir que la ha secuestrado y que la usará para salir del país.

—Mi hermano es un caballero, coronel. Él nunca secuestraría a nadie, y menos a su propia hermana.

—O'Neill es el responsable de la muerte de siete soldados y de un recluso de la prisión. Eso, milord, no es propio de un caballero.

—Repito que Sean es inocente de los cargos que se le imputan. Lo sé —afirmó Tyrell, en el tono más condescendiente e intimidante que pudo, pese a que no sabía nada.

Sin embargo, Reed le devolvió una mirada fría.

—Otros dicen que lady Eleanor no es su hermana de verdad.

—¿Cómo dice?

—He oído otros rumores, incluso en sus establos; se dice que lady Eleanor es algo más que una hermanastra para O'Neill, y que está enamorada de él.

—Mi hermana está enamorada de su prometido, lord Sinclair —insistió Tyrell. No debía permitir que Reed supiera nunca la verdad del gran amor que Eleanor sentía por Sean.

Reed sonrió.

—Supongo que ya lo veremos. Si averigua algo del paradero de O'Neill, es su deber, como ciudadano británico, comunicármelo. Estoy seguro de que sabe que, si no lo hace, se convertirá en cómplice de sus crímenes.

—Seré el primero en decirle dónde está si me entero —mintió Tyrell.

Finalmente, Reed se rió, con una carcajada vacía y desprovista de alegría, y se marchó.

Tyrell esperó hasta que oyó cerrarse la puerta principal. Después le dio una patada a la puerta del salón con todas sus fuerzas, y la madera crujió.

Estaba muy angustiado. Sean estaba en grave riesgo, y Eleanor también.

Peor aún, Reed era un adversario muy peligroso; todo el instinto de Tyrell se lo estaba diciendo.

Era casi mediodía. El cielo estaba gris y amenazaba con llover. Eleanor estaba sentada en la cama, con las rodillas abrazadas contra el pecho. Sean había salido durante unas horas, y ella no podía relajarse hasta que él estuviera de nuevo en la habitación. Él había salido de la ciudad para echarle un vistazo a la fragata que permanecía fondeada a las afueras de la ciudad, y le había dicho que tenía que resolver algunos asuntos más.

Ella no había querido preguntarle cuáles eran aquellos asuntos, pero lo sabía. Sean tenía que comprar un pasaje para América, y también tenía que encontrar una escolta para que la acompañara a Adare; sin embargo, ella no iba a volver a casa tan fácilmente. No pensaba dejar a Sean de aquella manera. ¿Y quién era Peg?

Temía saber la verdad, pero estaba dispuesta a soportarla, fuera cual fuera. Si no lo hacía, ¿cómo iba a ayudar a Sean a volver a ser el hombre que siempre había sido?

Fuera comenzó a llover. Eleanor corrió hacia la ventana para cerrarla. En aquel preciso instante, vio a Sean recorriendo la calle y se apoyó contra el alféizar, debilitada por la sensación de alivio. Un momento después, él llamaba a la puerta, y ella se apresuraba a abrir.

Sean entró. Estaba mojado. Eleanor corrió los cerrojos de la puerta y se volvió hacia él.

—¿Estás bien? —le preguntó. Iba a preguntarle dónde había estado, pero se quedó callada.

Él se había quitado la camisa empapada, y había dejado a la vista su torso bello y delgado. Pero cuando se volvió a extender la camisa en el respaldo de una silla, Eleanor vio una docena de cicatrices largas y blancas como culebras en su espalda. Al darse cuenta de que lo habían azotado salvajemente, soltó un jadeo de espanto.

Él se volvió hacia ella, sorprendido.

Eleanor estaba temblando.

—¡Sean! ¿Qué te pasó?

Él se quedó inmóvil; su sorpresa se desvaneció, y la miró con cautela.

—Ya lo sabes. Estuve en la cárcel.

—¿Te azotaron?

—No importa... fue hace mucho tiempo.

—¿Por qué te azotaron?

Sean suspiró.

—Elle, era como un deporte para los guardias... el nuevo recluso... el traidor al que iban a ahorcar pronto.

—Pero... tienes tantas cicatrices —susurró ella.

Él no respondió.

Ella se mordió el labio.

—Se ensañaron contigo, ¿verdad? No fue sólo una vez. Te azotaron más muchas veces.

—No necesitas saberlo.

—Sí lo necesito, Sean.

—¿Y qué diferencia hay? Son cicatrices... me he curado.

—¿De veras? Porque yo no creo que se te haya curado nada, salvo la piel.

Él se dio la vuelta y se apoyó en el lavabo.

—¿Por qué te pusieron en aislamiento, Sean? —le preguntó ella muy suavemente, mientras le posaba la mano en la espalda.

—Maté a otro recluso.

Ella se quedó horrorizada.

—¿Mataste a un preso?

Él se volvió bruscamente y Eleanor se retiró un paso.

—¡No me mires así!

—No lo entiendo.

—Tenía que proteger a alguien... ¡a un muchacho! ¡Nadie más podía hacerlo!

—¿Estabas protegiendo a un chico?

—Sí. Lo habían violado... tenía que detenerlo. De todos modos, murió en la siguiente ocasión. Se llamaba Brian. No entendía aquel mundo... si no era un canalla, era otro.

Eleanor se volvió y comenzó a llorar sin poder evitarlo. Lloró por aquel chico llamado Brian y por Sean.

—Elle, no llores —le rogó él con la voz ronca.

Eleanor no quería llorar, así que asintió y se enjugó las lágrimas.

Él la agarró por las muñecas, sorprendiéndola.

—Ya ha terminado todo... aquel infierno. Ya no importa.

Eleanor no lo contradijo, pero sabía que a ella le importaría siempre.

—¿Por qué... por qué permaneciste en aislamiento durante dos años?

Él le soltó las muñecas.

—El director de la prisión fue despedido poco después de que yo llegara. El nuevo era un borracho. Yo no lo sabía entonces... no lo supe hasta que me escapé. Creí que estaría en aquel agujero para el resto de mi vida.

—¿Quieres decir que el segundo director nunca supo que estabas allí?

Él asintió.

—Sí, pero eso fue una suerte; de lo contrario, me habrían ahorcado.

—Pero alguien debió de ir a verte durante todo ese tiempo. Te daban de comer, ¿no?

—Había una rendija en la puerta. Me daban de comer

como a un perro... a los guardias les parecía muy gracioso. El director no sabía que yo estaba allí... los guardias lo sabían pero no les importaba... no veía a nadie, Elle. ¡No vi a nadie hasta el día en que escapé!

Eleanor se encogió de dolor.

—Qué canallas. ¿Cómo escapaste?

—Tomé al director como rehén.

—¿Así que, finalmente, el director se percató de tu existencia?

Él negó con la cabeza.

—Fue un tercer director. Lord Harold. Vino a disculparse por lo que había ocurrido conmigo... —Sean dejó escapar una carcajada de amargura—. Yo estaba desesperado.

—Así que estuviste planeando lo que ibas a hacer cuando alguien fuera a verte.

—Sí.

—Gracias a Dios, todo ha terminado. Para siempre.

Él arqueó las cejas.

—¿Tú crees? —le preguntó, alejándose de ella.

Eleanor se apoyó en el lavabo, mirándolo.

—¿Y el juicio? Es evidente que no estabas allí, pero de todos modos, te condenaron.

—Las cosas se hacen así todo el tiempo. Es una medida militar.

—Entonces, ¿crees que tu condena es legal? Quizá pueda ser anulada.

—Quizá. Probablemente no.

—Sean, ¡tú nunca vas a volver a sufrir así!

—No te sientas mal por mí.

¿Cómo no iba a sentirlo por él? Eleanor sabía que si se atrevía a hablar más, podía ahuyentarlo, pero tenía que continuar.

—¿Sueñas con eso? ¿Tienes pesadillas con la oscuridad y la soledad de esa celda?

Su semblante reflejó una terrible tensión.

—¿Sean? ¿Es Peg? ¿Sueñas con ella?

—¿Por qué tienes que seguir? —explotó él—. ¿Por qué?

—Voy a ayudarte, Sean —dijo Eleanor con firmeza—. Voy a ayudarte a olvidar todos estos años de horror.

Él la miró con incredulidad.

—¡No!

—¿Es que no quieres recuperar tu vida? ¿O es que prefieres a Peg? —dijo ella, y en cuanto hubo pronunciado aquellas palabras, lo lamentó.

Él se puso furioso.

—Nunca te detienes, ¿verdad?

—No te vayas, ¡lo siento! No insistiré más... ¡Sean!

Pero era demasiado tarde. Él ya había salido por la puerta.


Sean se detuvo en el patio que había tras la zapatería y se apoyó contra la pared; cerró los ojos e intentó calmarse. ¿Por qué tenía Eleanor que husmear en sus asuntos de aquella manera? ¿No sabía que sus preguntas eran como puñales que se le clavaban en las entrañas?

Peg estaba muerta. Él no iba a hablar de ella nunca más, y menos con Elle.

Se cubrió la cara con las manos. Tenía el profundo anhelo de subir a la habitación de nuevo y permitir que ella lo abrazara. En parte, pensaba que si lo hacía ella conseguiría alejar sus demonios; pero nunca cedería ante aquel impulso, porque sabía que su cuerpo traicionero respondería ante el inocente gesto de consuelo de Elle. Él nunca había ardido con tanto calor, nunca se había sentido tan explosivo y desesperado. Ella se había transformado en una bellísima mujer, y el hecho de que fuera tan tentadora le causaba una gran confusión.

Sin embargo, estaba seguro de una cosa: iba a lamentar durante toda su vida los momentos de pasión que había compartido con ella.

Aquella mañana había ido a las orillas del río y había observado, a través de su catalejo, la HMS Gallantine. Parecía una fragata muy veloz, pese a que llevaba muchos cañones. Además, había ido a visitar a O'Connor, que había estado de acuerdo con él en que McBane sería el mejor acompañante para llevar a Elle de vuelta a Adare. Era un caballero, así que se comportaría honorablemente con ella, y probablemente la protegería con su vida si fuera necesario. O'Connor le había dicho que intentaría ponerse en contacto con McBane. Si no lo conseguía, él mismo llevaría a Elle a Adare.

—¿Sean?

Él se puso muy rígido al oír una voz femenina. Se volvió, y se dio cuenta de que Kate se había acercado a él.

—¿Qué haces aquí fuera? ¿Estás bien?

Él sabía lo que ella deseaba; Kate lo había dejado bien claro con sus miradas y sus roces desde que se habían visto por primera vez. Y él también lo deseaba. Estaba tenso y desesperado. Sabía que ella no le pediría amor a cambio del sexo. Sabía que podría ir con ella al establo, que estaba al otro lado del patio, y que podrían acomodarse en un compartimiento limpio.

—Sí, estoy bien —respondió él, sin moverse.

—Me alegro —murmuró la muchacha, y le acarició la mejilla.

Sólo había una razón para que él no respondiera a aquella caricia, y estaba esperándolo en el piso de arriba. Ella sabría lo que había hecho en cuanto él entrara por la puerta. Lo miraría y lo sabría, y sufriría otra vez.

Él ya se odiaba a sí mismo por haberle hecho daño. ¿Cómo iba a volver a hacerlo?

Kate le deslizó la mano por el cuello y por la piel desnuda y caliente del pecho.

Sean respiró profundamente y le agarró la mano por la muñeca para retirarla. Ella alzó los ojos y se ruborizó. Él iba a comenzar a disculparse; tenía las palabras en la punta de la lengua. Sin embargo, se dio cuenta de que no estaban solos.

Elle estaba detrás de la esquina de la entrada del patio, mirándolos con los ojos abiertos de par en par.

Él empujó a Kate, olvidándose de ella en aquel momento. Sabía que debía gritarle a Elle que las damas no espiaban, pero no lo consiguió. Sólo se quedó mirándola, y ella siguió mirándolo a él.

Al siguiente instante, ella se dio la vuelta y salió corriendo.

Sean se dio cuenta de que Kate estaba a su lado, con una expresión de sorpresa y entendimiento.

—Lo siento —le dijo.

—No es tu hermana —susurró la muchacha.

Él no la oyó. Ya estaba corriendo tras Elle.

Elle llegó a la habitación y cerró de un portazo. Estaba temblando incontrolablemente. No podía quitarse de la mente la imagen de Sean con Kate, allí abajo, envueltos en una atmósfera de lujuria. Ella no titubeó: cerró la puerta con ambos cerrojos.

Respiró profundamente y se dijo que no debería darle importancia aquel asunto. Ella sabía que Sean se estaba acostando con Kate, o que se estaba preparando para hacerlo. ¿Por qué iba a importarle a ella? Sean ya no era el mismo, y ella no quería al hombre en que se había transformado. Había tomado la decisión de curarlo para poder recuperar a su mejor amigo, y si tenía la suerte de conseguirlo, habría otras mujeres para él, porque Sean era viril y apasionado. Tendría que aceptarlo más tarde o más temprano, así que, ¿por qué no en aquel momento?

Él llamó a la puerta.

—Elle. Abre.

Ella miró la puerta. Con un impulso infantil, dijo:

—No.

—Elle. Abre la puerta y déjame entrar. Estoy mojado... y tengo frío.

—Lo dudo —replicó ella—. Yo creo que tienes mucho calor.

—Vamos, abre la puerta para que podamos hablar.

Ella tuvo la sensación de que no debía hacerlo, pero finalmente obedeció.

Él entró en la habitación, le lanzó una mirada de reproche y cerró la puerta de nuevo.

—Hubiera supuesto que... habías crecido y habías superado la necesidad de espiarme.

—No estaba espiando —mintió ella—. Necesitábamos agua y se te olvidó llevarte el cubo. Te lo había bajado.

—Estabas espiando —dijo él—. Escucha, yo no deseo a Kate.

—Sí la deseas.

Él se había ruborizado.

—No... no a Kate.

Ella se quedó inmóvil, y el aire que había a su alrededor comenzó a vibrar. Su cuerpo también.

—¿A qué te refieres? —le preguntó.

Él hizo un gesto de impotencia, y después le pasó la mirada por el pecho y las caderas. Después cerró los ojos, como si quisiera dejar de observarla de un modo tan atrevido y masculino, y le dio la espalda.

Eleanor tragó saliva. ¿Le estaba diciendo que la deseaba

a ella? Porque ella también lo deseaba a él, desesperadamente, mucho más que nunca.

—Elle... yo no me he acostado con Kate... no lo he hecho y no voy a hacerlo.

Ella no lo entendía. Miró la horrible tela de araña de cicatrices que le cubría la espalda.

—¿Por qué no? En el pasado nunca fuiste muy exigente. No lo entiendo. Podrías estar con Kate ahora mismo.

Entonces, posó la mano sobre la espalda de Sean y le acarició.

—No —susurró él.

—Sean —murmuró Eleanor.

Y sintió que él temblaba. Ella posó la otra mano sobre otro nudo de cicatrices. Se inclinó y le besó la piel arrugada.

—No... no —jadeó él.

Ella percibió que estaba a punto de rendirse. Casi sin respiración, se dobló hacia delante hasta que le apretó la espalda con los pechos suaves. Después le recorrió la piel con los labios, besándolo lentamente. Él se estremeció y susurró:

—¿Quieres que... te haga daño?

—No. Ya he sufrido suficiente. Sean, no me harás daño.

Y entonces, lo besó en un lado del cuello que, en contraste con las cicatrices, era suave y liso.

Sean se apartó y se zafó de sus manos, y la miró con los ojos salvajes y calientes.

—¿Por qué? ¿Por qué quieres... seducirme de nuevo?

—¡Porque yo también necesito estar contigo! Porque eres un hombre apasionado, y yo soy una mujer apasionada.

«Y porque te quiero», pensó.

—No hagas que esto sea más difícil de lo que ya es.

—Sean, has cambiado —susurró Eleanor—, pero aún te deseo. Incluso más que antes.

—¡No quiero volver a hacerte daño! ¡Por favor!
—No me harás daño.
—Sí. Tú tienes que volver a Adare —dijo él—. Tienes que casarte con Sinclair.
—Y tú tienes que irte a América. Lo sé. Pero, ¿qué tiene eso que ver con hoy, con esta noche? —le preguntó con suavidad.

Él se quedó inmóvil, respirando profundamente.
—¿Sean?
—No puedo darte... amor.
—No te estoy pidiendo que me des nada más que placer —susurró ella, y en aquel momento, sus palabras eran ciertas. Él palideció—. Te estoy pidiendo placer, Sean. Necesito que me des placer, ahora.

Y él enrojeció violentamente. Su mirada plateada centelleó, y se acercó a ella con brusquedad.

Eleanor suspiró, y en un instante estaba entre sus brazos, recibiendo sus besos.

—Elle —susurró él contra su boca mientras le desabotonaba la camisa—. Elle...

Eleanor jadeó cuando Sean le cubrió los senos con las manos. Brevemente, él apartó la boca de sus labios y la miró a los ojos. Y sonrió.

Ella se quedó atónita, pero no había tiempo para pensar. Él hizo que se arqueara sobre su hombro, besándola con dureza, furiosamente. Y entonces, la levantó y la arrastró hacia la cama, se tendió sobre ella y encontró su pezón con la boca.

Una sensación exquisita, en parte placentera, en parte dolorosa, la atravesó. Eleanor desfalleció y comenzó a buscar el salvaje placer que se adueñaba de ella. Quería que Sean se diera prisa.

Y él estaba forcejeando con sus pantalones. Ella notó cómo se los quitaba mientras le besaba la cara, los labios, la garganta, los pechos. Le temblaban las manos a medida que cubría la piel que antes había besado. Eleanor no podía soportar el puro placer que le producía su contacto. Su cuerpo se había vuelto tan ampuloso que pensaba que quizá fuera a romperse.

De repente, él le agarró las caderas y la ancló a la cama. Comenzó a explorar la planicie que había alrededor de su ombligo con la lengua y la boca. Eleanor se puso muy tensa; los labios de Sean estaban haciendo que la carne de su sexo se expandiera de una forma imposible, que latiera con una urgencia insoportable. Se retorció con impotencia bajo su lengua, mientras él la deslizaba más y más abajo. Eleanor jadeó cuando él comenzó a acariciarle el surco de su sexo. Se quedó inmóvil, mientras el corazón amenazaba con explotarle en el pecho.

Eleanor comenzó a deshacerse y, mientras se hacía añicos, la lengua de Sean se volvió más atrevida e insistente, imprudente y habilidosa. Ella estalló una y otra vez mientras él alimentaba sus gemidos sin descanso, hasta que a ella ya no le quedó nada más que dar.

Entonces, él se levantó y se tumbó sobre ella. Eleanor lo miró y él la miró también, con unos ojos ardientes.

—Te necesito —le dijo bruscamente.

Ella lo sabía, y sonrió, acariciándole la mejilla.

Él deslizó un brazo bajo ella, se inclinó y la besó de nuevo, con un beso lleno de urgencia, pero controlado, reprimido. Después se liberó del pantalón y su sexo apretó el de Eleanor. Elle jadeó, sintiendo rápidamente el nuevo despertar del deseo.

Y Sean titubeó. Eleanor lo miró.

—¿Estás segura? —le preguntó él.

Ella le acarició una de las cicatrices de la cara.

—Sí.

Nunca había estado más segura de nada.

Sean asintió y cerró los ojos. Tenía el más nítido deseo escrito en la cara, y se movió contra ella, apretando su calor.

–Elle...

–No me harás daño –susurró ella–. ¡Date prisa, Sean, te quiero!

Él jadeó. Por las mejillas se le derramaron gotas de sudor... o lágrimas. Él la besó y comenzó a moverse. El amor que ella sentía y que le llenaba el pecho fue reemplazado por algo urgente e intenso. Eleanor se aferró a sus hombros, sintiendo un remolino de tensión que aumentaba rápidamente, de una manera imposible, hasta que se rompió.

Sean jadeó, moviéndose cada vez más rápidamente, con más fuerza, mientras Eleanor giraba por la habitación; los gemidos de Sean se hicieron más intensos, mezclándose con los de ella, hasta que él también llegó al clímax.

Eleanor cayó flotando, lentamente, hasta la cama de nuevo. Abrazó el cuerpo húmedo de Sean mientras él se tumbaba sobre el costado, y ella comenzó a pensar. Temía que quería tanto a Sean tal y como era en aquel momento, tanto como había querido al hombre que había sido una vez. Le besó la mejilla húmeda, temerosa de lo que podía llegar después.

Él se había quedado completamente relajado. Sin embargo, en aquel momento se puso tenso de nuevo. Alzó la cabeza, y sus miradas se cruzaron.

–¿Estás... bien?

Eleanor se alarmó. ¿Cómo podía amar al hombre en que se había convertido Sean? ¿Cómo no iba a amarlo? ¿Y en qué situación quedaba ella? Aunque Sean tuviera tanta pasión, eso no significaba necesariamente que tuviera amor para ella, y Eleanor se había prometido que no lo necesitaba, de todos modos, que sólo lo necesitaba completo y curado de nuevo.

—Elle... ¿Eleanor?

Ella odiaba cuando se corregía.

—Sigo siendo Elle, pero adulta.

Él la miró de una manera extraña, sin felicidad.

Eleanor tomó su camisa y se la cerró sobre el pecho. Después deslizó las piernas desnudas bajo la sábana y tiró de ella hasta la cintura.

—Sí —dijo, tragando saliva—. Estoy bien. Ha sido... muy bonito.

Él siguió mirándola.

Y ella consiguió seguir sonriendo.

Sin embargo, Sean no le devolvió la sonrisa. Titubeó, como si también se sintiera inseguro.

Ella se obligó a hablar en tono de despreocupación.

—Estoy bien. Hacer el amor... es decir, acostarme contigo ha sido maravilloso. Y eso ha sido todo, claro. Todo lo que quería.

Él la miró como si fuera el monstruo del lago Ness.

La sonrisa de Eleanor se desvaneció, y tuvo que reprimir el dolor que comenzó a sentir.

—Porque eso es todo lo que tú quieres. Pasión. Una compañera de cama. Una amante.

Él se sentó y se volvió, de modo que ella no pudiera ver cómo se abrochaba los pantalones. Después la miró. Ella se había tapado hasta el cuello.

—Quiero que estés a salvo. Eso es todo lo que quiero —dijo, y se levantó—. Iré por agua para que puedas bañarte.

Eleanor no quería bañarse. Sabía que no debía presionarle.

—Quieres que esté segura... en Adare.

—Exacto —respondió Sean, de camino a la puerta.

Ella sabía que no debía añadir «con Sinclair». Pero había algo innegable: Sean sentía una gran atracción por ella; si sentía algo más profundo, no sería capaz de enviarla a casa con su prometido. Si él sentía algo más profundo por ella, querría llevársela a América.

En la puerta, Sean se volvió de repente.

—Eres increíblemente bella... Eleanor.

Ella se puso rígida. No le gustaba la expresión de su rostro, ni su tono de voz, y sabía que había una objeción tras aquella frase.

—Te mereces más que una noche... en mi cama.

Ella no vaciló.

—Sí, es cierto.

Y después, casi deseó no haberle dicho lo que le quedaba en el corazón.

Él estaba tan resignado... era tan infeliz...

—Lo siento —le dijo Sean.

Eleanor se tapó hasta la barbilla y lo vio salir una vez más.

De repente, la habitación quedó vacía. Eleanor respiró profundamente, temblando. Unos momentos antes, cuando estaban haciendo el amor, se había sentido más cerca que nunca de Sean. Sin embargo, claramente, él había acabado por lamentar lo que acababan de hacer. Eleanor sabía que él había soportado más sufrimiento del que ningún hombre debería soportar, pero no entendía por qué Sean no era capaz de aceptar que se necesitaban el uno al otro, ni por qué no era capaz de permitir que el amor creciera entre ellos.

Comenzó a desvestirse, negándose a sentir dolor, intentando entenderlo todo. Quizá, cuando supiera más sobre lo que había ocurrido en aquellos cuatro años, su comportamiento fuera más comprensible. Pero, ¿cuánto tiempo le quedaba antes de que él se marchara a América y ella se viera obligada a volver a casa?

De repente, Eleanor sintió un agudo dolor en el pie, y se dio cuenta de que había pisado algo. Se agachó y vio una pequeña figurita de madera tallada en el suelo. Al instante, supo que se le había caído a Sean del bolsillo de los pantalones, y la recogió. Era un barquito de un solo mástil, exquisito en los detalles. Por su tamaño, supo que era de un niño.

Se sintió muy inquieta. ¿Por qué tenía Sean aquel barquito en el bolsillo? ¿Cuántos secretos le estaba ocultando? Primero estaba Peg, y después, ¿había también un niño en su pasado?

Él entró en la habitación. Sus miradas se cruzaron, pero él apartó la vista. Se acercó a una bañera que había en una esquina de la habitación.

—Voy a llenarla para que puedas bañarte —le dijo sin mirarla.

Echó el cubo de agua en la bañera, y se dirigió nuevamente a la puerta.

—Sean, espera.

—No.

—¡No te entiendo!

—Lo sé. Ya no puedes entenderme. He cambiado. Creía que nos habíamos puesto de acuerdo en eso... yo he sido sincero. Dije que no podía darte nada más que una hora en la cama... y tú dijiste que me entendías. Pero no decías la verdad —dijo él en tono de acusación.

Ella vaciló.

—Creía que podía conformarme con la pasión, pero me equivoqué.

Sean se quedó pálido.

—Voy a ir por más agua.

Ella lo agarró por el brazo.

—¡Eso ha sido algo más que pasión, Sean!

—No... tú no sabes nada. Hasta la otra noche, eras inocente. No quiero hablar de esto —sentenció él, y salió.

Cuando volvió, con las mejillas enrojecidas, no la miró. Echó otro cubo de agua en la bañera.

—Esperaré en el patio —dijo con tirantez.

Ella se puso en pie de un salto.

—¿Has comprado ya el pasaje para América?

Pasó un instante antes de que él respondiera.

—Todavía no.

Ella sintió tanto alivio que no pudo contener una exhalación.

Sin embargo, Sean la miró con gravedad.

—Elle... quiero decir, Eleanor. Esto ha sido una mala idea. De nuevo, ha sido culpa mía. Yo me responsabilizo... por favor, no llores —añadió en tono de súplica.

—No estoy llorando.

—Pero estás sufriendo... lo veo en tus ojos. Te he hecho daño.

—No entiendo cómo puedes acariciarme y besarme tal y como lo has hecho, y decir luego que no era más que sexo. Me queráis cuando éramos niños, ¡no lo niegues! Y cuando crecimos, éramos muy amigos. Lo hacíamos casi todo juntos. Ahora soy una mujer y también hemos compartido la pasión. Lo hemos hecho todo juntos, ¿no?

—No hagas esto —le advirtió él.

Pero ella no podía parar, no pudo contenerse.

—Sé que te encerraron durante dos años. Sé que te azotaron brutalmente. Sé que aquella noche murieron soldados en el pueblo, y sé que tú te culpas por ello. Pero, Sean, todo eso ha terminado ya. Es el pasado. ¿Por qué no quieres que vaya contigo? ¿Por qué? ¿Estás intentando castigarte por algo? ¿Piensas negarte la felicidad para siempre? Yo te he hecho feliz hace unos minutos, y podría volver a hacerlo. ¡Podríamos compartir cama todas las noches, y una vida! ¡Ya somos muy amigos! Yo podría tener a tus hijos, Sean.

Él se había quedado blanco como la nieve.

—Tienes que tener más orgullo. No puedes rogarle a un hombre su amor.

—No te estoy rogando que me quieras. Estoy señalando algo que es evidente. Yo creo que tú me quieres. ¿Puedes negarlo? —dijo ella, a modo de desafío. Después, tuvo miedo de respirar.

Él se quedó en silencio, negándose a responder.

—No creía que pudieras negarlo —susurró Eleanor, temblando.

—No quiero hacerte daño de nuevo —repitió Sean.

—Me harás mucho más daño si desapareces de mi vida para siempre —le dijo ella con vehemencia—. ¿Y quién te cuidará en América? ¿Quién te curará esas cicatrices?

—He dicho... que ya están curadas.

—Los dos sabemos que eso es mentira.

—¿Y si nos capturan?

—¿Y si no nos capturan?

Él dio un paso atrás, sacudiendo la cabeza.

—No entiendes... lo que pueden hacer los soldados ingleses.

—¡Pero a mí no! Yo soy una mujer, una dama, la hija de un conde. Sean, si dejamos que Cliff nos ayude, no nos atraparán. Él es tan peligroso como cualquier pirata.

—¡No quiero que lo cuelguen a mi lado! —le gritó Sean—. ¡Y no quiero que tú sufras por mí!

Eleanor se asustó. Él estaba tan angustiado que ella se despreció a sí misma por presionarlo de aquella manera. Titubeó, y después susurró:

—Hay más, ¿verdad? Hay algo terrible que no me has contado. Algo que hace que tengas mucho miedo por mí, por Cliff, por todos nosotros. Oh, Dios, Sean... ¿qué te ocurrió realmente en aquella prisión?

El semblante de Sean estaba tan tenso que parecía que se le iba a quebrar. Él sacudió la cabeza como si no pudiera hablar, y se hizo un terrible silencio.

Eleanor tenía miedo de imaginar qué demonios podían estar persiguiéndolo.

—Sabes que puedes confiar en mí —le dijo—. Sea lo que sea lo que estás escondiendo, tu secreto está a salvo conmigo.

Él respiró profundamente. Pasó otro largo momento antes de que hablara, y cuando lo hizo, su tono de voz era de una profunda angustia.

—No puedo darte lo que quieres... no puedo, Elle.

Y de repente, ella percibió todo su dolor, derramándose en ondas enormes que emanaban de él. Si Sean hubiera comenzado a llorar, Eleanor no se habría sorprendido.

Se acercó a él y lo abrazó con suavidad.

—No te presionaré más, Sean. Pero déjame que te consuele. Eso sí podrás permitirlo.

Durante un minuto, él se quedó quieto, respirando profundamente. Entonces, cuando recuperó el control, se alejó de ella.

—Eres una mujer muy buena —le dijo con una mirada de ternura. Las comisuras de los labios se le elevaron con la más ligera imitación de una sonrisa.

Ella le acarició la mejilla.

—Antes tenías un hoyuelo. Quiero verlo otra vez. Lo he visto antes. Me has sonreído justo antes de llevarme a esa cama.

Él sacudió la cabeza como si estuviera negando algo, pero Eleanor no supo si se negaba a reconocer que había sonreído de verdad, quizá por primera vez en años, o que deseara volver a sonreír. Entonces, la mirada de Sean cayó en la mesa, y él se sobresaltó.

—¿De dónde has sacado eso? —le preguntó.

Sorprendida, Eleanor lo vio acercarse corriendo a la mesa y meterse el barco de madera al bolsillo. Se volvió, mirándola con incredulidad y reproche.

Y Eleanor tuvo terror por lo que aquel barco pudiera significar para él.

—Me lo he encontrado en el suelo —le explicó lentamente, con la boca seca—. Sean, ¿por qué llevas siempre esa figura? ¿Es un recuerdo?

Su expresión era tensa.

—Sí.

Se dio la vuelta y tomó el cubo.

Entonces, ella se acercó a la puerta y le cortó el paso.

—No lo entiendo. ¿Qué significa? ¿Quién te lo dio? ¿Es de un niño?

Él apretó los dientes.

—Discúlpame.

—¿Es el juguete de un niño? —insistió ella.

—Sí, es de un niño —dijo él—. Era de Michael... Michael, mi hijo. Michael... que está muerto.

Entonces, Sean la empujó y salió apresuradamente, pero ella no pudo moverse; se había quedado paralizada por el miedo y la profunda impresión que se había llevado.

¿Sean tenía un hijo? ¿Un hijo que había muerto?

¿Era aquella la causa de su tristeza, de su amargura, de las sombras de sus ojos y de su pena?

Cuando él volvió, echó el último cubo de agua en la bañera con movimientos de enfado.

—No sabía que tuviste un hijo —susurró ella—. Sean, lo siento.

Él se volvió hacia ella de repente.

—Mi deber era protegerlo.

—¿Cómo murió?

—Los soldados le prendieron fuego a mi casa. No pudieron encontrarme a mí... así que lo mataron a él —dijo, temblando—. No quiero hablar de eso. ¿Por qué no puedes dejarme en paz?

—Entiendo lo doloroso que debe de ser. Pero no es culpa tuya.

—Sí lo es.

Eleanor se dio cuenta de que estaba en lo cierto al pensar en que él se culpaba por aquella terrible tragedia. Ojalá hubiera estado equivocada.

—No, Sean. Los responsables de la muerte de Michael

son los soldados que prendieron fuego a tu casa. Tú eres un hombre bueno y honorable. Si hubieras estado allí aquel día, habrías dado tu vida por él, y lo sabes. No puedes culparte. Sean, mírame.

Él obedeció.

—Tienes que dejar de culparte. Eso no te devolverá a Michael. Pero tú ya lo sabes.

—¿Cuántas veces te salvé a ti? —le preguntó con un susurro—. Sin embargo, no pude salvar a Michael. Le fallé. ¿Por qué?

Finalmente, se le derramó una lágrima por la mejilla. Eleanor la atrapó con los dedos. Le tomó las mejillas con las manos mientras observaba cómo su angustia se transformaba en desesperación. Ella quería decirle que no podía huir del asesinato de Michael durante toda la vida. En vez de eso, deslizó los dedos por su piel.

Nada importaba, pensó Eleanor, salvo que él estuviera tan herido, que sufriera tanto. Sean la necesitaba. Aunque sólo fuera temporalmente, ella podía reconfortarlo.

—Te quiero tanto... —murmuró.

Él la miró, y los ojos se le llenaron de lágrimas. Y entonces, sacudió la cabeza.

Ella no supo si estaba negándose a aceptar su declaración de amor, o protestar por lo que ella se proponía, pero Eleanor sabía exactamente cómo podía consolarlo. Cerró los ojos y lo besó.

Él se quedó inmóvil, permitiéndola que lo besara, y ella saboreó sus labios y sus lágrimas saladas.

Y entonces, la tomó entre sus brazos y la besó también, profunda y desesperadamente.


En aquella ocasión, cuando él se tumbó a su lado, Eleanor se acurrucó contra su costado y apoyó la mejilla en su pecho. Sintió la tensión que se adueñaba del cuerpo de

Sean en respuesta y rezó. Entonces, lentamente, él deslizó la mano por su hombro y la abrazó. Eleanor cerró los ojos para contener las lágrimas. Él no la había apartado de sí; aquello era un comienzo, y ella fue plenamente consciente.

Sean no dijo nada.

Eleanor esperó hasta que recuperó la calma, y pensó de nuevo en su hijo, Michael. Tenía muchas preguntas, pero sabía que no era el momento de mencionar aquel tema tan doloroso nuevamente.

Además, quería permanecer todo lo posible en el lugar en el que estaba, entre sus brazos, en su cama, abrazada a él. Quería disfrutar de aquel momento, atesorarlo. Le puso la mano sobre el pecho y lo acarició para reconfortarlo. Quería besarle la piel con todo el amor que estaba sintiendo, pero se contuvo. Entonces, su estómago comenzó a rugir debido al hambre.

Ella miró hacia arriba y él miró hacia abajo. Él tenía una mirada suave, curiosa. Y entonces, sonrió.

—Traeré la cena.

A ella le dio un salto el corazón al ver aquella sonrisa. Y se la devolvió, con la barbilla apoyada en su pecho.

—Ha oscurecido. Quizá no sea buen momento para pasearse por las calles de la ciudad.

—Yo también tengo hambre —le dijo él—. La oscuridad es mejor. Puedo moverme sin que nadie me vea, y la posada no está lejos.

Por un momento, ella posó la mano sobre su estómago duro, disfrutando de la suavidad de su piel y del hecho de que él le estuviera permitiendo tales libertades. Entonces, recordó la gruesa y áspera red de cicatrices que él tenía en la espalda y se angustió. Se incorporó en la cama. No quería que él volviera a sufrir en toda la vida.

—Yo iré por la cena. Yo iré a la posada.

Él le estaba mirando el pecho.

—No.

Eleanor se dio cuenta de que la estaba admirando, y se sintió atractiva. Su primer impulso fue levantar las sábanas, pero no lo hizo.

—Sean, ya no soy una niña. No necesito que me protejas a cada paso que dé. La posada está a la vuelta de la esquina...

—No —dijo él. Tomó un borde de la sábana y se la puso sobre el pecho—. Las damas son pudorosas —le indicó, en tono de reprobación.

Ella tuvo que sonreír.

—Pero hace mucho tiempo que llegamos a la conclusión de que yo no soy una dama.

Y él sonrió también. Después se levantó.

—¿Cómo se me ha podido olvidar?

Ella lo devoró con la mirada mientras él tomaba su ropa. Mientras se ponía los pantalones, Sean la miró y se ruborizó.

—Las damas no son tan atrevidas.

Ella se encogió de hombros.

—Eres magnífico... ¿por qué no puedo mirarte? Los hombres miran a las mujeres todo el tiempo.

Sean suspiró y tomó la camisa.

—No puedes... es impropio... lo sabes.

—Odio ser tan educada —declaró ella.

Entonces él la miró fijamente.

—¿Sean?

—Tú sí eres una dama... sólo que no una dama convencional. Que nunca se te olvide.

—Yo finjo que soy una dama cuando tengo que hacerlo, que es la mayor parte del tiempo. Pero ya sabes que odio llevar vestidos, y tomar el té, e ir a bailes. Ni siquiera he aprendido a bailar bien.

Él la observó, divertido.

—Sólo tú... te atreverías a ser tan sincera.

—Sean, te veo el hoyuelo —dijo ella.

Entonces, él se irguió, sorprendido, y la sonrisa se le borró de los labios.

Eleanor se preguntó si acaso estaba decidido a sufrir. Se levantó y le dijo:

—Sean... verte sonreír es maravilloso.

Él abrió los ojos de par en par.

—Deberías vestirte —susurró, y mientras lo hacía, se ruborizó.

Ella se sentía tan cómoda con él que no se había dado cuenta de que estaba desnuda. Tomó la sábana de la cama y se envolvió en ella.

—Creo que ya debes de conocer mi cuerpo centímetro a centímetro.

Él enrojeció más.

—Pero no me importa —añadió Eleanor.

Pareció que él se enfadaba.

—Elle, espero que actúes de este modo tan atrevido sólo conmigo. Nadie más lo entendería... ni lo aceptaría.

Ella se cruzó de brazos.

—Oh, ¿te refieres a Sinclair? —preguntó, con el corazón acelerado por la ansiedad.

Él alzó la barbilla.

—Con él, también.

—No esperarás de verdad que vuelva con él, después de lo que hemos compartido hoy.

—Ya hemos hablado de esto.

—No hubo una conversación lógica, y además, fue ayer. Fue una orden, una instrucción, una decisión tuya, no mía.

—¿Por qué tenemos que debatirlo otra vez?

—¡Porque una cosa es cometer un error una vez, un

error tonto y sin significado, y otra muy distinta es engañar a un hombre bueno y honesto cuando nosotros dos decidimos convertirnos en amantes! –replicó Eleanor, furiosa.

Él la miró de reojo.

–Las cosas no han cambiado... Sinclair podrá protegerte –afirmó, y se dirigió hacia la puerta.

–No necesito que me protejan de los ingleses, pero tú nunca lo creerás, ¿verdad?

Sean se volvió hacia ella.

–Yo era un animal... enjaulado. Fue una locura... fue el infierno. Esta vez, me colgarán. ¿Y tú? ¿Quieres pasarte el resto de la vida en la Torre? ¿O prefieres vivir una existencia privilegiada como lady Sinclair?

–No estás siendo razonable. Nadie me va a encerrar en la Torre. ¿Tiene algo que ver el miedo irracional que sientes con lo que le ocurrió a Michael?

Él se negó a responder.

–No puedo dejar tu cama y casarme con Peter –dijo ella con sinceridad–. Te darás cuenta de que es algo despreciable.

Él maldijo.

–Sabía que era un error. Ya lo tengo todo arreglado para que vuelvas a casa mañana. Y convinimos que fingirías que eres virgen con Sinclair. Me lo prometiste.

–Yo no te he prometido tal cosa. Y además, tu monólogo al respecto tuvo lugar antes de que te pasaras una tarde entera disfrutando de mis favores.

–No...

–¿No qué? ¿No quieres que te pida que hagas lo más honorable? Ya he cometido ese error, y tú te has negado a casarte conmigo. No soy tonta, no volveré a usar esa carta.

–Entonces, ¿qué quieres?

–No puedo dejarte así, Sean. Si te vas a América solo,

no tendrás a nadie que te cure. Has dicho que nadie puede ayudarte, pero no es cierto. Yo sí puedo. Te ayudaré. Soy tu mitad... —dijo ella, y consiguió sonreír entre las lágrimas.

Él había palidecido.

—Moriría antes de ponerte en peligro.

—Y yo moriría antes de dejarte marchar de este modo.

—¡No! —exclamó él—. ¿Cuándo vas a entenderlo? Esto no es seguro. No debería haber vuelto por ti. Estarías casada, a salvo, con Sinclair. ¡Maldita sea, Elle!

—¿Quieres enviarme a casa, a los brazos de otro hombre? No puedo creerlo. ¡Tú quieres estar conmigo! ¡Me necesitas, Sean!

—¡No necesito a nadie! Sólo necesito aire, agua, comida... tú me necesitas a mí, no al revés, y siempre me has necesitado.

Ella retrocedió.

—¡Así que deja de insistir en lo contrario! ¡Yo nunca te he pedido amor, nunca! —continuó él, ciego de furia—. Si las cosas fueran distintas, podría ser honorable y casarme contigo. Pero tú estás comprometida, así que olvídame. ¡Olvídalo todo! Tienes que casarte con Sinclair, y no conmigo. Yo soy un traidor que acabará en las galeras... y maldita sea, si vas a tener un hijo mío, él lo criará como inglés, ¡y el niño nunca sufrirá indignidades, ni injusticia! —gritó.

Eleanor se estremeció. Cómo dolía la verdad.

—Tienes razón. Yo siempre te he querido y te he necesitado. ¿Y tú? ¿Acaso has renegado de mi afecto, de mi confianza y de mi lealtad? ¿Y también has detestado estar en la cama conmigo hace un momento?

Él estaba jadeando.

—Eso no es justo.

—No, no lo es. No es justo que me dejaras hace cuatro años y no volvieras a dar señales de vida, y quizá tuvieras una relación con otra persona. No es justo que hayas vuelto a casa justo ahora y me hayas llevado contigo justo el día de mi boda. No es justo que te hayas acostado conmigo y después te niegues a hacer lo que es correcto. No, no es justo, Sean.

Él la miraba fijamente, sin decir una palabra.

Ella se humedeció los labios. Ya no podía parar.

—Me has hecho mucho daño desde que te fuiste y ahora que has vuelto, también. Sean, ¿te das cuenta de que nunca me hiciste daño cuando crecimos juntos? Eras mi héroe.

—Ya basta.

—Quizá no necesitaras a una mocosa que te espiaba todo el tiempo, o a una adolescente que se despellejó las manos alegremente ayudándote a reconstruir tu casa. De hecho, estoy segura de que hubieras tenido una infancia muy feliz sin mí, y que hubieras reconstruido Askeaton de todos modos.

—Lo siento —dijo él.

—¡No! Tú has hablado, y ahora quiero hablar yo. Me necesitas. Estás sufriendo por la muerte de Michael, y por los dos años que pasaste en la cárcel, y quizá por más cosas, no lo sé. Me necesitas como nunca has necesitado a otra persona, ni a ninguna otra cosa. Más que al aire, la comida y el agua.

Sean se apoyó en el respaldo de una silla.

—¿Y sabes qué otra cosa he entendido esta tarde? Que te quiero con todo mi corazón, no sólo por cómo eras, sino por cómo eres ahora.

Él cerró los ojos.

—Entonces estás loca.

—Sí, probablemente tienes razón. Pero hoy he visto la verdad. Estás huyendo del asesinato de Michael. Muy bien. Pero de mí no puedes huir. Quiero ser tu mujer, y si tengo que hacerlo, esperaré tanto como sea necesario.

Él se quedó blanco.
—No.
Y ella comenzó a temblar.
—No voy a volver a casa a casarme con Sinclair, Sean.
—¡He dicho que no! —rugió él—. ¿Cuándo lo vas a entender? Me casé con Peg. ¡No me voy a casar contigo!

## 14

Eleanor pensó que lo había oído mal. Era imposible que Sean se hubiera casado con otra mujer. El corazón comenzó a latirle tan deprisa que se sintió mareada y débil. Tuvo que agarrarse al respaldo de una silla, porque la habitación comenzó a girar a su alrededor.

—No estás casado —dijo con la voz ahogada.

—Peg murió.

La habitación se transformó en un borrón. La figura de Sean se desdibujó ante sus ojos. ¿Cómo podía estar sucediendo aquello?

Eleanor lo había amado desde el primer momento en que lo había visto, y nunca había dejado de quererlo, ni siquiera después de que él le hubiera despojado de su virginidad de una manera tan insensible.

Y él se había casado con otra.

—Toma —le dijo Sean, ofreciéndole un vaso de agua—. Toma un sorbo. Te encontrarás mucho mejor.

Ella hizo caso omiso de su ofrecimiento. ¿Cómo podía haberse casado con otra?

—¿Por qué? —susurró.

—Ella está muerta, Elle. Por mi culpa... los dos están muertos —le dijo con la voz ronca—. Deberías sentarte.

Eleanor se sentó. Notó que tenía la cara húmeda, y se dio cuenta de que estaba llorando.

—¿Cómo pudiste casarte con otra mujer?

Él le tomó la mano.

—No es lo que piensas. Yo no la quería.

—¿Cuánto tiempo estuviste casado con ella? —insistió Eleanor, con la voz ahogada por las lágrimas.

Él sacudió la cabeza.

—No mucho. Por favor, no llores.

—Pero se suponía que tú ibas a casarte conmigo —susurró Eleanor.

Él se puso tenso.

—Voy a buscar la cena —dijo. Fue hacia la puerta, y allí se volvió—. Cierra con los cerrojos.

Eleanor no se movió. Aquel pensamiento la estaba obsesionando: Sean se había casado con una mujer llamada Peg. Su mente se volvió cruel, decidida a torturarla. Vio a una mujer increíblemente bella, irlandesa, por supuesto, quizá la hija de otro conde. Rubia, guapa, perfecta. Vio a Sean con aquella mujer, su esposa, riéndose, enamorado.

Intentó recordarse que él le había dicho que no la quería, pero comenzó a llorar. Conocía a Sean lo suficiente como para saber que sí le había importado aquella mujer. Le había importado, quizá mucho, quizá tanto como le importaba ella misma.

Eleanor lloró con más intensidad. Era tonta. Él la había usado de la misma manera que usaba a mujeres como Kate. Y ella había sido lo suficientemente ingenua como para pensar que había hecho el amor con ella. ¿Habría hecho el amor con Peg con un deseo tan explosivo? Claro que sí, después de todo, ¡se había casado con ella!

Eleanor no podía respirar. Comenzó a ahogarse por falta de aire. Pero no importaba, ya no le importaba si moría o vivía. Sólo sabía una cosa: debía alejarse de Sean. Él era un traidor, en todos los sentidos de la palabra. Había sido un traidor con ella, con ellos.

Nunca iba a perdonarlo.

Bajó las escaleras tambaleándose, y se dio cuenta, demasiado tarde, de que estaba descalza. Siguió descendiendo de todos modos, cegada por las lágrimas. En la calle, observó que había mil estrellas brillando en el cielo, y que el extremo de la calle estaba iluminado con una sola farola de gas. Eleanor corrió.

Cuando tomó la esquina, vio tres soldados británicos recorriendo la calle. Parecía que estaban borrachos. Eleanor se metió en un soportal y se escondió.

Algún tiempo después, cuando los soldados ya habían desaparecido, comenzó a llover.

Eleanor ni siquiera lo notó. Tenía demasiado frío como para darse cuenta del hielo que había cubierto su corazón y su alma.

Sean se sentía enfermo. Mientras subía lentamente las escaleras, no podía dejar de recordar el terrible golpe que se había llevado Eleanor, su dolor. Sin embargo, ella había reaccionado con desproporción al oír la noticia de que él había estado casado; se había comportado como si él la hubiera traicionado.

Cuando se había casado con Peg, Sean se encontraba en estado de choque por la masacre de Kilvore; no había tenido tiempo de pensar, ni de asimilar lo sucedido. La pena había sido abrumadora.

Y él nunca, en ningún momento de su relación con Eleanor, le había dado a entender que pudiera quererla como ella lo quería a él.

«¿Me prometes que volverás por mí?».

«Te lo prometo».

Sean se sintió muy tenso. Cuando la dejó en las puertas de Askeaton, él sabía que Eleanor se había tomado aquella promesa en el sentido más literal de la palabra, cuando él no tenía aquella intención. ¿Era todo aquello culpa suya, finalmente?

Lo primero que había hecho cuando había llegado a Adare había sido espiarla, y después, darle a conocer su presencia, y después hacerle el amor. Y el día anterior, Sean había cedido ante sus deseos más salvajes y había pasado la tarde con ella.

Sabía que no debería haberla tocado ni una sola vez. Por supuesto que ella debía de tener expectativas, porque en realidad no entendía el peligro al que estaba expuesta. Cualquier mujer honorable esperaría que él se casara con ella, pero Elle también quería su amor, cuando él ya no tenía nada que darle a nadie, ni siquiera a ella.

Siguió subiendo, pero a mitad de la estrecha y oscura escalera, se detuvo y comenzó a temblar. ¿Qué le estaba ocurriendo? ¿Cómo era posible que hubiera vuelto a casa y se hubiera enredado tanto en la vida de Elle, se hubiera dejado atrapar por ella? Su existencia se había vuelto negra y oscura la noche en que habían muerto Peg y Michael.

Ya era demasiado tarde, pero en aquel momento, sentado en la penumbra, pensó en Elle, y entonces, la oscuridad se convirtió en algo cálido y luminoso. Elle siempre había sido el sol de su vida. Cuando ella sonreía, él sentía un increíble calor, no sólo en el cuerpo, sino también en el alma, en el corazón. Sin embargo, ya no sabía cómo podía pedirle perdón, y no se atrevía a consolarla.

Continuó subiendo cansadamente; antes de llegar al último escalón, vio que había luz en el pasillo, y se quedó helado. La puerta de la habitación estaba abierta.

Dejó caer la bolsa de comida que llevaba y corrió hacia la habitación. Con sólo una mirada, se dio cuenta de que

Eleanor se había ido. Entonces, gritó de angustia. Vio las botas que él le había comprado, y supo que se había ido descalza. Sin detenerse a pensar ni un minuto, se dio la vuelta y bajó las escaleras de dos en dos. Sin embargo, pensó que tenía suerte, porque ella no habría podido ir muy lejos.

Un momento después, Sean estaba montado en Saphyr, recorriendo la calle. Cubriría mucha más distancia a caballo que a pie. Eleanor podía estar en cualquier sitio.

¿Se le habría ocurrido la idea de volver a casa a pie? Conociéndola, era posible.

Él había conseguido calmarse un poco; su pánico había disminuido, pero seguía sintiendo miedo por la seguridad de Eleanor. Una mujer bella, caminando sola por una carretera pública, vestida de hombre, atraería la atención de individuos desagradables, incluso aunque ella pudiera eludir a los soldados.

Sean espoleó a Saphyr.


El amanecer iluminaba con una luz gris pálido el puerto que había al sureste de la ciudad. Sean estaba sobre su caballo en la cima de una colina, demasiado asustado por Eleanor como para sentir cansancio. Rápidamente, se había dado cuenta de que si ella optaba por quedarse en la ciudad y esconderse, él no podría dar con ella. Entonces, había decidido dirigirse al norte, hacia Limerick, pero no había encontrado ni rastro de ella en la carretera principal. Se había rendido al darse cuenta de que no podía haber llegado tan lejos caminando descalza.

¿Dónde podía estar? ¿Estaría bien? ¿Y si la habían asaltado, o algo peor? ¿La habrían capturado los soldados? Sean estaba al borde del pánico, y tenía dificultades para pensar con claridad.

Entonces, tuvo una idea. Sabía que Cliff y su hermano querían ayudarlo, pese a sus deseos. Se sacó el catalejo del bolsillo y comenzó a observar con suma atención el panorama que se extendía bajo él.

En el puerto había una docena de botes y balandros; algunos barquitos de pesca ya estaban haciéndose al mar. El único barco grande era el HMS Gallantine. Sean siguió recorriendo todo su campo de visión con el catalejo, y por fin, sonrió.

Había otra fragata, mucho más grande, con más armamento que el barco de la Marina británica, y con el casco pintado de rojo y negro. Sólo Cliff tenía un barco pintado con colores tan atrevidos. Si no se equivocaba, aquélla era The Fair Lady.

Sean le pediría a su hermano que le ayudara a encontrar a Eleanor. Dejó el caballo en el muelle más cercano y tomó un pequeño bote de pesca. Comenzó a remar furiosamente hacia la fragata de su hermano. A medio camino, oyó al vigilante dar aviso. Cuando llegó hasta el casco del barco, había varios marineros esperándolo. Le lanzaron una escalera de cuerda. A primera vista, Sean tomó a los hombres por piratas y moros. Pero el hombre que estaba en la barandilla de la borda no era un moro. Aunque estaba muy bronceado del sol y llevaba un pendiente de oro, era Cliff el que estaba por encima de él.

Cuando hubo atado el bote, Sean subió rápidamente hasta la cubierta del barco de su hermano. Cliff le pasó un brazo por los hombros y lo dirigió hacia su camarote.

—¿Estás loco? —le preguntó en voz baja. Después dijo, en tono de autoridad—: Que nadie se acerque a este barco y que nadie salga de él.

Se oyeron gritos de «A la orden, capitán».

—Yo también me alegro de verte —respondió Sean irónicamente—. ¿Qué? ¿No llevas anillos de oro?

Cliff se rió entonces, y le cedió el paso a su camarote. La estancia estaba pintada de un rojo oscuro muy sorprendente, y amueblada con piezas y telas exóticas.

Cliff cerró la puerta con el pie y abrazó a Sean con todas sus fuerzas.

—¡Sean, maldita sea!

Sean se fijó en su hermano, al que no había visto en más de cuatro años; Cliff estaba navegando por el mundo cuando él había partido. Cliff era dos años más joven que él, pero debido a su naturaleza atrevida, habían estado muy unidos de niños. Quizá aquella afinidad se debiera a que eran dos extremos opuestos: Cliff era un demonio desde el día en que nació, y Sean era cauteloso, conservador y responsable.

—Hace mucho tiempo —dijo.

—Sí —respondió Cliff, cruzándose de brazos—. Llegamos anoche, a las doce. En cuanto los británicos sepan que estoy aquí, comenzarán a espiarme —dijo, y miró a su hermano de pies a cabeza. La sonrisa se le borró de los labios—. Apenas te pareces al hermano con el que crecí. ¿Estás bien, Sean?

Sean no respondió.

—¿Has visto a Elle? —le preguntó.

Cliff se sobresaltó.

—No, no la he visto. Pero ella está contigo, ¿no?

Sean tuvo que sentarse.

—No, no está conmigo. Me temo que necesito tu ayuda.

Cliff lo agarró del hombro.

—Dime lo que ha ocurrido —le pidió calmadamente—. Y haremos planes.

Sean lo miró.

—Elle se ha ido... fui un idiota, Cliff. Le dije la verdad... que me había casado con otra mujer —le explicó. Al ver la expresión de sorpresa de Cliff, prosiguió—: Peg ha muerto.

Cliff se lo quedó mirando con gravedad. Cuando habló de nuevo, tenía la voz ronca.

—Lo siento mucho, Sean. Sin embargo, no creerías que Eleanor iba a soportar esa noticia. Esperó que volvieras durante esos cuatro años, Sean. Todos la vimos sufrir por ti.

Sean sacudió la cabeza.

—Le dije que volvería porque pensaba hacerlo. ¡Nunca pensé que pasaría dos años pudriéndome en la cárcel!

—¿Cómo se te ocurrió levantarte en armas contra los ingleses?

—Intenté detener a los campesinos... para que no asaltaran la finca de Darby —respondió Sean.

—¿Hay algún testigo? Porque el coronel Reed jura que te vio dirigiendo la algarada, no intentando detener a los campesinos.

Sean se quedó helado.

—¿Reed?

Cliff le dio unos golpecitos en la espalda.

—El coronel Reed visitó a Tyrell, y él me ha contado la conversación que tuvieron. Parece que él es quien dirige tu búsqueda.

Sean jadeó. La cabeza comenzó a darle vueltas.

—¡Cliff! Reed es un asesino. ¡Él mató a Peg y a Michael!

—¿Crees que él mató a tu esposa y a tu hijo? ¿Estás seguro?

—Oh, sí lo estoy. ¡Y temo que pueda hacerle daño a Elle! ¡Debes ayudarme a encontrarla! ¿Dónde está ahora Reed?

—Lo último que sé es que estaba en Limerick. Sean, encontraremos a Eleanor. Rex, Devlin y Rory McBane están en Cork. Ellos nos ayudarán. Entiendo que estés asustado por ella, pero no es Eleanor la que está en peligro. Puede que Reed sea un asesino, pero nunca le haría daño a la hija de Adare. ¡Eso sería un suicidio político! Debes relajarte. Yo estoy mucho más preocupado por ti. Quisiera zarpar inmediatamente y llevarte a costas extranjeras. No tiene sentido que te quedes aquí. No he dado permiso a mis hombres para que podamos marcharnos dentro de unas horas. La marea será favorable hasta media mañana.

—¡No voy a ir a ningún sitio! —exclamó Sean—. No lo entiendes. Reed es peligroso. No tiene moral. ¡Sus hombres violaron a mi mujer, Cliff, y la golpearon hasta matarla! ¡Ella pagó por lo que yo hice... era un castigo por mis pecados!

Sean tuvo que sentarse nuevamente. Apenas podía respirar.

—Reed le preguntó a Tyrell por tu relación con Elle.

Sean comenzó a temblar.

—Pero Eleanor es lista y valiente, por no mencionar que es fuerte, y que dispara mejor que muchos hombres. ¿Va armada?

—No.

Cliff se quedó muy serio.

—Eso es una mala suerte. Sin embargo, sabrá protegerse. Probablemente vuelva a la habitación donde os estabais escondiendo. Pero yo le enviaré un mensaje a Rex y a Devlin. Ellos la buscarán por el camino de Adare, y nosotros zarparemos inmediatamente.

—¡No voy a ir a ninguna parte! —repitió Sean—. Me marcharé cuando Elle esté a salvo.

Cliff lo miró con fijeza.

—¿Estás enamorado de mi hermana?

A Sean se le encogió el corazón. No se atrevía a responderse aquella pregunta. Se acercó hasta el ojo de buey, que estaba abierto, e inspiró profundamente. El mar estaba en calma.

—Tengo que rescatarla. Siempre la he cuidado. Es mi

responsabilidad que llegue a casa sana y salva. Y que se case con Sinclair –dijo. Se volvió hacia su hermano. Cliff lo estaba mirando con escepticismo–. Cliff... prométeme que te asegurarás de que se case con Sinclair.

–No lo entiendo –dijo Cliff, lentamente–. Si ahora tienes sentimientos por mi hermana, y ella te quiere, ¿por qué la vas a enviar a casa? ¿Por qué no la llevas contigo? Eso es lo que ella quiere. Y empiezo a pensar que tú también.

Entonces, Sean se puso furioso.

–¿Y si nos captura Reed? ¡Elle tiene que casarse con Sinclair!

–Siento mucho lo de tu esposa, Sean. Sin embargo, creo que estoy comprendiendo todos los detalles de esta crisis –dijo, lentamente–. Sean, ¿la aceptará ahora Sinclair?

–Elle sólo tiene que decirle... que se escapó con su hermano... que es la más leal de las hermanastras.

Cliff no se dejó distraer.

–Eso no es lo que te he preguntado. Tú nunca te aprovecharías de ella –dijo, en tono de afirmación.

Y Sean no pudo evitar sentir una tremenda tensión. Las mejillas se le enrojecieron.

Cliff abrió los ojos desorbitadamente. Sean no tuvo tiempo de reaccionar. Recibió un puñetazo tan fuerte que cayó al suelo. Desde allí, miró a su hermano. Cliff tenía una daga en la mano.

–¡Desgraciado! ¡Canalla! ¡Si no nos hubiéramos criado juntos, como hermanos, te mataría!

Sean se puso en pie.

–Adelante –dijo–. Dame otro golpe. Tienes razón. Soy un canalla. Haz lo que quieras.

Cliff contuvo el impulso de golpearlo. Después sacudió la cabeza.

–Maldita sea –dijo ferozmente–. No me extraña que

Elle te dejara. ¿Y por qué tuviste que decirle que te habías casado, si tu mujer ha muerto?

—¡No lo sé! Ya no me entiendo a mí mismo.

Cliff se puso tenso, como si se hubiera quedado asombrado.

Hubo un gran silencio.

Sean se sentó de nuevo.

—Te estoy pidiendo ayuda. Ella debe volver a casa. Debe casarse con Sinclair antes de que a alguien se le ocurra acusarla de conspiración o de cualquier otro delito... antes de que Reed la encuentre.

—Tú eres quien debería casarse con ella, y no Sinclair —respondió Cliff.

—¡Y así podrán colgarnos juntos! Ésa sería una buena noticia para la condesa, ¿no te parece?

—No me has dejado terminar. Si las circunstancias fueran distintas, yo mismo te llevaría al altar, fueran cuales fueran tus deseos —afirmó Cliff con los ojos muy brillantes—. Está bien. De acuerdo. Me pondré inmediatamente en contacto con Rex y Devlin y concentraremos nuestros esfuerzos en encontrar a Eleanor. ¿Y después qué? ¿Y si tardamos días en encontrarla? ¿Y si te capturan entretanto?

—Mi huida no es la prioridad —dijo Sean.

Cliff lo miró con los ojos entornados.

—¿Sabes, Sean? Te comportas de una manera muy parecida a un hombre enamorado.

—No me importa lo que pienses.

—Podrías complacerme un poco, de todos modos, porque hemos trazado un plan. Yo seré un señuelo y, mientras las autoridades me persiguen, Devlin te llevará lejos de aquí.

—No quiero que tú te involucres... ni Devlin tampoco. Yo compraré mi propio pasaje. Gracias —le dijo con gravedad, mientras se dirigía hacia la puerta.

Al instante, Cliff le cortó el paso.

—Me niego a que rechaces la ayuda. No podrás conseguirlo solo.

—Déjame pasar, Cliff —le dijo Sean—. Te dejé que me golpearas hace un momento... pero te lo advierto, ya no soy el mismo niño callado que antes.

Cliff titubeó. Después se apartó de la puerta.

—Está bien. No me das miedo, Sean, pero me doy cuenta de que sigues siendo generoso y noble. ¿Cómo puedo ponerme en contacto contigo cuando encontremos a Eleanor? —le preguntó.

Mientras lo hacía, caminó hacia un armario y lo abrió. De allí sacó una pistola, munición y una daga, y se las entregó a su hermano.

—¿Dijiste que McBane estaba con Rex y Devlin?

Cliff asintió.

—Tú no lo conoces, pero forma parte de la familia.

—En realidad, sí lo conozco —dijo Sean—. Y él me conoce a mí, pero con el nombre de John Collins. Pregúntale a McBane. Él sabrá cómo encontrarme.

—A cada momento siento más curiosidad —comentó Cliff irónicamente.

—De eso estoy seguro —respondió Sean—. Cliff, pon a salvo a Eleanor. Prométemelo.

—Se te olvida que es mi hermana pequeña. Yo también moriría para que ella estuviera a salvo.

—Gracias —dijo Sean con alivio.

Cliff lo abrazó.

—Cuídate, demonios —le dijo con la voz ronca.

Sean asintió y se marchó.

## 15

El capitán Brawley se sentía inquieto. Llevaba casi dos años al mando de la pequeña guarnición de Kilraven Hill, en el condado de Limerick. Además, desde que el conde de Adare había dejado su puesto de juez, también había estado administrando la justicia.

Sin embargo, el cuartel general del fuerte de Kilraven ya no le resultaba familiar. En la antesala había dos nuevos asesores, que habían usurpado el puesto de los suyos, y su oficina personal había sido ocupada por el coronel Reed. De hecho, el coronel Reed había tomado el mando.

Reed estaba sentado en el escritorio de Brawley, estudiando algunos expedientes con impaciencia. Brawley sabía que estaba repasando documentos relativos al mando del regimiento, pero había un retrato de Sean O'Neill en el centro del escritorio, y otro pegado en la pared, tras él.

Brawley quería que atraparan al hijo del conde tanto como cualquier otra persona, porque estaba seguro de que O'Neill había puesto en peligro a lady Eleanor. Sin embargo, Reed miraba aquel retrato de O'Neill cada minuto. Y Reed tenía la mirada más fría que Brawley hubiera visto nunca. Sobre todo, cada vez que miraba aquel retrato.

La intensidad del coronel le ponía nervioso. Él había estudiado el expediente O'Neill con suma atención. Era el regimiento de Reed el que estaba de guardia aquella desdichada noche en que los campesinos se habían levantado.

Sus soldados habían asfixiado la rebelión, pero no habían podido impedir que la finca y la casa de Darby fueran completamente destruidas; después, todos los hombres del pueblo habían muerto. Reed había sido quien había redactado el informe inicial. Y había sido quien había apresado a O'Neill y lo había llevado a prisión una semana después.

Y en aquel momento estaba en Limerick, a cientos de kilómetros de su zona de mando, decidido a atrapar otra vez a O'Neill. Brawley estaba seguro de que aquello se había convertido en algo personal para el coronel.

En consecuencia, Brawley había escrito una carta al mayor Wilkes, que estaba al mando militar de la mitad sur del país. La carta sólo pedía aclaración de su papel en aquella persecución, y mencionaba la intervención de Reed en un distrito que no le estaba asignado.

Sin embargo, Brawley no había mandado aún aquella carta. Era soldado hasta lo más profundo de su ser, y su instinto era el de aceptar la autoridad y acatar las órdenes. Prefería evitar enviarle aquella carta al mayor Wilkes si podía evitarlo. Deseaba concederle a su superior, Reed, el beneficio de la duda.

Reed lo miró en aquel momento, con los ojos brillantes y fríos.

—Brawley, ¿qué quiere?

—Los soldados han vuelto de Limerick, señor. No han encontrado a O'Neill, si es que de verdad se encuentra allí.

Reed se apoyó en el respaldo de la silla, sonriendo sin alegría.

—No, no está allí. De Warenne zarpó un día después de

que O'Neill escapara de Adare. The Fair Lady lleva a pocos kilómetros de Cork desde la medianoche de ayer. Creo que O'Neill está en Cork.

Brawley sintió una punzada de excitación.

—¡Señor! ¿Tengo su permiso para llevarme a una docena de soldados allí?

—No —respondió Reed, poniéndose en pie.

Brawley se quedó perplejo y decepcionado.

—Señor, puede que lady Eleanor esté en peligro. Creo que él la ha tomado como rehén.

Reed descartó aquel comentario con un gesto desdeñoso de la mano.

—Lo dudo. Incluso usted dijo que ella se había marchado voluntariamente con él.

—Eso fue lo que pareció —respondió Brawley con inseguridad—. Pero yo la conozco un poco. Es una gran dama, señor, aunque sea original. Puede que O'Neill la haya persuadido para que se marchara con él, simplemente, para valerse de ella como rehén. Debemos rescatarla antes de que sufra algún daño.

—Y la rescataremos cuando O'Neill sea capturado —dijo Reed, que le dio unos golpecitos en el hombro a Brawley—. Tengo espías en Cork, capitán, vigilando el barco de Warenne. Sean O'Neill irá directo a la trampa que le he tendido, puede estar seguro.

Brawley lo miró a los ojos y se estremeció.

Alguien llamó a la puerta. Ambos militares se volvieron, y vieron entrar a un joven sofocado por el ejercicio, sudando profusamente. No llevaba uniforme, pero a Brawley le pareció vagamente familiar. Reed le hizo un gesto para que entrara.

—Sargento Lewes, pase. ¿Qué ha averiguado?

—O'Neill subió al The Fair Lady al amanecer, coronel. Estuvo con de Warenne durante media hora.

Reed arqueó las cejas y sonrió.

—¡Bien hecho! ¿Dónde está ahora O'Neill?

Lewes titubeó.

—No lo sé.

A Reed se le borró la sonrisa de los labios.

—¿Qué demonios significa eso?

—¡Coronel, señor! Dejé mi puesto para informaros en el momento en que él bajó del barco. Ésas eran mis órdenes, señor.

—¡Maldito idiota! —rugió Reed.

Lewes palideció.

—Tenía órdenes de averiguar su paradero —gritó Reed, congestionado de ira—, e informarme. ¿Quién está vigilando ahora el barco? —preguntó Reed—. ¿O ha zarpado el The Fair Lady, también?

—John Barret, señor, está espiando en el barco.

—Está despedido —dijo Reed con desprecio.

Brawley estaba asombrado por lo que acababa de presenciar. Él no sabía que Reed tenía hombres posicionados en Cork, vigilando a Cliff de Warenne. Era evidente que Reed deseaba permanecer a la sombra, y aunque Brawley sabía que no estaba en situación de cuestionar lo que hacían sus superiores, se sintió más inquieto que nunca.

—Señor, yo conozco muy bien Cork, y tengo mucho trato con el alcalde y los concejales. También conozco Cobh.

—Ya lo sé, capitán. He leído su expediente no una vez, sino varias —respondió Reed con frialdad—. Tengo a otros hombres en Cork. He oído que fue un Blueboy el que ayudó a O'Neill en primer lugar. Ayer conseguimos infiltrar a uno de los nuestros en sus filas. Cuando O'Neill se ponga en contacto con sus amigos de nuevo, tendremos noticias suyas.

—Señor —dijo Brawley, que estaba sudando.

Reed arqueó una ceja y esperó.

—¿Y si piensa que es peligroso ponerse en contacto con el Blueboy esta vez?

—Entonces, necesitará la ayuda de su hermano. Por eso, con esta nueva información, va a ir usted a Cork con un destacamento. Acampará a las afueras de la ciudad. Llévese a uno o dos hombres a vigilar The Fair Lady. Yo le enviaré el mensaje a nuestro nuevo espía. De cualquiera de los dos modos, atraparemos a O'Neill.

—Sí, señor —dijo Brawley, aliviado por ver algo de acción.

Sólo tenía que rezar para que Eleanor de Warenne estuviera bien, y que su hermano no pensara usarla para huir de las autoridades.

—Sus órdenes siguen siendo las mismas. Apresar a O'Neill, vivo o muerto. No importa; esta vez será ahorcado.

—Sí, señor.

—Y si se le presenta la ocasión, detenga a la mujer.

Brawley se asustó.

—¿Cómo dice?

—Si descubre el paradero de lady de Warenne independientemente de O'Neill, puede que ella tenga información muy útil. La detendrá y la traerá directamente aquí.

Su inquietud se intensificó.

—Sí, señor.

Y Reed lo supo, porque lo miró con una sonrisa burlona.

—Cálmese, capitán. Si tiene razón, la señora tiene más que temer de su hermano forajido que de mí. Además, dudo que la descubra sola —dijo con los ojos brillantes.

Brawley supo que su frase tenía un doble sentido, pero no lo entendió.


Sean subió a oscuras las escaleras hacia su habitación, pensando en que necesitaba descansar una hora antes de continuar la búsqueda de Elle. Al llegar al descansillo, sin embargo, descubrió una pila de harapos que antes no estaban allí. Con el corazón en un puño, descubrió que allí había más que ropa, y gritó de alivio.

—¡Elle!

Elle estaba acurrucada contra la pared, temblando, mirándolo fijamente. Él se arrodilló y la abrazó, y se dio cuenta de que estaba empapada. Ella se estremeció y lo empujó.

—Soy yo —le dijo él rápidamente, ignorando las protestas y abrazándola con más fuerza. Estaba muy mojada y muy fría.

—La puerta está cerrada —susurró ella con la voz ronca.

Aún arrodillado, la miró a los ojos. El corazón se le encogió al ver la pena cruda que se le reflejaba en la mirada. Ella seguía destrozada por lo que él había hecho, pero de todos modos había vuelto a su lado.

—Lo sé. No quería dejarla abierta por si los ingleses encontraban el escondite. Tienes que entrar en calor —dijo rápidamente, poniéndose en pie.

Le temblaban las manos mientras intentaba meter la llave en la cerradura. ¿Había pasado toda la noche bajo la lluvia? ¿Por qué no había buscado refugio?

—Sólo he venido por Saphyr. Voy a volver a casa —dijo ella, en voz tan baja que apenas resultaba audible.

—Tienes que secarte. He conseguido un escolta para que te acompañe a casa. No puedes ir sola.

Ella se encogió de hombros.

Él le tendió la mano, pero ella no la aceptó.

—Elle... Eleanor, deja que te ayude.

Ella no respondió; se puso en pie por sí sola, pero hizo un gesto de dolor.

A él se le aceleró el corazón de angustia mientras abría la puerta. Fue directamente hacia la estufa y encendió el fuego. Lentamente, la miró, y notó que se le encogía el estómago.

Parecía como si se hubiera caído al río; estaba empapada y tenía heridas sangrantes en los pies.

—¿Qué te ha pasado?

Ella se encogió de hombros nuevamente y cruzó la habitación, cojeando.

Entonces, Sean se dio cuenta de que su intención era echarse directamente en la cama. Él la tomó del brazo.

—Tienes que quitarte esa ropa mojada.

Eleanor lo atravesó con la mirada.

—No creo. No si tú te quedas en esta habitación.

A él le dolieron aquellas palabras como la herida de un puñal.

—Esperaré en el pasillo —dijo, y salió lentamente de la habitación.

Desde el umbral, miró atrás, pero ella no se había movido. Sean se dio cuenta de que estaba llorando.

Finalmente, él le había roto el corazón. Y demasiado tarde, se había dado cuenta de que nunca lo recuperaría.

Sean salió y cerró la puerta, intentando reprimir un miedo repentino. Así debían ser las cosas, porque ella superaría aquel golpe y podría entregarse a Sinclair. Él se dio la vuelta y pateó la pared con tanta fuerza que sintió un dolor agudo desde los dedos hasta la cadera. Sin embargo, no consiguió desahogarse, ni encontrar calma ni alivio. Finalmente, todo había terminado.

Cuando hubo pasado tiempo suficiente, llamó a la puerta, pero no obtuvo respuesta. Asomó tímidamente la cabeza y la vio en la cama, envuelta en una manta. Entonces entró y cerró tras de sí.

—Tienes que ponerte junto al fuego —le dijo suavemente.

Ella no respondió.

—¿Elle?

No hubo respuesta, y Sean se dio cuenta de que se había dormido profundamente.

Él se sentó junto a ella, preguntándose si habría estado en vela toda la noche, vagando por las calles de la ciudad, sola y con el corazón destrozado. Le había hecho daño a la persona que más le importaba en el mundo.

«¿Quieres a mi hermana?».

Aquella pregunta era como una trampa, pero él no iba a morder el cebo. Lo que sintiera en realidad no era relevante. Se dio cuenta de que le había tomado la mano a Elle, y se la estaba sujetando. Estaba helada.

Sean se rindió. Se quitó las botas y se tumbó a su lado. La tomó entre sus brazos. Ella estaba muy fría, flácida como una muñeca de trapo.

Él era quien había provocado aquello.

—Elle, lo siento —susurró. Le besó la mejilla y comenzó a llorar—. Debería haberte hablado de Peg en cuanto volví a casa... pero tenía miedo. Sabía que me odiarías por haberme casado con ella... nunca la quise. ¿Cómo iba a haberla querido? Te quiero a ti —dijo.

Y entonces se dio cuenta de que aquello que acababa de decir era la verdad.

Cerró los ojos, abrazándola con fuerza, y se permitió por fin identificar lo que sentía. Al hacerlo, quedó impresionado por su enormidad, su intensidad, su poder.

Sabía lo que ocurriría si se atrevía a quererla. Sufriría como había sufrido Peg. Y él era un hombre sentenciado; no había cambiado nada, salvo que su corazón quería algo que nunca podría tener.

—¿Sean? Tengo frío —murmuró Eleanor.

El se puso tenso, y sus miradas se cruzaron. La de Eleanor estaba desenfocada, era incoherente.

Él intentó sonreírle.

—Lo sé. Pronto entrarás en calor. Y estarás segura. Te lo prometo.

Ella sonrió, y la confianza que Sean había pensado que no volvería a ver le llenó la mirada.

—Estoy segura —murmuró ella, y le besó la mejilla.

Después, se quedó inmóvil.

Sean se dio cuenta de que se había quedado profundamente dormida; el temblor había cesado. Suspiró, aliviado, y la abrazó contra su pecho. Le besó la cabeza, pensando en los sentimientos que acababa de descubrir, abandonándose a ellos. No sabía cuándo se había enamorado de ella, pero Eleanor había sido su vida desde que se habían conocido. Si hubiera tenido una posición distinta en la vida, su corazón estaría lleno de esperanza y alegría. Decidió no analizar más las cosas. Estaba sobrecogido, y en mitad de aquel milagro, supo que guardaría aquel momento en su alma y se aferraría a él para siempre.

La realidad debía esperar.

Y cuando amaneció de nuevo, salió de la cama e hizo los arreglos necesarios para el futuro que no iban a compartir.


Cuando Eleanor se despertó, tardó un momento en recordar dónde estaba.

El sol entraba por la ventana de una habitación escasamente amueblada. El fuego ardía en una estufa de hierro, cerca de un lavabo. Ella estaba tumbada en una cama pequeña, con una sola almohada, una sábana y una fina manta.

Y entonces, Eleanor vio a Sean.

Estaba entrando en la habitación con una carga de leña en los brazos.

En aquel momento, recordó también que él había

vuelto a casa, que ella había abandonado a Peter en el altar; que estaban en Cork, escondiéndose de las autoridades, y que Sean se había casado con una mujer llamada Peg.

Tuvo la abrumadora sensación de que aquello no podía estar sucediendo. Se sentó lentamente en la cama, subiéndose la manta hasta el cuello. Nunca había sentido tanta pena.

Sean ya no le pertenecía. Nunca le había pertenecido.

—¿Qué me ha ocurrido? ¿Dónde está mi ropa? —preguntó con la voz ronca.

Él puso la leña en una cesta, junto a la estufa, evitando su mirada.

—Te escapaste de mi lado. Después volviste, helada y empapada.

Y, de repente, ella recordó que había pasado la noche frente a una puerta, temblando de frío, llorando a causa de un sentimiento de pérdida más intenso que cualquier cosa que hubiera experimentado nunca.

Él se incorporó y la miró.

—Te he comprado algo de ropa —le dijo, e hizo un gesto hacia el perchero que había en la habitación.

Allí había un vestido, ropa interior, un abrigo y un sombrero. Bajo aquellas prendas en el suelo, había un par de botas y medias.

Ella se preguntó si le habría quedado algo de dinero, pero después se negó a preocuparse por él. Era un traidor, y no hacia la autoridad, sino hacia ella, hacia ellos dos. No tenía intención de permitir que se le olvidara.

—¿Dónde están mis pantalones? —inquirió en tono grave.

—Los he quemado.

—¿Cómo te atreves? —gritó ella, y sintió una enorme rabia—. ¡Los quiero!

—Los he quemado. No puedes pasearte por ahí vestida de hombre. Cuando estés en casa, estoy seguro de que convencerás a Tyrell para que te dé alguna de sus cosas. Ahora saldré para que te vistas.

—¡Oh, sí, vete con Kate! ¿Fue ella quien te dio esa ropa?

—En realidad, la he comprado en una tienda.

—Sin embargo, la ropa de Kate habría sido perfecta para mí, ¿no? Porque yo no soy distinta a ella. No soy diferente de una criada o de la hija de un granjero. No soy distinta de una prostituta.

Él se quedó blanco.

—Por el amor de Dios, no hagas esto.

—¿Que no haga qué? ¿No quieres que te diga que me has tratado igual que tratas a las fulanas a las que te llevabas al establo cuando éramos adolescentes? —le preguntó con los ojos llenos de lágrimas, encolerizada—. ¿Cómo te has atrevido a quemarme los pantalones?

Él exhaló largamente.

—Lo siento. Lo siento por todo lo que ha ocurrido. No eres la hija de un granjero, y no eres una prostituta. Sé que me quieres... soy un canalla. Te he usado y no hay excusa —dijo, y se dio la vuelta para salir de la habitación.

Ella se deslizó de la cama envuelta en la manta.

—¡No te quiero!

Sean se tambaleó y se giró hacia ella.

—Eras un canalla cuando yo era una niña y lo sé de primera mano. ¡Y sigues siendo un canalla! ¡Eres un mentiroso, Sean, un mentiroso y un miserable canalla!

Él no se movió. No habló. Estaba tan quieto que parecía tallado en piedra, una magnífica estatua masculina.

—¡Defiéndete! —le gritó ella, temblando de rabia.

Él sacudió la cabeza.

Eleanor no vaciló. Lo abofeteó con todas sus fuerzas.

Él hizo un gesto de dolor, pero aparte de eso siguió inmóvil.

—Sólo para que no haya malentendidos, te odio —dijo Eleanor.

Sean asintió y salió de la habitación.

Eleanor se caló el sombrero tanto como pudo, mientras seguía a Sean hacia el muelle, para mantener la cara oculta. Él se había disfrazado con una peluca anticuada. Ella tenía una pesadez insoportable en el pecho, pero aquello era lo que quería en aquel momento: volver a casa. Sean le había dicho que Cliff la llevaría hasta Limerick en su barco. El viaje por tierra era mucho más corto, pero ella quería evitar cualquier conversación con Sean. Y parecía que él tenía el mismo deseo, porque no habían cruzado más de dos palabras desde su discusión anterior.

Parecía que Sean tenía mucha prisa, y ella no podía dejar de preguntarse qué significaba aquello. ¿Estaban persiguiéndolos ya las autoridades?

Los muelles aparecieron ante su vista, y al instante, Eleanor vio The Fair Lady, anclada a cierta distancia de la costa. También vio un barco de guerra de la marina británica y, bajo su bandera, ella se estremeció. Había unos cuantos soldados casaca roja en la cubierta, pero por lo demás el barco estaba silencioso.

Ella se sintió muy inquieta al ver a los soldados.

—¿Por qué tiene que llevarme Cliff a casa cuando podría llevarte a ti a otro país? Está claro que vosotros dos habéis llegado a algún tipo de acuerdo.

—Cliff te va a llevar a casa. Él y yo lo hemos convenido así —le confirmó él con firmeza.

—No me malinterpretes —replicó Eleanor—. Quiero irme enseguida a casa. No hay nada que desee más. Sin embargo, he decidido que prefiero volver por tierra. Cliff puede zarpar contigo a bordo.

—No. En cuanto tú embarques, yo compraré un pasaje... en otro barco —dijo él.

—No me importa lo que tú hagas cuando estés fuera de Irlanda. Pero aquí hay muchos soldados. Yo viajaré en carruaje.

—No tenemos tiempo de discutir, Eleanor. Los planes ya están hechos. Y Cliff te protegerá.

—¿Y quién te protegerá a ti, Sean? —le preguntó ella en tono de hostilidad.

—Pero si tú me odias.

—Te odio, sí, pero no deseo tu muerte —respondió Eleanor.

Entonces, de repente, él le preguntó:

—Nunca me perdonarás, ¿verdad?

Ella lo miró a los ojos. Temblando, se endureció para protegerse de su mirada.

—No.

—Eso me parecía —murmuró Sean.


Eleanor estaba sentada en el asiento trasero de un carruaje, sola, envuelta en una suave capa de lana que le pertenecía a la esposa de Connelly. Había tantos soldados en el muelle que finalmente no había podido acercarse para embarcar en la nave de Cliff, y finalmente, volvía a casa por tierra.

Connelly se había ofrecido a llevarla a Adare y, por fin, Eleanor iba de camino a casa. Intentaba no pensar ni sentir nada, pero le resultaba difícil. Nunca volvería a ver a Sean O'Neill. Sus caminos no volverían a cruzarse. No debería dolerle tanto, después de lo que él le había hecho; pero Dios Santo, le dolía.

Eleanor se estremeció de tristeza. La gente decía que el tiempo curaba las heridas, pero ella sabía que nunca conseguiría curarse. El odio era un refugio, pero no podía odiar de verdad a Sean. Se aferraría a su cólera todo el tiempo que podía, pero su corazón sabía que no era una ira real.

Sentía demasiada pena.

De repente, Connelly se volvió hacia atrás con una expresión de angustia. Ella también se volvió.

Una nube de polvo llenaba el aire. Un grupo de jinetes se aproximaba rápidamente a ellos.

Eleanor se aferró a la portezuela del carruaje mientras Connelly disminuía la velocidad del vehículo. La nube de polvo se transformó en una docena de hombres a caballo, todos ellos vestidos con el uniforme de los Dragones. Y el único oficial que vestía de rojo no era otro que el capitán Thomas Brawley.

Al instante, ella sintió miedo por Sean, y al mismo tiempo sintió alivio por no conocer sus planes. Temblando, Eleanor se dio cuenta de que debía convencer a los soldados de que Sean se había marchado de Irlanda días antes, de que ya estaba en alta mar.

Y, en aquel momento, no sintió odio, sólo un fiero y leal deseo de proteger al hombre al que había querido durante toda su vida. Bajó la voz y le dijo a Connelly:

—No hemos hecho nada malo.

Connelly estaba muy pálido.

—Me colgarán si me descubren.

—Deje que hable yo —le indicó Eleanor.

Brawley se acercó a ella.

—¡Lady de Warenne! —exclamó con evidente alivio.

Ella sonrió.

—Capitán.

Al instante, él desmontó y recorrió a Eleanor con la mirada, inspeccionándola de un modo clínico, no insolente.

—¿Se encuentra bien?

—He pasado una experiencia horrible —dijo suavemente—. Gracias a Dios que está aquí.

—¿Qué le ha ocurrido? —le preguntó él, mientras la ayudaba a bajar del coche—. ¿Dónde está O'Neill?

—Se ha marchado —dijo, y los ojos se le llenaron de lágrimas—. Me abandonó en la ciudad hace días, señor, y yo me quedé perdida y sola. Después de vagar por las calles bajo la lluvia, me puse terriblemente enferma de unas fiebres. Me desperté en una granja, y este buen granjero no sólo me cuidó, sino que se ofreció a llevarme a casa cuando me hubiera repuesto.

Brawley la miró fijamente.

—Aún no tiene buen aspecto, lady Eleanor. Siento muchísimo que haya pasado por ese trance, pero debo hacerle una pregunta: ¿sabe adónde ha ido Sean O'Neill?

—Sólo sé que embarcó, pero no sé hacia dónde se dirigía.

—¿Le dijo el nombre del barco?

Ella sacudió la cabeza, aliviada al comprobar que, aparentemente, Brawley la creía. Y, para continuar con la farsa, preguntó:

—¿Sabe cómo está mi prometido? —dijo, dejando que las lágrimas le cayeran por las mejillas—. Nunca me perdonará lo que he hecho.

Brawley le ofreció su inmaculado pañuelo y ella se secó las lágrimas.

—Estaba muy preocupado la última vez que lo vi, lady Eleanor. Estoy seguro de que, una vez que usted se lo explique todo, la perdonará. O'Neill la obligó a macharse con él, ¿verdad?

¿Cómo era posible que Brawley pensara aquello, cuando medio condado la había visto perseguir a Sean vestida de novia?

—Estaba preocupada por él, como sabe. Quería detenerlo, y cuando vi que no iba a quedarse, me decidí a ir con él para poder averiguar la verdad. Cuando nos marchamos de Adare, no podía volver. Me dijo desde el primer momento que me dejaría sola en cuanto llegáramos a Cork.

—Es un hombre sin escrúpulos —dijo Brawley.

—Debo volver a casa —dijo ella—. Le he prometido una suma de dinero a O'Brien por llevarme a casa tan amablemente —añadió, para no revelar la identidad de Connelly—. Si no le importa, continuaremos nuestro camino. Estoy ansiosa por reunirme con mi familia, y echo mucho de menos a Peter.

—Lady Eleanor, lo entiendo, pero... me temo que tengo órdenes de llevarla a Kilraven Hill.

—¿Y por qué debe llevarme al fuerte? —preguntó ella, alarmada.

—Mi comandante desea hablar con usted. No me queda otro remedio que conducirla a Kilraven Hill. Lo siento, pero debemos preceder a la guarnición aquí presente.

En aquel momento, en su estupor, Eleanor recordó las palabras de Sean. Él había insistido en que podrían acusarla de varios crímenes y ella no lo había creído. Comenzó a asustarse. Sin embargo, estaba segura de que su padre nunca permitiría que le ocurriera nada.

—¿Soy prisionera, señor?

Él se ruborizó.

—¡Por supuesto que no! El coronel Reed sólo desea hablar con usted. Yo estaré encantado de acompañarla a casa en cuanto termine la entrevista.

Eleanor dijo:

—Pero si le he contado todo lo que sé, señor.

—Lady Eleanor, puede que, sin darse cuenta, usted posea algunas pistas útiles para averiguar el paradero de O'Neill.

Puede que sea capaz de identificar a los traidores con los que ha estado asociado. El coronel Reed sólo quiere hacerle unas cuantas preguntas. Sé que está cansada y angustiada, y que esto es una gran molestia. Me disculpo en el nombre del coronel, pero debo llevarla a Kilraven.

Claramente, no podía manipular a Brawley en aquel momento. Eleanor asintió entonces, haciendo gala de toda la dignidad y el aplomo que pudo reunir.

—Entiendo que sólo está cumpliendo con su deber, señor. No me resistiré.

—Muchas gracias, lady Eleanor —respondió Brawley fervientemente—. Lamento mucho estar molestándola en este momento de necesidad.

Eleanor, de algún modo, consiguió sonreír.

## 16

Kilraven Hill era una plaza fortificada muy antigua, establecida siglos atrás, durante la última parte del reinado de la reina Isabel. Algunas partes de la muralla original aún se mantenían en pie. Estaba a unas cinco horas de Adare y de Limerick, lo suficientemente cerca como para que Eleanor estuviera familiarizada con aquel fuerte, pero ella nunca la había visitado.

En aquel momento, mientras su carruaje pasaba por entre la muralla, con Connelly sentado junto a ella, maniatado, Eleanor se estremeció. Brawley le había dicho que no era una prisionera, pero en aquel momento ella se sentía como tal.

Connelly ya no estaba pálido. Había pasado las horas anteriores en silencio, y de vez en cuando, ella lo había oído rezar. Era irlandés, católico y plebeyo, y había ayudado a escapar a un traidor. Si era afortunado, se libraría de la horca y sólo sería deportado.

—Milady —le dijo a Eleanor de repente, mirándola—. También he rezado por usted.

A Eleanor se le encogió el estómago de angustia.

—Señor Connelly, ha corrido un gran riesgo por acompañarme a casa; en cuanto llegue, haré todo lo que esté en mi mano para que lo liberen.

Él sacudió la cabeza.

—Tengo esposa y dos hijos. También estoy preocupado por ellos.

Eleanor le tocó el brazo.

—Yo me ocuparé de ellos —le dijo—. Es una promesa.

Él asintió, aliviado.

El coche se detuvo frente a un enorme edificio de piedra, y Brawley se acercó para abrir la puerta.

—¿Lady Eleanor? —dijo, con una sonrisa amable—. Hemos llegado al cuartel general de la fortaleza. ¿Por favor?

—¿Qué le ocurrirá a O'Brien? —le preguntó a Brawley mientras, con su ayuda, bajaba del coche.

—Será encarcelado hasta que se celebre su juicio.

—Entonces, ¿ya lo han acusado?

Brawley se ruborizó.

—No lo sé.

—¿Es que no hay justicia en este mundo? —preguntó ella—. ¿No se le ha ocurrido que puede ser inocente de los crímenes de los que ustedes quieren acusarle?

Brawley bajó la mirada.

—Lady Eleanor, tenemos espías en Cork desde hace días, y Connelly fue identificado inmediatamente como Blueboy por nuestros hombres. Tenemos un testigo que afirmará que ayudó a Sean O'Neill desde que éste llegó a la ciudad. Pero tiene razón. Quizá esto sea un malentendido y yo me he apresurado a juzgar la situación.

—Gracias —dijo Eleanor con tirantez.

Estaba horrorizada por el hecho de que hubieran identificado a Connelly con tanta rapidez; ella había estado encubriéndolo, y eso la convertía también en cómplice.

Sin embargo, Brawley no hizo ningún comentario al respecto. La acompañó al interior del edificio con expresión grave, y después la condujo a una oficina.

En cuanto entraron, Eleanor vio un retrato de Sean

colgado en la pared, detrás del escritorio del despacho, y palideció. El cartel estaba demasiado lejos como para leer lo que decía, pero ella supo que en él se ofrecía una recompensa por la captura de Sean. Sintió una punzada de angustia en el estómago.

Brawley le sonrió para reconfortarla.

—Haré que le traigan un té con pastas. Ya han ido a avisar al coronel, y vendrá en pocos minutos.

Ella se quedó mirando el cartel, y apenas oyó a Brawley. Se volvió hacia el joven y le sonrió.

—Ha sido muy amable. Gracias por facilitarme una situación tan difícil, capitán.

—No será difícil en absoluto, lady Eleanor.

Ella sonrió de nuevo.

—¿Puede avisar a mi padre para decirle que estoy aquí?

—El conde está en Londres, trabajando para conseguir el perdón para su hermano.

Eleanor sintió una gran esperanza, pero la expresión de su rostro no se alteró. Brawley le hizo una reverencia y salió del despacho, cerrando la puerta. Ella se quedó muy animada; su padre era un hombre con mucho poder y riqueza, y cuando se proponía conseguir algo, nunca fracasaba. ¡Él conseguiría el perdón para Sean y aquella pesadilla terminaría!

No se atrevió a pensar lo que podría significar para ella el final del estatus de fugitivo de Sean. No podía permitirse albergar más esperanzas. Se acercó al escritorio y pasó tras él. Miró al cartel, y se sintió aún más decidida. El papel declaraba que Sean iba armado y que era peligroso; decía que se trataba de un delincuente y un traidor huido de la prisión. Debía ser apresado por cualquier medio, vivo o muerto. Y se ofrecía una recompensa de diez libras por él.

—Puede llevarse el cartel como recuerdo, si lo desea.

Ella se puso muy tensa y se volvió. Su interlocutor había abierto la puerta con sigilo. Era un hombre de ojos azules, fríos como el hielo, y aunque tenía una sonrisa en el rostro pálido y ovalado, la amabilidad no le alcanzaba la mirada.

El coronel se inclinó ante ella.

—Lady Eleanor de Warenne, supongo.

A ella se le aceleró el corazón. Tuvo que recordarse que no tenía ninguna razón para temer a aquel hombre. Era un oficial y un caballero.

—Sí. ¿Coronel Reed?

Él la estaba estudiando con tal intensidad que la alarma de ella se intensificó. El examen era crudo y vil, de algún modo, porque no perdía detalle; parecía un granjero que iba a comprar un caballo. Ella se arrebujó dentro de la capa, cerrándosela con fuerza sobre el pecho.

—¿Le gustaría quedarse con el cartel de su hermano? —le preguntó.

—No deseo tener un recuerdo de una experiencia tan terrible.

—Estoy seguro de que ha sido algo muy duro —respondió él—. Por favor, siéntese. Claramente, está exhausta. Debe contármelo todo.

Ella le permitió que la guiara hacia la silla que había frente al escritorio, y él tomó asiento frente a ella.

—Me lo contará todo, ¿verdad, lady de Warenne?

—Por supuesto —dijo ella, y se secó los ojos con el pañuelo, como si estuviera a punto de llorar—. Soy una tonta, señor. Cuando vi a mi hermano, después de tantos años de separación, ¡me sentí abrumada! Acababa de saber que era un fugitivo, ¡pero también sabía que no podía ser culpable de ningún crimen! Fui con él porque tenía que saber la verdad. No me di cuenta de que, cuando nos marcháramos de Adare, nos perseguirían, y que no podría darme la vuelta y volver fácilmente.

El capitán Reed estaba sonriendo. Estaba divirtiéndose. Y en aquel instante, Eleanor supo que no podía manipular a aquel oficial como lo hacía con el joven Brawley.

—¿Vamos al grano, lady Eleanor?

—¿Disculpe?

—Debo encontrar a su hermanastro, y soy un hombre impaciente. ¿Le importaría dejar de decir estupideces?

A ella se le aceleró el corazón.

—Me llamo lady de Warenne, coronel.

¿Cómo se atrevía a hablarle de un modo tan atrevido y tan grosero? Eleanor estaba perpleja.

Él se rió.

—Si lo prefiere así, lady de Warenne... ¿dónde está O'Neill?

—Está de camino a Sicilia, señor.

—¿Sicilia? Creía que no conocíais su destino.

Así que él había tenido ocasión de hablar con Brawley.

—He disimulado, coronel. Sean me rogó que no revelara sus planes, pero ahora tengo frío y estoy cansada, y quiero irme a casa, así que he decidido contarlo todo. Le diré la verdad para poder irme a Adare. ¿No tenemos ya fuerzas navales en el Mediterráneo? Estoy segura de que encontrarán a Sean si se esfuerzan.

Reed se apoyó en el respaldo de la silla y se quedó mirándola fijamente, hasta que ella se ruborizó.

—¿Y de repente, desea que su hermanastro sea atrapado?

—Mi hermano es un caballero, señor, no un criminal. Sé que esto es un terrible error, y que cuando esté frente a las autoridades, el asunto será resuelto. Nunca he estado más segura de algo, y deseo que vuelva a casa. Intenté razonar con él, pero no quiso escucharme —dijo Eleanor con un suspiro—. Pero así es Sean. Algunas veces, muy irracional.

La vaga sonrisa de Reed no vaciló.

—¿Y en qué barco viaja? ¿Y cuándo desembarcará?

—Ignoro ambas cosas. Sin embargo, sí sé que me dejó en Cork la misma mañana en que llegamos, hace cuatro días. ¡Me dejó allí, sola y perdida! ¡Nunca se lo perdonaré, señor!

—Qué indignante. Así que pasó tres días sola en Cork y hoy, el cuarto día, decidió de repente volver a casa...

—¡Estaba muy enferma! Vagué por las calles, de noche, bajo la lluvia. Quedé inconsciente. Tuve que dormir en un portal. Pasaron varios días antes de que recuperase fuerzas suficientes como para pedirle ayuda a un peatón, y entonces, ese buen granjero fue amable y se ofreció a traerme a casa. Por supuesto, le recompensaré el esfuerzo.

Él emitió un sonido de incredulidad.

—Claro. Ese buen granjero es un Blueboy, y usted lo sabe. Es un traidor a la corona, un traidor que aspira a la revolución y a la anarquía. Y eso es antes de que fuera en ayuda de su hermano forajido. Bien —prosiguió Reed, ante la mirada de espanto de Eleanor—. Así que pasó todo el tiempo en Cork, vagando por las calles, sin hogar...

—Pasé dos días delirando, coronel. Y entonces, caminé a una granja, y allí me desperté. ¿Acaso duda de mi palabra? —le preguntó con indignación.

Sin dejar de sonreír amablemente, él se puso en pie.

—Creo que es una embustera.

Ella gritó de indignación y se puso también de pie.

—¿Cómo se atreve? —preguntó, más allá del asombro.

Nunca, ninguna mujer ni ningún hombre se habían dirigido a ella con tal falta de respeto.

—Siéntese —le ordenó él.

Ella hizo caso omiso de la orden.

—¡No! De hecho, me voy a casa. Usted, señor, no es un caballero, y tendrá noticias de mi padre, el conde —le dijo, con el semblante lívido.

Y el coronel Reed comenzó a reírse de ella.

Eleanor no daba crédito a lo que veía. Comenzó a sentir miedo de verdad.

Reed salió de detrás de su escritorio y se dirigió hacia ella.

—Su padre, querida mía, no está en el país.

—Señor, éste no es un comportamiento apropiado.

Él sonrió.

—Las mentiras no son de mi agrado... Eleanor.

Y, en aquel instante, cuando él se atrevió a pronunciar su nombre de una manera tan irrespetuosa, ella supo que estaba en peligro. De repente, recordó el miedo que sentía Sean por su seguridad. De repente, comenzó a entender por qué Sean tenía tanto miedo por ella. Eleanor comenzó a alejarse del coronel, hasta que topó con la pared.

—Mi nombre es lady de Warenne.

Él no se detuvo hasta que quedó a pocos centímetros de ella.

—¿Me cree tonto? ¿Un completo idiota? —le preguntó suavemente.

—Apártese —le dijo ella desesperadamente, al sentir su aliento en la cara.

—Yo soy el que da las órdenes aquí —le recordó él—. Puede cooperar, y volverá a casa relativamente indemne. O puede mentir, y pagará las consecuencias. Serán graves.

—¿Cómo se atreve a tratarme como a una plebeya, señor? Soy una dama, y...

—Creo que los dos sabemos que no es ninguna dama.

Ella jadeó.

—Reconozco a una cualquiera cuando la veo.

Por instinto, ella intentó abofetearlo; sin embargo, él atrapó su muñeca y comenzó a retorcérsela con tanta fuerza que ella pensó que iba a partírsela en dos. A los pocos instantes, la habitación comenzó a desdibujarse. Milagrosamente, la presión disminuyó, y Eleanor notó que le ponían un frasco de sales bajo la nariz.

—No —dijo, intentando apartar la cara de aquel olor tan horrible.

—Me dirá lo que quiero saber —replicó Reed con aspereza—. Y no permitiré que se desmaye.

—No —gimió ella.

Pero él mantuvo las sales bajo su nariz, y el mundo dejó de dar vueltas. La muñeca le dolía terriblemente, tanto, que pensó que quizá la tuviera rota. Nunca había estado tan asustada.

—O'Neill es su amante, y usted no es más que una traidora, como él —le dijo Reed salvajemente, y la rodeó con su brazo.

Eleanor forcejeó inútilmente, hasta que se dio cuenta de que él quería sentarla de nuevo en la silla. Se hundió en ella y se agarró la muñeca. Intentó respirar profundamente y pensar, pero estaba demasiado asustada como para planear alguna salida en aquel momento.

—Qué desafortunada ha sido su caída por las escaleras —dijo él—. La siguiente caída será peor. Me imagino que se romperá algún hueso.

Ella se quedó inmóvil.

—Sí, Eleanor, la romperé en pedazos para conseguir lo que quiero. Quiero atrapar a su amante. Deberían haberlo ahorcado por haber matado a mis hombres, hace dos años. Esta vez pagará por sus crímenes.

—Está loco —dijo ella, y finalmente, entendió los miedos de Sean. Eleanor sabía que estaba en peligro, en peligro mortal—. Mi padre y mis hermanos...

—¡Nunca sabrán lo que le ha ocurrido! Si me obliga a pegarla, me aseguraré de que desaparezca sin dejar rastro —le dijo él, y de repente, le agarró la cara e hizo que elevara la barbilla—. Así que no me haga herirla, lady de Warenne. Si valora su vida, me dirá dónde está O'Neill. Y yo estaré dispuesto, incluso, a ahorrarle la infamia del castigo por involucrarse con un traidor.

Eleanor no dijo nada. Estaba temblando como una hoja.

—Dígame dónde está.

—No lo sé.

Él se quedó sorprendido. Se volvió hacia el escritorio, y Eleanor esperó algo horrible. Cuando Reed se dio la vuelta de nuevo, hizo que se levantara de la silla, y Eleanor vio que tenía un abrecartas delgado y delicado en las manos.

—¿Le da valor a su vida, Eleanor? —le preguntó, mientras tomaba un mechón de su pelo.

Ella se sintió aliviada. Parecía que aquel loco sólo tenía intención de cortarle el pelo. Sin embargo, Reed bajó el abrecartas y cortó el cordón que le sujetaba la capa al cuello. La prenda cayó al suelo; entonces, él levantó el borde del cuerpo de su vestido con el abrecartas. Ella se dio cuenta de que le iba a cortar el vestido, como había hecho con la capa.

—No —dijo, con la voz quebrada.

—¿Pudor en una prostituta irlandesa? Qué raro. ¿Dónde está su amante?

Eleanor cerró los ojos. Tenía tanto miedo que ni siquiera podía rezar.

Entonces, sintió y oyó rasgarse la tela del corpiño. Ella gimió y abrió los ojos, mientras él cortaba, con calma, las capas de algodón y dejaba expuesto su cuerpo.

Al instante, Eleanor cerró los ojos nuevamente e intentó pensar. Estaba indefensa, y aquel hombre estaba abusando de ella de un modo que nunca se hubiera atrevido a imaginar. ¿La desnudaría por completo? ¿La violaría?

—Míreme —le ordenó él.

Eleanor abrió los ojos y se encontró con aquella mirada fría y brillante.

—¿Qué va a hacer? —le preguntó mientras, con gran dignidad, intentaba taparse con el vestido roto.

Él sonrió, divertido.

—Continuaré hasta que me diga lo que quiero oír. No me obligue a hacer esto, Eleanor.

—No le estoy obligando a hacer nada. ¿Tiene que usar estos métodos tan bajos para vengar a sus hombres? ¡Sean no dirigió el levantamiento!

—Dios, todos los irlandeses, salvajes y asesinos, ladrones... nunca cambiarán. He dedicado mi vida a traer la justicia a esa tierra pagana, pero es una tarea imposible. Quizá no sepa dónde está ahora. Dígame dónde se escondían en Cork.

—Seguramente, sus espías ya lo habrán descubierto.

Él le dio un fuerte golpe en la cara y se alejó.

Eleanor lloró en silencio, hasta que el latido del dolor que sentía en el pómulo disminuyó. ¿Cuánto más tendría que soportar? Iba a torturarla y violarla, porque Reed tenía algo en contra de todo lo que fuera irlandés y no tenía límites morales. Ella tenía que encontrar la manera de interrumpir aquel interrogatorio; tenía que ganar tiempo para poder escapar.

Reed se sentó en su escritorio, observándola con escepticismo.

—¿Está enamorada de él? —le preguntó con una carcajada de incredulidad—. ¿Y para qué tanta lealtad? Él no la ama.

Eleanor no titubeó, y la penosa realidad del matrimonio de Sean con otra mujer se desvaneció.

—Yo lo quiero, y nunca lo delataré.

—Me pregunto si alguna vez él pensó en usted cuando estaba en la cama con aquella guapa pelirroja, su mujer, noche tras noche.

Eleanor se sintió mortificada, profundamente herida. Reed tenía razón, Sean no había estado pensando en ella cuando se había casado con Peg. Estaba segura.

—Ah, así que le ha hecho daño. Se casó con Peg Boyle, no con la gran lady Eleanor. Yo la habría elegido a usted. Sus atributos son más de mi gusto —dijo, mirándole el pecho directamente.

Era un ser repugnante. Eleanor se negó a responder.

—Oh, vamos. Hablemos de la esposa de Sean. ¿No quiere saber cosas de Peg Boyle? Era una mujer muy bella, con la cabellera pelirroja y la piel inmaculada. Era delgada, perfecta. Femenina y seductora. Pero yo nunca tuve la oportunidad de probar sus encantos. Mis hombres sí.

Eleanor estaba anonadada.

—¡Espero que esté mintiendo!

—Le estoy diciendo la verdad. No podía capturarlo a él, así que me aseguré de que ella pagara por sus crímenes. ¿Está usted dispuesta a dar su vida por él, también?

Eleanor lo atravesó con la mirada.

—Estoy dispuesta a morir.

A Reed se le borró la sonrisa. Su voz quedó reducida a un susurro.

—Ella no quería morir, luchó hasta el final. Si la muerte no le asusta, tendré que buscarle un destino peor. Claro que, si confiesa, se ahorrará recibir nuevos insultos.

—Aunque le dijera ahora dónde está Sean, usted no podría dejarme marchar. Les diría a mis hermanos lo que me ha hecho, y pagaría un precio muy alto.

Él se inclinó hacia ella.

—No puede vencerme. No querrá que ninguno de sus hermanos agreda a un oficial británico, ¿verdad?

Eleanor se dio cuenta de que tenía razón. Aunque escapara, Reed nunca iba a pagar lo que le estaba haciendo, porque ella no quería que sus hermanos intentaran vengarse de un soldado británico.

—O'Neill es hombre muerto, con su ayuda o sin ella. Le sugiero que piense cómo será pasarse el resto de la vida en una prisión llena de ladrones, asesinos y traidores, porque eso es lo que va a ocurrir: voy a ocuparme de que la encierren de por vida. Piénselo —le dijo, y súbitamente, salió del despacho.

Eleanor se hundió en la silla, temblando. Lo había creído. De repente, perdió la confianza en su capacidad para soportar las amenazas de aquel hombre. Era un maníaco, y su locura no tenía límites. Se secó los ojos y se puso en pie, tambaleándose. Se acercó a la ventana.

Estaba anocheciendo, aunque el fuerte continuaba nítido; quizá Brawley la ayudara. Si se enteraba del trato que estaba recibiendo, sin duda protestaría. Ningún caballero permitiría que se tratara con tanta crueldad a una dama. Sin embargo, los dos soldados que hacían guardia a las puertas del edificio no le resultaban familiares, y la desesperación se adueñó de ella.

Reed la aterrorizaba.

Y sabía que iba a romperla en pedazos.

Brawley estaba caminando justo a la salida de la oficina donde Reed estaba entrevistándose con lady Eleanor. Era increíble, pero Reed no le había permitido estar presente durante la conversación, ni tampoco le había permitido que le llevara el té a la dama. Eleanor de Warenne estaba exhausta, y él quería aliviar su malestar, pero Reed se negó.

Brawley ya no confiaba en su superior. Aquella entrevista duraba demasiado, y además, él había oído un grito de angustia.

Se volvió hacia el sargento de guardia y le preguntó:

—¿Ha oído eso?

El sargento Mackenzie lo miró.

—Sí, señor.

Brawley quiso entrar en el despacho. ¿Qué estaba ocurriendo allí, por el amor de Dios? Él sabía que Reed no era un caballero, y a medida que pasaba el tiempo, se sentía más y más inquieto. Intentó oír a través de la puerta, pero sólo percibió silencio. Y a los pocos instantes, el coronel Reed salió.

Brawley se puso rígido. Reed ni siquiera se detuvo. Le indicó a Brawley que lo siguiera con un gesto, mientras cruzaba la antesala y salía a la calle.

Reed le habló rápidamente.

—Puede llevarle ahora el té a lady de Warenne. Tiene que simpatizar con ella, y después, la ayudará a escapar.

Brawley estaba aturdido. No entendía nada.

—¿Disculpe?

—No sea idiota —le espetó Reed—. Quiero que ayude a escapar a lady de Warenne. Ella nos conducirá a O'Neill, si es que él continúa en el país.

—Señor, creo que ella volverá a Adare, que era su destino primero.

—No me importa lo que usted crea, Brawley. Sólo quiero que siga mis órdenes. Planee una fuga con ella, y nosotros la seguiremos como se sigue a un zorro hasta su madriguera.

—Señor, ¿es lady Eleanor una prisionera? De otro modo, no veo por qué tendría que escapar.

—Ha mentido sobre O'Neill. No es libre para marcharse. Sé que usted está embobado con ella, pero es una traidora, exactamente igual que O'Neill.

De no haber llevado el uniforme, Brawley le habría retado a duelo. Sin embargo, se quedó callado, pensando en la carta que le había enviado al mayor Wilkes. Antes de marcharse de Kilraven Hill para interceptar a lady Eleanor, había enviado aquella misiva. Al principio se había sentido mal por ello; sin embargo, en aquel momento estaba muy aliviado.

Reed emitió un sonido de disgusto y sacudió la cabeza.

—Llévele el té, planee la fuga y después venga a informarme —le ordenó a Brawley, y desapareció en la oscuridad de la noche.

Brawley llamó al despacho, pero no obtuvo respuesta. Insistió, pero el resultado fue el mismo. Después, abrió la puerta. La habitación estaba en penumbra, porque no había ni una sola lámpara encendida, pero vio a Eleanor al instante.

—Capitán —dijo ella con la voz ronca.

Él sonrió y se volvió hacia su ayudante, que llevaba la bandeja del té.

—Encienda las lámparas, por favor.

El hombre obedeció y salió del despacho. Entonces fue cuando Brawley se dio cuenta de lo que sucedía. Lady Eleanor estaba junto a la ventana, agarrándose la pechera del vestido.

Horrorizado, él vio que la prenda estaba hecha jirones.

—¡Dios Santo! ¿Qué ha ocurrido?

—No importa.

—¡Por supuesto que sí!

Brawley enrojeció y la miró con atención. Ella tenía los nudillos blancos. Al observar su rostro, él se dio cuenta de que tenía la marca de un golpe en la mejilla.

Ya no estaba espantado. Se sentía enfermo.

Se acercó a ella apresuradamente.

—Por favor, permítame ayudarla —le dijo con la voz ahogada.

¿Reed había hecho aquello? ¿Había golpeado a una mujer? ¿Le había rasgado el vestido? ¿Y qué más había hecho?

Ella tenía los ojos llenos de lágrimas, pero mantenía alta la cabeza.

—Gracias... gracias, capitán.

Entonces, Brawley la acompañó hasta la silla, y ella se dejó caer.

—Llamaré al médico de la guarnición —dijo él.

Eleanor negó con la cabeza.

—Ayúdeme... por favor... Thomas.

—Claro que la ayudaré. Pero primero creo que necesita atención médica.

—No. Se me hinchará la cara, pero no me importa. Sin embargo, sí me gustaría que me vendara la muñeca.

Entonces, él miró su muñeca y la encontró amoratada.

Era demasiado caballero como para preguntar qué más le había hecho Reed, pero temió lo peor. Aquel hombre estaba loco.

—Ahora vuelvo —dijo.

—¡No! —exclamó ella, y al ponerse en pie de un salto, el vestido se le abrió—. No me deje sola. ¡Él volverá! Envíe a alguien por las vendas, se lo ruego.

Entonces, él se dio la vuelta y comenzó a desabotonarse la chaqueta del uniforme. Se la quitó y se la entregó a Eleanor con manos temblorosas, sin mirarla. Ella se la puso, y entonces, Brawley fue hacia la puerta y le pidió al ayudante vendas limpias. Después, volvió a cerrar.

—Gracias —susurró ella.

—Voy a sacarla de aquí esta noche —le anunció él.

Ella lo miró esperanzadamente.

—¿Es posible? ¿Hay algún modo de escapar de este fuerte... y de ese loco?

—Hay un modo, y yo lo encontraré —respondió él con firmeza.

Eleanor cerró los ojos, respirando profundamente. Y cuando miró a Brawley de nuevo, sonrió.


Eleanor no sabía qué hora era, pero estaban viajando por una carretera iluminada por la luna llena. Pensó que debían de estar cerca de la medianoche. Acababan de salir del fuerte, a pie; Brawley había ordenado que les dejaran dos caballos en el bosque. Ella se había puesto la camisa de alguien, sospechaba que de Brawley, y una capa. Parecía que estaban solos, sin perseguidores. Todo había sido demasiado fácil, y Eleanor desconfiaba.

La carretera se bifurcaba un poco más allá. Un camino llevaba al sur, a Cork, y el otro al noreste, hacia Adare y Limerick.

Ella detuvo su montura y miró a Brawley.

—Deberíamos adentrarnos en el bosque. Él va a descubrir que me he escapado y mandará a buscarme.

—No importa —respondió Brawley, mirándola fijamente—. Nos está siguiendo incluso mientras usted habla.

Ella gritó. Iba a espolear al caballo y salir a galope, pero él agarró las riendas.

—¡Lady Eleanor! ¡Yo soy leal a usted! Debe escucharme.

Eleanor tenía tanto miedo que apenas lo entendía. Sin embargo, le debía la vida a Thomas Brawley y, por algún motivo, había terminado confiando en él.

—¿Qué quiere decirme?

—Reed me pidió que la ayudara a escapar. Él cree, erróneamente, por supuesto, que usted irá a Cork, con su hermanastro. Espera que usted lo conduzca a O'Neill. Pero usted va a Adare, y yo la acompañaré para que llegue sana y salva.

Eleanor lo miró fijamente.

—¿Lady Eleanor?

Ella se inclinó hacia él.

—Le debo más de lo que puedo pagarle —susurró; y sin previo aviso, alargó el brazo y le arrebató la carabina del hombro.

Rápidamente, quitó el seguro, aunque no apuntó de lleno a Brawley.

Él se quedó mirándola boquiabierto.

—¡Thomas! Lo siento muchísimo, pero voy a Cork, no a Adare. Reed es un loco, y debo asegurarme de que Sean salga del país. Si Reed me ha tratado con tanto desprecio a mí, ¿qué haría con él?

Brawley había palidecido.

—Él insistió en que usted iría con su hermano, y yo no lo creí. ¡Creía que usted volvería a casa! Mi querida lady Eleanor, por favor, reflexione. Tiene razón, Reed está loco.

Sin embargo, yo le he enviado una carta al mayor Wilkes, y no le permitirán a Reed que siga comportándose de este modo.

—Espero que tenga razón. Sin embargo, debo prevenir a Sean.

—Entonces, permítame que la acompañe a Cork. Por favor, lady Eleanor. Soy un caballero, y no puedo permitir que recorra el camino sola, y de noche.

Eleanor no quería involucrarlo en sus planes.

—Si me acompaña a Cork, podemos decir que yo escapé aquí y que usted me persiguió hasta las afueras de la ciudad —le propuso.

—Sí, podemos decir eso —respondió Brawley, que había entendido que ella no permitiría que nadie, ni siquiera él, se acercara al escondite de Sean. Asintió y le tendió la mano—. ¿Por favor?

Ella le entregó la carabina. Una nube pasó por delante de la luna. Ellos espolearon sus caballos y salieron cabalgando hacia la oscuridad.

Sean había comprado un pasaje hacia Francia. Allí, desde Normandía, partiría por fin a América. Su barco, de nacionalidad francesa, zarpaba al día siguiente. Sean se sentía como si estuviera en mitad de una pesadilla.

Estaba cortando leña para el granjero O'Riley, porque sentía que debía hacer algo para recompensar a la generosidad con la que aquel hombre lo había ayudado a ocultarse. Sin embargo, sus acciones eran algo mecánico, porque no podía pensar ni sentir. Se sentía aturdido y entumecido, vagamente triste.

Sin embargo, Elle estaba a salvo en Adare. Habría llegado el día anterior, tarde. Sean no podía regocijarse, pero estaba aliviado.

Blandió el hacha y cortó un grueso tronco. Aunque el cielo gris presagiaba lluvia, él no sentía frío y se había quitado la camisa. Sólo sentía frío en el alma. El futuro que se avecinaba sin Elle le parecía tan negro como el agujero donde había pasado dos años de su vida.

Sean oyó aproximarse un jinete y se puso muy tenso. Estaba en el patio trasero de la casa, no lejos del pequeño granero donde O'Riley guardaba su preciada cosecha. Rápidamente, Sean se acercó a la casa y se quedó junto a la pared, con el hacha en la mano. Y miró alrededor de la esquina.

Entonces, los latidos de su corazón se detuvieron.

Eleanor estaba bajando de un caballo del ejército; llevaba el vestido que él le había comprado, una camisa de hombre y una capa marrón. Ella comenzó a correr hacia la puerta principal, pero Sean sabía que no había nadie en la casa. Así pues, salió de su escondite.

–Elle.

Ella se detuvo y se giró hacia él.

–¡No te has marchado! –gritó.

El corazón de Sean volvió a la vida. Comenzó a latir salvajemente, con fuerza, placer y alegría. Necesitaba verla una vez más. Estaba lloviznando en aquel momento, pero en el patio reinaba el sol. Sean se dio cuenta de que estaba sonriendo.

Cuando ella se acercó, él vio que tenía un moretón en la cara.

Elle se lanzó a sus brazos.

–No es nada, de verdad. Kate me dijo dónde podía encontrarte. ¡Sean, tengo noticias!

El miedo y la alarma se habían adueñado de él. Se forzó a apartar la vista de su moretón y la miró a los ojos. En ellos vio reflejado el temor.

–¿Qué te ha pasado? –le preguntó en voz baja.

—Hay un espía entre los Blueboys, Sean. No estás a salvo aquí. Los soldados nos atraparon a Connelly y a mí en la carretera.

Él miró entonces su muñeca, que llevaba vendada. La sangre se le subió a la cabeza y lo ensordeció. De repente, la imagen de Peg le llenó la mente.

—Me caí del caballo —le dijo ella.

Sean nunca había oído una mentira tan grande.

—Se tropezó —intentó explicarle ella.

—¿Tienes heridas graves?

—No estoy herida —respondió Eleanor con una sonrisa forzada—. Sean, debo advertirte... ¡el coronel Reed está en Kilraven Hill y ha confesado que mató a tu esposa!

Él se quedó inmovilizado por la impresión.

—Es un loco —susurró ella, y los ojos se le llenaron de lágrimas—. Viene por ti, Sean. ¡Tenía que venir a decírtelo!

Reed le había hecho aquello a Eleanor, y él lo sabía.

—Vas a contármelo todo... Eleanor —le ordenó él, en un tono tan duro que no se reconoció a sí mismo.

—¡Sean! No tengo nada que decirte, salvo que él envió a sus soldados a asesinar a tu pobre mujer. Tengo mucho miedo de él, y tú también deberías tenerlo.

En aquel momento, Sean sólo sentía una rabia fría y calmada.

—Así que un espía nos delató. Te apresaron los soldados y te llevaron ante Reed... a Kilraven Hill.

Ella lo estaba observando con los ojos abiertos de par en par. Estaba tan pálida que el hematoma resaltaba en su piel.

—No pasó nada.

Sean tuvo una convulsión.

—¿Cómo has llegado aquí?

Ella tragó saliva.

—El capitán Brawley me ayudó a escapar.

—No me mientas —le dijo él.
—Pero estoy bien.
—Reed te golpeó, ¿verdad? ¿Te tocó, también? —le preguntó Sean, y en su mente, Reed se volvió rojo, estalló en llamas.

Ella comenzó a sacudir la cabeza con un gesto negativo, pero entonces la emoción cambió y se convirtió en una afirmación. Comenzó a llorar en silencio.

Sean se dijo que iba a matar al coronel Robert Reed.

—Tranquila —le susurró en voz baja, para calmarla, y la abrazó—. Elle, estoy aquí, y no permitiré que te roce de nuevo.

Ella asintió.

—Tenía tanto miedo…

—¿Qué te hizo? —le preguntó, asombrado de cómo podía mantener un tono tan calmado, cuando estaba más allá de la rabia.

—Fue muy grosero. Sean, él no tiene miedo de nadie, ni siquiera de papá ni de Tyrell. Nadie se había dirigido a mí de ese modo, y mucho menos… —Eleanor se interrumpió a causa del llanto.

—¿Te violó?

—No.

—Entonces, ¿por qué llevas una camisa de hombre sobre el vestido?

—No… no… hizo lo que tú has preguntado. Utilizó un abrecartas afilado para rasgarme el cuerpo del vestido —dijo ella, y apartó la vista, muy pálida.

Él la abrazó nuevamente, y ella se aferró a su cuerpo con fuerza. Mientras Sean le acariciaba el pelo, le preguntó:

—¿Dónde está ahora Reed?

—No lo sé —murmuró ella contra su pecho—. Le dijo a Brawley que me ayudara a escapar, porque quería seguirnos; pensó correctamente que yo vendría a verte. ¡Sean, qué cosas me dijo!

Él la miró a los ojos, llenos de angustia, y volvió a acariciarle el pelo.

—Cuando estés a salvo de nuevo, en Adare, olvidarás que alguien se atrevió a tratarte de esa manera. ¿Y Brawley?

—Lo dejé hace horas. Convinimos que él no averiguaría tu paradero. Creo que despistamos a los soldados, pero es evidente que Reed debe de estar registrando Cork.

Él asintió. No sería difícil hacer que Reed saliera de su escondite. Y Sean comenzó a disfrutar de la expectativa de enfrentarse a él y estrangularlo con sus propias manos.

Ella lo entendió todo, porque dijo:

—No puedes agredir a otro oficial. No puedes. No lo permitiré.

Él le acarició la mejilla intacta.

—Lo siento, Elle, pero Reed va a pagar... su tendencia al asesinato.

—Te matará.

Sean sabía que era probable, pero mintió.

—Lo golpearé cuando menos lo espere... en la oscuridad, como un cobarde. No sabrá lo que le ha caído encima. Todo esto terminará, Elle, y tú podrás dormir tranquilamente por las noches.

—¡Yo no soy la que tiene pesadillas! No soy la que no puede dormir por las noches por lo que Reed les hizo a Peg y a tu hijo. No busques venganza por mí. Yo estoy bien, Sean. Por favor, no vayas por Reed. Papá está tramitando tu perdón en Londres mientras hablamos. Pero si atacas a Reed, ¡nunca habrá ningún perdón!

—No podría vivir con la conciencia tranquila si dejara que saliera impune por lo que te ha hecho.

—¡Yo estoy bien! —gritó ella, llorando—. Pero nunca había visto una mirada así en tus ojos. No podré hacerte cambiar de opinión, ¿verdad? Vas a intentar vengarte, y los dos sabemos que eso será tu muerte.

—No llores por mí —le dijo él; deseaba poder ahorrarle aquel momento—. Ven conmigo —susurró, y se abrazaron con fuerza—. Elle... no me sueltes. Nunca.


Elle se mantuvo inmóvil entre los brazos de Sean. Sabía que estaba tan enamorada de él como siempre. Tenía miedo, no sólo de Reed, sino de lo que Sean pudiera estar planeando.

—Tenemos que irnos —le dijo—. Sean, ¿el barco de Cliff está cerca? Aunque lo estén vigilando, The Fair Lady es nuestra mejor baza para escapar.

—Quiero que subas a ese barco —afirmó él con decisión—. Tienes razón. Debemos irnos.

Sin embargo, ella entendió perfectamente cuáles eran sus intenciones.

—¡Maldita sea! ¿Crees que vas a poder dejarme con Cliff mientras tú te suicidas al ir a buscar a Reed? —le dijo desesperadamente—. No hagas esto, Sean. Si insistes en que me vaya a casa con Sinclair, lo haré. Tú puedes ir a América y yo me iré a casa.

Él la miró con los ojos llenos de tristeza.

—Es demasiado tarde para negociaciones. Vamos. Iremos los dos en tu caballo.

Eleanor se alejó de él.

—No. No voy a dejarte para que puedas destrozarte la vida.

—No me obligues a subirte al caballo por la fuerza.

—Si me quieres, debes elegir la vida, y no ir en busca de Reed.

—Eso no es justo.

—¡No hay nada justo! —gritó ella.

Él sacudió la cabeza con ira y se dirigió hacia el otro extremo de la casa, donde ella había dejado la montura. Y Eleanor oyó a los jinetes.

También Sean los oyó. Se volvió con los ojos muy abiertos.

—Entra en la casa —dijo con tirantez—. Hay una trampilla junto a la cama. Úsala.

—No voy a dejarte —replicó ella—. ¡Ni siquiera tienes un arma!

—Tengo mis manos —dijo Sean, lanzándole una mirada de furia. Después rodeó la casa.

Eleanor lo siguió, esperando encontrarse a Reed y a sus hombres en el patio. Ya estaba imaginando el ataque de Sean y sus consecuencias; casi podía ver su cuerpo ensangrentado en el suelo. Sin embargo, Sean se detuvo en seco, y ella se topó contra su espalda. Entonces vio a Devlin, a Tyrell y a Rex.

Ellos detuvieron sus monturas al otro extremo del patio, y durante un instante todos los hombres se miraron. Se hizo un profundo silencio. Después, Eleanor se dio cuenta de que los tres la observaban. Adelantó a Sean y dijo:

—¡Tenéis que detener a Sean! —se dirigió hacia Devlin, porque él era el hermano mayor de Sean—. ¡Quiere matar al coronel Reed!

Sus hermanos desmontaron, y Devlin llegó el primero junto a Eleanor. Recorrió sus rasgos con la mirada, y después fue hacia Sean. Los demás se quedaron observándolos.

—¡Maldito idiota! —dijo Devlin.

Después abrazó a Sean como si fuera un niño, y se aferró a él durante un largo momento.

Eleanor nunca se había sentido más aliviada. Se giró hacia Tyrell y Rex.

—Tenéis que detenerlo, Ty.

—Haré lo que esté en mi mano. Estás herida.

—¡Apenas!

Él le tomó la barbilla y la miró a los ojos.

—Tienes que hacer una elección, Eleanor. Debes elegir entre Sean, que quizá nunca sobreviva a estos sucesos, y Sinclair, que permanece en Adare, esperando tu vuelta. Y tienes poco tiempo.

Eleanor se volvió a mirar a Sean.

Devlin lo había soltado y Sean estaba observándola fijamente, con una mirada amplia e intensa.

—No hay ninguna elección que hacer. Ella elige a Sinclair —afirmó.

Eleanor gritó, y vio cómo a él se le llenaban los ojos de lágrimas.

—¿Te importaría explicárselo? —le dijo Tyrell a Sean.

Sean ni siquiera lo miró.

—Elle...

Ella estaba llorando, sacudiendo la cabeza, pidiéndole en silencio, una vez más, que cambiara de opinión.

Él se había quedado pálido.

—Debo hacerlo. Nunca podrá soportar la carga de lo que ha ocurrido... Si permitiera que Reed quedara impune.

—Estoy bien —repitió ella.

—¡No estás bien! Y él dará cuentas por su monstruoso comportamiento. Los dos sabemos que yo... no sobreviviré a este día.

Ella se lanzó sobre él. Estaba sollozando, y no podía articular palabra. Sin embargo, Sean sonrió.

—Si las cosas fueran distintas, si pudiera vivir la vida de nuevo, nunca me hubiera marchado de Askeaton hace cuatro años. Si no fuera un fugitivo... me casaría contigo. Te quiero, Elle.

Eleanor flaqueó. Tyrell tuvo que sujetarla para que no cayera al suelo.

—Voy a llevarte con Cliff —le dijo suavemente—. Rex y Devlin se quedarán con Sean.

Ella negó con la cabeza; quería decirle que se quedaría junto a él hasta que todo terminara. No iba a apartarse de Sean en aquel momento.

Se oyeron cascos de caballos.

Y Eleanor supo que se trataba de Reed y sus soldados. Se dio la vuelta, tambaleándose, y vio llegar a una docena de militares, que se detuvieron en el patio delantero de la casa. El coronel los dirigía.

Se hizo un terrible silencio, interrumpido sólo por los relinchos de los caballos y el tintineo de sus arreos.

Sean estaba sonriendo.

Eleanor no podía apartar la vista de la escena. Estaba aterrorizada.

Él miró a Devlin. Devlin desenvainó la espada, la misma que había llevado cuando era capitán de la marina, y se la lanzó a su hermano. Eleanor notó que se le encogía el corazón de miedo mientras Sean la tomaba con facilidad por la empuñadura. Su mirada se fijó nuevamente en Reed.

Reed sonrió.

—Un nido de víboras... ¿o debería corregir mis palabras? Un nido de traidores irlandeses —murmuró, complacido. O'Neill, está arrestado.

—Desmonte —le dijo Sean, con una voz tan suave que apenas fue audible; sin embargo, todos los presentes supieron exactamente cuáles eran sus intenciones.

—Arréstenlo —les ordenó Reed a sus hombres.

—Cobarde —le dijo Sean.

La sonrisa de Reed se desvaneció. Con agilidad, bajó del caballo. Eleanor estaba cada vez más angustiada.

Los dos hombres se enfrentaron el uno al otro como maestros de esgrima, con las espadas preparadas para golpear.

—En guardia —murmuró Reed.

Eleanor sabía que todos sus hermanos eran magníficos espadachines, pero Sean no había tomado una espada en dos años, o quizá en más tiempo. Estaba en desventaja. El corazón le latía violentamente mientras veía cómo los dos hombres se enzarzaban en el combate. Sus espadas entrechocaron y resonaron, golpe tras golpe; Sean avanzaba; Reed se retiraba; Reed avanzaba, Sean se retiraba. Los segundos se convirtieron en agonizantes minutos, y parecía que alguien iba a morir aquel día. Sus espadas no dejaban de cruzarse en el aire.

Sean hizo un amago con la espada y atacó, y de repente, la punta de su filo estaba dentro de la chaqueta azul de Reed, a la altura de su hombro. Sean la retiró y todos comprobaron que había sangre en la espada.

Con un gruñido, Reed atacó de nuevo, y sus espadas quedaron atrapadas.

Eleanor comenzó a tener esperanza.

Sean atacó fuertemente de nuevo, y con incredulidad, Eleanor vio cómo la espada de Reed caía al suelo. Reed se quedó helado, inmóvil, como Sean. Y entonces, con una sonrisa, Sean puso la punta de la espada contra el corazón de Reed.

—¡No! —gritó Eleanor—. ¡Sean, no lo hagas!

Sean se quedó rígido.

—Arréstenlo —ordenó Reed.

Una docena de espadas resonó. Doce soldados lo rodearon, apuntándolo al instante con los floretes, a la cabeza y al cuerpo, a centímetros de su cuerpo.

Eleanor supo que todo había terminado. Sentía a Sean en aquel momento, con ella, dentro de ella, una parte de su ser, y pudo leerle el pensamiento, sentir lo que deseaba. Quería matar. Estaba a punto de matar. Y entonces, los soldados lo matarían a él.

Sonó un disparo.

La espada de Sean cayó de su mano.

Asombrada, Eleanor vio a Rex en posición de tiro, apoyado en la muleta, con la pistola apuntando directamente a Sean y a Reed.

El patio cobró vida. Incluso antes de que Reed hablara, varios soldados sujetaron a Sean.

—Los grilletes —escupió Reed.

—¡No! —gritó Eleanor.

Sean fue arrastrado hacia los caballos del grupo militar. Eleanor comenzó a tirar para liberarse de las manos de Tyrell.

—¡Eleanor! —él siguió impidiéndola ir detrás de Sean.

Y ella lo odió.

—¡Suéltame! —le gritó—. Deja que me despida de él. ¡Ty, déjame!

—No.

—Monten —dijo Reed, que ya estaba sobre su montura. Después se dirigió a los hermanos—: No tengo conflictos aquí, sobre todo, con usted, capitán —dijo mirando a Devlin, y después a Rex—: Ni con usted, comandante.

Después hizo girar al caballo y les indicó a sus hombres que debían comenzar la marcha.

Sean estaba en medio, montado a horcajadas con las manos esposadas por delante. El grupo de hombres comenzó a moverse.

Eleanor forcejeó con Tyrell. Le dio una patada y lo arañó, y de repente, Tyrell la soltó.

—Eleanor, no.

Pero ella se alzó las faldas y echó a correr tras la caballería. Pasó por entre los caballos gritando:

—¡Sean! ¡Sean!

Entonces llegó hasta él y se agarró a su pierna.

—¡Sean!

Él apretó la mandíbula. Sentía fuertes latidos en las sienes. Se negó a mirarla.

Ella no pudo seguir durante más tiempo la velocidad del trote de los caballos. Se tropezó y los animales pasaron a su lado, dejándola atrás.

Cuando hubieron desaparecido tras la primera curva del camino, alguien se detuvo a su lado. Era Tyrell.

—Vamos, Eleanor, es hora de volver a casa.

## 18

Estaba lloviendo cuando Eleanor llegó a Adare. Había viajado desde Cork con Rex; él había atado las riendas de su caballo al carruaje. Eleanor sentía un enorme temor que le impedía respirar con facilidad. No podía dejar de ver a Sean capturado por los británicos. Nunca olvidaría la expresión estoica de su rostro mientras se lo llevaban, nunca olvidaría cómo se había negado a mirarla. En aquel momento, él ya estaría en Kilraven Hill, encarcelado.

Eleanor miró a Reed, que había estado en silencio durante la mayor parte del viaje, tan absorto en sus pensamientos como ella.

—Reed es un loco —dijo de repente Eleanor—. Puede que se le ocurra hacerle daño a Sean sólo para divertirse, o peor aún, ahorcarlo antes de que haya noticias de Londres.

—Y por eso —respondió Rex—, Tyrell ha ido directamente a la fortaleza, para asegurarse de que el coronel espere órdenes de sus superiores.

—¡Tyrell no tiene ni idea de con quién está tratando! —le dijo Eleanor. Habían estado ascendiendo por el largo camino de gravilla de la finca, y la casa apareció ante ellos—. Reed no tiene miedo de él, ni de papá, ni de nadie de esta familia.

—Devlin está con Tyrell —respondió Rex con calma—. No

me creo que ningún hombre se enfrente a ellos sin temor. Reed es un matón, Eleanor, por eso te atacó: tú eres una mujer joven e indefensa. Los matones son unos cobardes.

Eleanor se dio cuenta de que Rex tenía en mente un terrible destino para Reed, pero no podía pensar en aquel asunto. Cuando el carruaje se detuvo, miró hacia la casa con suma tristeza.

—Quizá debiéramos ir a Londres a averiguar qué ha conseguido papá —dijo ella—. Pero, por otra parte, no quiero dejar a Sean. Rex, tengo que verlo.

Rex le tomó la mano con firmeza.

—Eleanor, Peter está aquí.

—¿Peter está en casa? ¿Esperándome? —preguntó, consternada.

—Eso me temo. Creo que debes controlarte y disimular. No servirá de nada dejar que Peter se dé cuenta de que estás locamente enamorada de Sean.

—No puedo, Rex. No podré hacerlo. Ahora no. Estoy aterrorizada por Sean.

—Tendrás que hacerlo —respondió Rex—. Pero, seguramente, él entenderá que quieras irte a tu habitación rápidamente —añadió, y asintió para darle valor.

De aquel modo, Eleanor tendría un respiro hasta el día siguiente. Sin embargo, Peter querría una explicación.

—Debo dejarlo —susurró él—. Y no tengo suficiente coraje como para inventarme una excusa, ni para encontrar un modo agradable de hacerlo.

—Y yo debo advertirte que no seas sincera con Sinclair. Eleanor, si Sean no obtiene el perdón, tú también podrías estar en peligro.

—Yo también soy una traidora. Ya no puedo negarlo, y no quiero. Quizá sea lo mejor. Si cuelgan a Sean, yo quiero morir con él.

—¡No digas eso! —exclamó Rex, que se había quedado

lívido–. ¡No sois Romeo y Julieta! Voy a decirte lo que tienes que hacer, y por una vez en tu vida, vas a obedecer. No vas a hablar con nadie, Eleanor, salvo con Sinclair, y le contarás la misma historia que le contaste a Reed. Echabas mucho de menos a tu hermanastro, y como crees en su inocencia, querías que él mismo te dijera la verdad. Y en la excitación del momento, te marchaste de Adare con Sean. No lo ayudaste deliberadamente a escapar, pero cuando te fuiste con Sean, ya no podías volver. Él te abandonó al llegar a Cork, y tú volviste para advertirle contra Reed después de tu captura. Él es tu adorado hermanastro, Eleanor –le dijo con aspereza–. Nada más.

Eleanor se encogió de hombros.

–Hay muchos testigos que me vieron marcharme de la fortaleza e ir directamente en busca de Sean. ¿Qué hermana iba a comportarse así?

–Una hermana que quiere advertirle a su hermano de que un loco va tras él. Antes de que esto acabe, quizá casarte con Sinclair es lo mejor que podrías hacer. Quizá sea tu única opción.

–¡No! ¡No puedo casarme con él! Quiero a Sean, y en caso de que no lo oyeras, él me quiere también.

–Sí lo oí. Pero ya es demasiado tarde. Puede que ejecuten a Sean, pero no permitiré que tú pases el resto de tu vida encerrada.

Eleanor sacudió la cabeza, llorando.

–Quiero a Sean. ¡Soy su amante! Y no pienso negarlo.

Rex se enfureció.

–Si Sean sobrevive, tendrá que darme explicaciones por esto. ¿Así que tienes intención de contarle a Sinclair la verdad? Él te quiere, Eleanor, y ha sido honorable y bueno contigo. Incluso está en Adare ahora, muerto de preocupación por ti. ¿Y tú vas a destrozarlo con la verdad?

–Claro que no voy a decirle la verdad a Peter. Ya le he

hecho daño, y no se lo merece, y yo no quiero aumentar su dolor. Pero no puedo casarme con él, Rex. Estoy enamorada de Sean.

—Incluso Sean desea que te cases con Sinclair.

Eleanor le dio la espalda y miró hacia fuera del carruaje con angustia. Sean le había insistido en que se casara con Sinclair durante todo el tiempo. Y se lo había vuelto a decir en el mismo momento en que le había declarado su amor. Miró a Rex y le dijo:

—En cierto modo, tienes razón. Le diré a Peter lo mismo que le conté a Reed, ya que es una versión endulzada de los hechos.

Rex suspiró.

—Eleanor, sólo quiero protegerte por si acaso esta situación empeora.

—Lo entiendo. Pero dejemos mi futuro, porque no es lo que está pendiente de un hilo en este momento.

—Mañana hablaremos otra vez de esto —le dijo Rex, en un tono más suave—, cuando haya vuelto Tyrell.

Eleanor tuvo entonces una sensación de inquietud.

—No estarás pensando en obligarme a ir al altar cuando vuelva Ty, ¿verdad?

Él sonrió débilmente cuando aparecieron los sirvientes, acercándose apresuradamente al carruaje bajo la lluvia; pero no respondió.

Horrorizada, Eleanor se dio cuenta de que él estaba sopesándolo. Sin embargo, no tuvo ocasión de presionar a su hermano para sonsacarle la verdad, porque alguien abrió su puerta. La condesa salió en aquel momento de la casa y la esperó en la escalinata, y Peter apareció a su lado.

Con la ayuda de un lacayo, Eleanor bajó del coche y subió rápidamente los escalones hasta que estuvo bajo cubierta. Su madre la abrazó con fuerza.

—Madre —susurró, mirando al mismo tiempo el tenso rostro de Peter.

La condesa suspiró, conteniendo las lágrimas.

—Estoy bien, mamá.

—¿Y Sean? —le preguntó la condesa, tomándole las manos, con los ojos muy abiertos, llenos de temor.

Eleanor intentó controlarse.

—Lo han capturado, madre —murmuró. Y cuando la condesa comenzó a tambalearse, dijo rápidamente—: ¡Pero está vivo, y está indemne!

Pese a todo, la condesa tuvo que apoyarse en Peter Sinclair. Él miró a Eleanor y le preguntó:

—¿Estás bien?

Ella asintió, con un tremendo sentimiento de culpabilidad.

Rápidamente, Rex se unió a ellos y todos entraron en la casa. La condesa miró a Eleanor con los ojos llenos de lágrimas.

—He pasado tanto miedo por ti y por Sean... ¿adónde lo han llevado?

—A Kilraven Hill —respondió Eleanor.

Sabía que su madre tenía muchas preguntas que hacerle, pero no se atrevía a formularlas.

—Querida —le dijo la condesa—, necesitas descansar. Pediré que te preparen un baño caliente y te enviaré la cena a tu habitación. Yo misma te atenderé.

Eleanor entendió. La condesa deseaba llevársela a un retiro seguro, y la visitaría allí.

—Sí, necesito descansar. Estoy agotada —dijo.

Entonces se volvió lentamente hacia Peter, temblorosa, con las mejillas enrojecidas. Hubo un interminable momento de silencio, lleno de tensión. Sin embargo, Eleanor percibió alivio y angustia en la mirada de Peter. ¿Cuánto se habría imaginado?

—Sinclair —dijo Rex—, me gustaría hablar con usted.

Peter no apartó la vista de Eleanor.

—¿Puedo hablar primero con mi prometida?

A Eleanor se le encogió el corazón. ¿Cómo podía querer todavía casarse con ella?

—Eleanor ha pasado por una terrible situación —dijo Rex con firmeza—; ha sido aprehendida e interrogada por los británicos, cuando es inocente de todo delito. Debe retirarse a su habitación.

Peter palideció.

—Eleanor, ¿estás herida? —le preguntó, y fijó la vista en el hematoma que ella tenía en la mejilla.

Eleanor negó con la cabeza.

—Lo he pasado muy mal —respondió—. Peter, siento mucho lo que ha ocurrido.

Él le tomó ambas manos.

—Yo le doy gracias a Dios porque hayas vuelto conmigo —susurró.

Eleanor no supo qué hacer. Quería retirar las manos, pero no se atrevía.

—¿Estás segura de que estás bien? —le preguntó él.

—Sí. Te debo una explicación —dijo ella, pero él la interrumpió.

—Tu madre y tu hermano tienen razón. Debes retirarte a tu habitación. Necesitas descansar. Voy a llamar al médico de tu familia. En cuanto te sientas mejor, podemos hablar.

¿Cómo había podido olvidar lo bueno y considerado que era aquel hombre?

—Gracias —dijo Eleanor.

Él sonrió.


La celda de la prisión tenía luz y aire, pero ni siquiera así, Sean pudo controlar su pánico. No podía respirar. Oyó el golpe del hierro cuando la puerta se cerró tras él. Oyó la cerradura. Y comenzó a ahogarse en su propio miedo.

Reed se rió.

—¿Va a llorar como un niño, O'Neill? No se preocupe —le dijo—. Su estancia aquí no será larga. Lo colgarán en pocos días, porque tengo intención de que se haga justicia.

Sean se agarró al muro y luchó por respirar y por conservar la cordura. Sin embargo, no consiguió calmarse.

—¿Y Eleanor? —jadeó.

—Su amante, indudablemente, está con su familia —dijo Reed con sarcasmo.

—¡Ella es inocente! —gritó Sean—. ¡Es mi hermanastra!

Reed soltó una carcajada.

—Es su prostituta irlandesa, y los dos lo sabemos. Tan bonita, tan suave... siento no haber tenido oportunidad de terminar lo que empecé con ella.

Sean gritó y se volvió violentamente hacia él.

—Voy a matarlo, miserable —le dijo.

—¿Cómo? ¿Con palabras? Debería haber visto el horror que se reflejó en su mirada cuando le corté el vestido, O'Neill. Verdaderamente, es una mujer muy bella.

Sean se lanzó hacia Reed, pero él estaba al otro lado de los barrotes, y sólo tuvo que dar un paso atrás para ponerse fuera del alcance del prisionero.

—Pagará por lo que ha hecho.

—¿O quizá sea ella quien pague por lo que ha hecho usted? —le preguntó Reed—. Los dos son igualmente culpables, y se sabrá muy pronto. Ella será acusada de conspiración. Creo que eso me complacerá mucho más que violarla o matarla. Pasará la vida en la pobreza, en la cárcel, sola.

Sean se agarró a los barrotes, intentando controlar el impulso de lanzarse nuevamente hacia aquel hombre.

—Habrá justicia —dijo Reed con frialdad.

—Me alegro de que quiera justicia, coronel —dijo Tyrell.

Sean se sobresaltó al verlo aparecer, seguido de Devlin, en el pasillo de las celdas, desde la antesala.

—Será mucho más fácil de conseguir si todos trabajamos por el mismo objetivo honorable.

Sean, finalmente, consiguió el aire que necesitaba desesperadamente. Tyrell y Devlin estaban allí. Aunque su destino era inalterable, ellos nunca permitirían que aquel loco le hiciera daño a Eleanor.

—La justicia requiere que O'Neill sea ahorcado, y lo sabe —dijo Reed.

—No. Eso sería otra justicia, y yo quiero recordarle ahora que mi hermanastro ha sufrido la más grave injusticia a manos del ejército, por su culpa. Estuvo en una prisión británica durante dos años, falsamente acusado. Adare está en Londres mientras hablamos. Habrá una investigación minuciosa sobre lo ocurrido aquella noche en Kilvore, y sobre el apresamiento, la condena y el encarcelamiento de Sean.

Sean se sorprendió un poco, porque no había pensado en la posibilidad de que se realizara una investigación; sin embargo, la voz de Tyrell tenía tanta autoridad que Sean se sintió reconfortado.

Reed tenía una ligera sonrisa.

—¿Y qué sentido tiene eso? No lo entiendo, milord.

—Hay un testigo de aquellos sucesos, coronel, y mi hermano lo va a llevar a Londres. Sean nunca cometió traición, y cuando se demuestre, será absuelto. Le advierto que lo mantenga sano y salvo hasta que llegue ese día —le dijo Tyrell con frialdad.

Reed se lo quedó mirando fijamente y se carcajeó de nuevo.

—Menudo farol. ¿Quién les ha permitido entrar?

—Brawley. Y si cree que podrá negarme el acceso a mi

hermanastro a partir de este momento, después de dos años de prisión indebida, está equivocado.

A Reed le centellearon los ojos.

—No hay testigos. ¡Yo no he hecho nada incorrecto!

Tyrell sonrió peligrosamente.

—Ha tocado a mi hermana.

Sean se puso tenso. ¿Cuánto sabría Tyrell?

Pasó un momento antes de que Reed respondiera.

—La entrevisté con todo el debido respeto. Parece que se tropezó y cayó cuando la trasladaban al fuerte. Yo nunca tocaría a una dama.

Tyrell se inclinó hacia él.

—Su carrera ha terminado, coronel.

Reed se sobresaltó. Después dijo con desprecio:

—No me amenace.

Y salió.

Sean se apoyó contra la pared. El odio había disminuido, y también el pánico. Se sentía extrañamente calmado.

—Tyrell, no. No lo provoques. Es muy peligroso. Puede ir tras Eleanor cuando haya acabado conmigo.

—No me da miedo, Sean. De hecho, tengo intención de destruirlo.

—Entonces, tendrás que esperar turno —dijo Sean.

Tyrell arqueó las cejas.

—Tú ya has hecho suficiente. Te sugiero que me dejes a Reed a mí.

Devlin pasó junto a Tyrell y se agarró a los barrotes.

—Estás enfermo —dijo con preocupación.

Sean estuvo a punto de reírse.

—Ya no puedo estar enfermo —respondió, pero se enjugó el sudor de la frente.

—¿Cómo puedo ayudarte? —le preguntó Devlin en tono grave.

Su hermano sabía que para él, estar de nuevo en una celda era como estar enterrado vivo. Sean sacudió la cabeza. Después intentó respirar lenta, profundamente, con los ojos cerrados.

—No hay suficiente aire aquí —dijo con dificultad—. Pero sé que todo está en mi cabeza.

—¿Tienes fiebre? —le preguntó Devlin.

—No. Pero estoy loco. He acabado perdiendo la cabeza —respondió. Se sentó en el suelo, con la cabeza hundida entre los hombros. Ninguno de los hermanos dijo nada. Por fin, él continuó—: No me importa lo que me pase. Estoy dispuesto a morir. Ha sido mi destino todo el tiempo, y no puedo evitarlo más. Pero Elle... —dijo, alzando la cabeza hacia ellos—. Debéis protegerla. Devlin, encuentra un modo de desvincularla de mí. Reed la ha amenazado.

—Reed va a irse deportado en un barco a Australia —le dijo Tyrell—. ¡Maldita sea! Eleanor está involucrada, y hay una docena de soldados como testigos. ¡Acaso apareciste a propósito el día de su boda para sabotearle la vida?

—Ya está bien de recriminaciones —intervino Devlin.

Sean habló con lentitud.

—Tiene que haber un modo... quizá un intercambio... su libertad por mi vida.

—¡No! —dijo Devlin.

—No lo entiendes —le dijo Sean—. Yo moriría feliz si supiera que ella va a tener una existencia plácida, segura.

—Sí lo entiendo. ¡Entiendo que estás enamorado de Eleanor! No habrá semejante intercambio. Lo primero es lo primero. He enviado a mis hombres a buscar a Flynn. Y Cliff está de camino a Kilvore, si es que no ha llegado ya. Lo encontrarán, Sean. Serás absuelto de todas las acusaciones, de un modo u otro.

—¿Cómo puedes estar tan seguro?

Devlin sonrió.

—Quizá no reconozcas a Flynn la próxima vez que lo veas.

Si no encontraban a Flynn, un impostor ocuparía su lugar. Sean sintió esperanza, pero era peligroso albergarla demasiado tiempo.

—Hubo muertes de soldados aquella noche. Al final, yo también tomé las armas.

—Intentaste detener a los rebeldes —exclamó Tyrell—. Y eres un noble, no un campesino. Además, está el caso de tu esposa y tu hijo. Ellos también merecen justicia.

La culpabilidad que le había estado royendo el alma a Sean durante tanto tiempo volvió a aflorar.

—¿Cómo? ¿Qué es lo que sabes de ellos?

Devlin lo miró con compasión.

—Eleanor nos lo contó, Sean. Lo siento.

—Entonces, debes conocer la historia completa —le dijo Sean—. Ellos pagaron por mis crímenes. Reed se aseguró de ello.

—Entonces, la investigación dará como resultado su encarcelamiento —afirmó Tyrell.

Sean se puso en pie lentamente y miró a sus hermanos.

—Estáis equivocados —dijo—. En Irlanda no hay justicia, y nunca la ha habido. Reed va a salir de esto impune, y a mí me van a ahorcar. Y, aunque no me mataran, me iré a América, solo. En cuanto a Eleanor... no la quiero de la forma que ella desea —al decir aquello, vio cómo Tyrell se sobresaltaba—. Ella se me lanzó. Es una mujer bella, y yo ya no soy el mismo hombre que era. ¿Tengo que dejarlo más claro?

Tyrell se había quedado pálido.

—Si es una broma, es de muy mal gusto.

—Sabéis que siempre fui un mujeriego —dijo él, encogiéndose de hombro—. Pasé dos años solo en un agujero, y después, Eleanor me ofreció algo que no pude rechazar —terminó, y no se molestó en continuar.

Devlin lo observó con atención. Después, dijo:

—Ha sido muy convincente. ¿Por qué has dicho esas cosas, Sean? Yo voy a asegurarme de que te liberen.

Sean sacudió la cabeza. Le resultaba difícil hablar.

—Quiero que ella esté a salvo. Asegúrate de que se case con Sinclair —le pidió a Devlin—. Quiero que me des tu palabra.

Devlin lo miró con fijeza. Después respondió.

—No voy a dártela.

## 19

Eleanor se detuvo en la entrada del salón, temblando. Peter era la única persona presente en la estancia, y estaba sentado ante la chimenea, mirando las llamas. Claramente, estaba absorto en sus pensamientos.

Era la misma tarde de su llegada. Eleanor titubeó. Su intención había sido permanecer en su habitación tanto tiempo como fuera posible, supuestamente, para reposar, pero en realidad era para evitar a Peter.

Sin embargo, no podía descansar pensando en que Sean estaba preso a unas pocas horas de Adare, y en que su vida estaba en peligro. Y para empeorar las cosas, Eleanor era muy consciente de la presencia de Peter en su casa, y de lo muy injustamente que lo había tratado.

Le debía más que una explicación, le debía una disculpa. Además, tenía que cancelar su compromiso, de una vez por todas.

—¿Peter?

Él se puso en pie de un salto, asombrado de verla, y se acercó corriendo a su lado.

—¡Eleanor! ¿Por qué no estás arriba, descansando? Al menos hasta que llegue el doctor y te examine.

Ella se mordió el labio.

—No puedo descansar. Tenemos que hablar, Peter.
Él se quedó helado.
—No sé cómo decirte —comenzó Eleanor—, lo mucho que lamento haberme comportado así en el día de nuestra boda.
Él había palidecido. Cerró la puerta.
—Lo entiendo, Eleanor —dijo con la voz ronca.
Ella se sorprendió.
—¿Cómo vas a entenderlo? ¿Puedo explicártelo?
Él se adelantó con las mejillas enrojecidas.
—Entiendo que Sean es tu hermanastro. He oído decir que de niña lo adorabas. También he oído que ha estado en la cárcel durante dos años, y que nadie de tu familia sabía si estaba vivo o muerto. ¡Ha debido de ser terrible para todos vosotros!
Eleanor no podía creer que fuera tan comprensivo.
—Mi familia llegó a la conclusión de que había muerto, pero yo nunca llegué a creerlo —susurró ella.
—Me alegro muchísimo de que esté vivo —declaró Peter—. Además, tu familia insiste en su inocencia. Yo pronto seré parte de esta familia, también, y me aliaré con todos vosotros, Eleanor.
Ella no daba crédito a que pudiera ser tan gentil. Lo observó, intentando encontrar una mirada de acusación en sus ojos. No la había. ¿Quería decir que aún pretendía casarse con ella? Eleanor no quería decirle más mentiras.
—Cuando apareció Sean, Peter, yo me sentí abrumada. Hasta que me dijo la verdad, no sabía que lo habían acusado de traición y que lo habían enviado a prisión. Cuando supe que las autoridades lo estaban buscando para ajusticiarlo en la horca, tenía que ir con él. Quizá con algo de ingenuidad, pensé que debía ayudarlo a salir del país a cualquier precio.
—Lo entiendo. Sin embargo, las autoridades no deben saberlo nunca.

—¿Cómo puedes decir que lo entiendes? ¿Por qué no me odias? ¡Te dejé plantado en el altar! O al menos, eso parece, Peter. ¡Y ésa no era mi intención!

Él le tomó las manos.

—Lo entiendo porque te quiero.

Eleanor se quedó petrificada.

—¿Cómo vas a quererme ahora?

—¿Y cómo no voy a quererte?

Ella tiró suavemente de las manos y se alejó. Si Peter se hubiera enfurecido y le hubiera hecho todo tipo de acusaciones, las cosas habrían sido mucho más fáciles. Ella no sabía qué hacer ante tanta lealtad y tanta confianza, cosas que no merecía en absoluto. Se dio cuenta de que tendría que decirle toda la verdad.

—Quiero a Sean.

Él, al instante, se acercó.

—¡Eleanor! ¡Ya sé que quieres a todos tus hermanos! Sé que quieres a Sean. Y he enviado a mi padre a Londres a ayudar a tu padre para que consiga el perdón para él.

Durante un instante, Eleanor no pudo comprender tanta generosidad.

—Lord Henredon es primo del primer ministro.

—En efecto —dijo Peter, y volvió a tomarle las manos—. Mi padre hará todo lo que esté en su mano para conseguir ese perdón. Tiene muchos contactos, y yo soy optimista.

Eleanor tuvo que sentarse. Miró a Peter, intentando comprenderlo.

—¿Por qué estás haciendo esto?

Él no sonrió.

—Pronto serás mi esposa. Tus problemas son los míos. Si Sean es tu hermano, también es hermano mío. ¿Cuándo te darás cuenta de que yo haría cualquier cosa por ti?

A ella se le llenaron los ojos de lágrimas.

—¿Aún deseas casarte conmigo, después de que te dejara plantado en el altar?

—¡Me dejaste por una causa noble! —exclamó él. Después se arrodilló ante ella—. Eres una mujer de honor, Eleanor, de gran lealtad, y yo admiro eso tanto como todo lo demás. Confío en ti. ¿Cómo no iba a confiar? Y haré cualquier cosa con tal de que seas mi esposa.

Eleanor notó que le ardían las mejillas a causa de la culpabilidad, incluso aunque estuviera intentando entender su uso de las palabras y su fervor.

—Peter —dijo en voz baja, aún decidida a contárselo todo—, no deberías...

Él se puso en pie y la interrumpió.

—Cuando recibamos las noticias del perdón de Sean, nos casaremos inmediatamente, pero esta vez sin tanto boato.

A ella se le aminoró el ritmo del corazón. Miró a Peter. No tenía duda de que la quería, pero se preguntó si sabría la verdad sobre su amor por Sean. Había algo antinatural en su deseo de confiar en ella y creerla.

—Sean será perdonado, Eleanor. Mi padre nunca fracasa en sus propósitos. Estoy seguro de que pronto recibiremos la noticia y podremos celebrar nuestra unión.

Ella se quedó inmóvil. De repente, el mensaje de Peter le había quedado muy claro. Había enviado a su poderoso padre a Londres para que ayudara a Edward a gestionar aquella amnistía, y esperaba que se celebrara su matrimonio cuando todo estuviera resuelto. En aquel momento, ella se sintió atrapada y manipulada. Sin embargo, ¿era aquélla la intención de Peter?

¿Le estaba ofreciendo un trato? ¿Estaba Peter pidiéndole su mano en matrimonio a cambio de la libertad y la vida de Sean?

—Eleanor, creía que estarías más satisfecha con la noticia —dijo Peter con rigidez.

Ella se puso en pie con una sonrisa. Después de todo, estaba atrapada, pero aquél era un pequeño precio que pagar por la seguridad de Sean.

–Estoy muy contenta. Peter, gracias. Gracias por todo lo que has hecho en nombre de mi hermano.

Él sonrió.

–No tienes que darme las gracias, Eleanor. Sólo tienes que prometerme que, esta vez, no me dejarás plantado en el altar.

–Claro que no –respondió ella–. Sólo tienes que fijar una nueva fecha, y tu novia estará allí.

Él sonrió, y ella vio una expresión de alivio en su semblante.

–Entonces, vamos a darle la buena noticia a la familia.

Eleanor asintió. Y pareció que él quedaba satisfecho por que su trato hubiera quedado tácitamente sellado.

Eleanor tuvo que recordarse continuamente de lo afortunado que era aquel giro del destino. Sean iba a conseguir su libertad, y lo único que ella tenía que hacer a cambio era casarse con un noble que la quería. Encontraron a la condesa en la habitación de música, sentada al piano, con los dedos en el teclado, haciendo un esfuerzo por tocar. Mary alzó la mirada y esbozó una débil sonrisa.

–Hay esperanza –le dijo Eleanor suavemente, mientras se sentaba junto a su madre en el banco–. El padre de Peter está en Londres, gestionando el perdón para Sean. Hay una gran esperanza.

La condesa la rodeó con un abrazo.

–Estoy demasiado asustada como para tener esperanza.

Eleanor se mordió el labio. Después miró hacia el umbral, donde estaba Peter.

—Peter y yo vamos a casarnos en el momento en que recibamos la buena noticia.

La condesa miró a Peter. Él sonrió y le hizo una reverencia.

—Con su permiso, por supuesto, señora.

Mary se volvió con desconcierto hacia su hija.

—¿Querida?

Eleanor la sonrió con una expresión forzada.

—Quería darte la noticia, mamá —le dijo, y le besó la mejilla. Después se puso en pie—. Ahora voy a volver a mi habitación, a descansar.

Mary asintió; aparentemente, se había quedado sin palabras.

En el pasillo, Eleanor estaba a punto de excusarse ante Peter, cuando oyó jaleo en el vestíbulo. La voz de autoridad de Tyrell resonó, y a Eleanor se le aceleró el corazón. Peter la tomó del brazo.

—Ya que tu padre no está en Adare, ¿no te parece que quizá deberíamos informar a tu hermano de lo que pensamos hacer?

Eleanor apenas lo oyó. ¿Estaría bien Sean? ¿Lo habría visto Tyrell y habría podido hablar con él? ¿Y Reed? Ella se las arregló para asentir y ambos de dirigieron hacia el vestíbulo.

Tyrell estaba entrando en la biblioteca cuando lo encontraron.

—¡Ty! —exclamó Eleanor, corriendo tras él.

Él se volvió. Se había quitado la chaqueta, y tenía los pantalones y las botas llenas de barro y húmedas. Incluso la camisa tenía salpicaduras. Él miró a Eleanor y a su prometido.

—¿Por qué no estás descansando en tu habitación?

A ella se le cayó el alma a los pies. Tyrell estaba terriblemente serio.

—No puedo descansar. Estoy demasiado emocionada —dijo con una sonrisa falsa—. Peter ha perdonado mi comportamiento y vamos a casarnos muy pronto.

La expresión de Tyrell no se alteró. Mantuvo la mirada de su hermana, y ella supo que lo sospechaba todo.

—Me alegro —dijo—. Peter, me encantaría tomar algo contigo para celebrarlo. Eleanor, ¿por qué no nos disculpas?

Ella intervino.

—Ty, hay ciertas cosas de las que debemos hablar —dijo.

Peter hizo una reverencia.

—Tómate el tiempo que necesites —murmuró, y salió de la biblioteca.

—¿Qué ha ocurrido? ¿Cómo está Sean? ¿Lo has visto?

—Hablas como una verdadera novia —dijo él con sarcasmo.

Después se dio la vuelta y se sirvió un vaso de whisky.

—¡No te atrevas a reprenderme por el amor que siento! Lamento mucho no poder querer a Peter, de veras! ¿Está bien Sean?

—Está tan bien como cabe esperar, creo —respondió Tyrell—. ¿Qué le ocurrió, Eleanor?

—Estuvo dos años encerrado en un agujero donde no podía ver, oír ni hablar con nadie. Fue como si estuviera enterrado en vida. Y antes, lo torturaron, lo azotaron. Y antes... me dijo que los hombres de Reed violaron y asesinaron a su mujer, y que su hijo murió en el incendio que provocaron en su casa. Todo para castigarlo por sus supuestos crímenes. Está destrozado por la culpabilidad.

—Está irreconocible —dijo Tyrell lentamente, muy apenado.

—Deberías haberlo visto hace una semana, cuando apenas podía pronunciar una frase coherente. Deberías ver las cicatrices que tiene en la espalda. Y deberías haber visto sus ojos, oscuros, vacíos y llenos de desesperación.

Tyrell la miró fijamente. Después de una pausa, dijo:

—Has tomado la decisión correcta con respecto a Sinclair.

Eleanor tuvo que contener las lágrimas.

—No tenía elección. He hecho un trato con el demonio: casarme con un hombre al que no quiero para poder conseguir la libertad del hombre al que amo.

Tyrell dejó el vaso, ya vacío, sobre una mesa, y la tomó por el hombro.

—Él ha cambiado, y no para mejor. Siempre querré a mi hermanastro, pero no es el mejor hombre para ti, Eleanor. Sólo puede causarle dolor a una mujer, y no creo que sea capaz de darte el gran amor que deseas.

Eleanor temió que Tyrell tuviera razón, pero sacudió la cabeza y dejó que su corazón hablara por ella.

—Justo antes de que lo apresaran de nuevo, Sean había empezado a ser él mismo. Había empezado a sonreír. Empezó a hablar del pasado y a compartir sus demonios conmigo. Sé que si tuviera la oportunidad de estar con él, podría ayudarlo a recuperarse. Pero no voy a tener esa oportunidad; voy a casarme con Peter, y el padre de Peter va a obtener el perdón para Sean. Y Sean se quedará solo con sus cicatrices y sus heridas —dijo, reprimiendo un sollozo.

—No estará solo —respondió Tyrell con la voz ronca—. Devlin y Virginia lo ayudarán. Todos lo haremos.

No, pensó ella, insoportablemente triste. No lo conseguirían, porque ella estaría en Chatton, siendo la esposa leal y cariñosa de otro hombre. Se dio la vuelta para que su hermano no pudiera ver el profundo dolor que sentía.

—Es lo mejor —dijo Tyrell—. Eleanor, yo tendría miedo si te quedaras con el hombre en el que se ha convertido.

Eleanor se giró hacia él como un rayo.

–¡Te equivocas! Sean me quiere, y daría su vida por protegerme.

–La vida con él sería oscura y triste, y él sólo te haría daño. Debes creerme.

Ella no le dijo que daría cualquier cosa por compartir con Sean aquella vida oscura, aunque le hiciera daño.

–¿Le están dando un buen trato?

Tyrell asintió.

–Sin embargo, creo que sería mejor que no estuviera encerrado durante mucho tiempo. No creo que pueda manejar bien el encierro, mentalmente.

Ella se estremeció de miedo.

–Necesito verlo.

–No.

–No te estoy pidiendo permiso. Voy a ir a verlo aunque tenga que ir sola. Y después de lo que he sufrido a manos del coronel Reed, es tu deber asegurarte de que puedo visitar a Sean con seguridad.

–¡Pondrás en peligro tu futuro con Sinclair! –exclamó Tyrell.

–No. Ya he mentido suficiente, y le diré a Peter que debo visitar a Sean.

Y Tyrell capituló.

–Está bien. Te llevaré mañana, después del desayuno.

Eleanor le había pedido a Tyrell que la esperara fuera. Mientras un guardia la conducía hasta la celda de Sean, ella estaba ansiosa por verlo, pero también temerosa de lo que pudiera encontrar. Cuando se aproximó, vio que él estaba tendido en un camastro en el suelo, y durante un momento, aunque era mediodía, creyó que estaba dormido. Sin embargo, hacía un día soleado y brillante, como si quisiera compensar la llovizna del día anterior, y la luz del día se derramaba dentro de la celda. Sean tenía los ojos abiertos y estaba mirando al techo, con la respiración entrecortada. Elle corrió hacia su celda.

—¡Sean!

De repente, él la miró y se puso en pie.

—Elle —jadeó.

Al instante, Eleanor vio que tenía cortes en la frente y en la cara.

—Por favor, déjeme entrar —le dijo al guardia, intentando contener el mido que sentía.

—Lo siento, pero nadie puede entrar —respondió el soldado.

—¡Está herido! —gritó ella con furia—. ¡Está enfermo!

—Está loco —dijo el soldado—. Loco de atar.

Después, se alejó hacia la antesala. La puerta se cerró tras ellos.

—Tiene razón —dijo Sean—. No deberías estar aquí.

Eleanor se agarró a los barrotes. Entendía su pánico, y quería calmarlo.

—Sean, todo va a salir bien. Tyrell está fuera, y en uno o dos días, serás libre.

Su mirada le dio a entender que no la creía.

—No deberías haber venido. ¿Has visto a Reed?

—No, no lo he visto. Nos recibió Brawley. Tengo buenas noticias.

—¿Que noticias?

—El padre de Peter es pariente del primer ministro. También ha ido a Londres a pedir el perdón para ti. Todos somos muy optimistas, Sean.

Sean se quedó mirándola con una expresión de dureza. En aquel momento, ella supo que entendía lo que había hecho.

—No tengo elección —susurró—. Es un pacto tácito,

pero un pacto al fin y al cabo. Su padre está luchando por conseguir que te liberen, y cuando él vuelva, nos casaremos.

—Bien —dijo él. Sin embargo, su respiración se hizo dificultosa otra vez.

—¡No! ¡Respira hondo, Sean! —le pidió ella—. Te quiero muchísimo. Haría cualquier cosa por verte libre.

Él alzó una mano temblorosa.

—Esto es lo mejor. Es lo que yo quería. Nunca terminarás como Peg...

Ella no podía soportar que él siguiera culpándose por su muerte.

—Tú no la mataste. Te casaste con ella, lo cual es muy diferente. Reed ordenó a sus hombres que la mataran. Reed la asesinó.

—Fue culpa mía. ¿Es que no lo entiendes? Si yo no me hubiera casado con ella, ella no habría tenido que pagar por lo que yo hice. Se suponía que debía protegerla... se suponía que debía amarla... ¡y no hice nada de eso!

—La habrías protegido si hubieras estado allí aquella noche. Lo sé porque te conozco —gritó Eleanor.

Él se retiró.

—Ni siquiera puedo ver ya su cara. No me acuerdo de cómo era.

En aquel instante, ella sintió todo su dolor y toda su culpabilidad.

—Oh, Sean. Tienes que dejar de torturarte. Si ella te quería, nunca te hubiera culpado de lo que ocurrió, y estoy segura de que te quería mucho.

Sean se la quedó mirando, y por fin, comenzó a llorar. Eleanor no sabía qué hacer, porque nunca había visto a un hombre llorar así. Así pues, esperó.

Cuando él habló de nuevo, tenía la voz ronca.

—Ella me miraba con tanta confusión... no tenía que

preguntármelo, pero yo lo sabía... no podía entender por qué no la quería.

Eleanor no sabía qué decir.

—Ella fue muy afortunada por ser tu esposa. Estoy segura de que se sentía así.

—Quizá yo pudiera olvidar, alguna vez, lo que le hice a Peg... ¡pero nunca podré olvidar lo que le hice a Michael! ¡Dios, Elle!

Eleanor se puso muy tensa. Sean sólo había hablado una vez sobre Michael. De repente, ella se dio cuenta de que él no era capaz de hablar del niño. Y supo que Michael era el motivo principal del tormento de Sean.

—¿Cuántos años tenía?

—Seis.

—¿De qué color tenía el pelo?

—Pelirrojo. Tenía el pelo rojo como el atardecer —le dijo, sonriendo entre las lágrimas—. Era un granujilla, Elle... siempre estaba metiéndose en líos... pero yo sabía que sólo quería mi atención.

Ella sonrió, secándose los ojos.

—Te adoraba, ¿verdad?

Sean asintió, incapaz de decir una palabra.

—Puedes contármelo, Sean. Cuéntame lo que le ocurrió.

—No lo sé... nadie lo sabe. Un niño dulce, inocente... probablemente murió en el incendio, llamándome para que lo salvara, esperándome... y yo no llegué.

Eleanor metió la mano por entre los barrotes y le tomó la mano. Y entonces, él estaba apoyándose contra ella, llorando de dolor, emitiendo unos terribles sonidos que le salían directamente no del pecho, sino de su alma oscura. Eleanor consiguió deslizar los brazos entre los barrotes y lo abrazó.

—Lo siento —susurró.

Sean siguió llorando, aferrado a ella.

Y entonces, cuando finalmente cesaron las lágrimas, se quedó inmóvil. Dejó que lo abrazara durante un momento más, antes de inspirar entrecortadamente y alejarse. Sus miradas se cruzaron.

—Era un buen niño. Yo quería ser su padre —le dijo Sean.

—Lo sé.

—Les fallé a los dos, a Peg y a Michael.

—Tú no le fallaste a nadie. Intentaste detener el levantamiento, te llevaste a tu familia, huiste de Kilvore, y no podías saber que los soldados se vengarían con tu familia en el pueblo de al lado.

Él suspiró.

—No dejo de pensar en muchas cosas... si yo no hubiera estado en otro incendio aquel día, si yo no me hubiera casado con Peg, si hubiera conseguido detener a los campesinos y que no atacaran la finca de Darby... Elle... estoy cansado de pensar en lo que hubiera podido ocurrir. Estoy cansado de pensar en estos cuatro años.

Ella se sintió aliviada.

—Es lógico. Sean, sé que querías castigarte a ti mismo, y lo has conseguido. No puedes volver atrás en el tiempo y cambiar lo que ocurrió. Tú eres un hombre bueno. ¿Por qué crees que Peg te quería? ¿Por qué crees que Michael quería ser tu hijo? Porque los dos sabían lo noble que eres.

Sean emitió un gruñido ahogado.

—Yo nunca pensé en casarme con ella, Elle. Me dijo que estaba embarazada unos días después de la masacre. Yo estaba bajo una impresión muy fuerte, ella había perdido a su padre, y de repente, estábamos casándonos.

—Lo entiendo.

—¿De veras? ¿Lo entiendes de verdad, Eleanor? ¿Me has perdonado?

Ella le sonrió, recordando la angustia que le había causado su traición.

—Lo entiendo. Lo entiendo completamente porque te conozco muy bien, y ésa es la razón por la que te he perdonado.

Él sonrió con alivio.

—Pensé en ti aquel día. Estaba muy incómodo. Tenía muchos recuerdos; eras una niña imposible. Justo antes de marcharme de Askeaton, no podía identificar a aquella niña con la mujer en la que te habías convertido. ¿Recuerdas la noche en que me marché?

—Nunca la olvidaré. Intenté besarte y tú te quedaste horrorizado —dijo ella, y se ruborizó.

—Tenía miedo —le explicó él.

—No importa.

—¿De veras?

—Estamos de acuerdo en que no podemos volver atrás.

—Pero yo te fallé, ¿no? Tú confiabas en mí, y yo te dejé. Te fallé.

—No me fallaste. Prometiste que volverías, y lo hiciste. Siempre confiaré en ti, Sean.

—Aquella promesa significó cosas diferentes para cada uno de nosotros —replicó Sean.

Elle se sintió tensa, porque sabía lo que él le iba a decir.

—Me alegro de que vayas a casarte con Sinclair.

Aquellas palabras nunca hubiera querido oírlas.

—No.

—Él te cuidará porque te quiere. Antes, ésa era mi responsabilidad; ahora, será la suya.

—¡Parece que todo ha terminado! ¡Seguiremos siendo amigos! —exclamó ella—. ¡Eso nunca cambiará!

Él le lanzó una mirada extraña.

—No creo que podamos seguir siendo amigos.

Ella gritó sin poderlo evitar, espantada.

—Puede que me convierta en la esposa de Sinclair, pero siempre te querré exactamente como te quiero ahora. Siempre serás mi mejor amigo, siempre serás aquél a quien acuda cuando esté necesitada. ¡Tú eres mi alma, mi corazón!

Él sacudió la cabeza, como si estuviera intentando contener las lágrimas. Finalmente, dijo:

—Tienes que continuar.

—¿Y alejarme de ti? Nunca. ¿Qué harás cuando seas un hombre libre?

—Si me liberan, me marcharé a América.

—No. Volverás a casa, a Askeaton; ése es el lugar donde tienes que estar.

—¿Estando tú y tu marido a unos cuantos kilómetros de Adare? No, éste ya no es mi lugar.

—¡Claro que sí! ¡No terminamos todas las habitaciones! Puedo ir a ayudarte, de vez en cuando, cuando Peter y yo vayamos de visita a Adare, en verano.

—No puedes casarte con él y tenerme a mí también.

—¡Tú eres mi mejor amigo! ¡Claro que puedo!

—¡Elle, déjalo! Todo va a cambiar. Vas a ser la esposa de otro hombre. Y no importará dónde esté yo, o lo que esté haciendo, porque serás feliz. Sé que te habrás olvidado de esto... de nosotros.

Ella estaba horrorizada.

—¿Cómo puedes pensar semejante cosa? ¿Olvidarme de nosotros? Yo nunca me olvidaré... Sean, te prometo que cuando seas libre...

—¡No! ¡No!

Eleanor lo miró, estupefacta.

—No me pidas que me olvide de ti —le rogó desesperadamente.

—¡No llores! —dijo él—. Por favor, esto es lo mejor.

—Lo mejor es que yo cumpla mi trato con Peter y me

case con él. Estoy prometida. Pero también es mejor que tú permanezcas en tu casa, donde está la gente que te quiere; y nosotros seguiremos siendo buenos amigos.

Él se rió con amargura y sacudió la cabeza.

—Este debate es absurdo, porque probablemente me ahorcarán. Deberías irte.

A ella se le pasó por la cabeza que aquél era el final, entonces, porque él no veía la posibilidad de continuar con su relación. Sean estaba completamente decidido, y Eleanor sintió pánico. No podía soportar perder a Sean de aquel modo.

—No puedo irme. ¡No puedo irme así!

—Me alegro por ti... Eleanor.

—¡No! Soy Elle... ¡siempre seré Elle!

Él respiró profunda, lentamente.

—Vas a tener una buena vida. Tendrás hijos, quizá tengas una niña descarada como tú eras de pequeña. Me alegro mucho por ti.

Ella negó con la cabeza.

—No me voy a marchar todavía. ¿Cuándo volveremos a vernos?

—Sabes que ésa no es buena idea. Sabes que esto es un adiós.

Ella sollozó, aferrándose a los barrotes.

Y Sean se dio la vuelta mientras llamaba al guardia.

## 20

—¿Querida?

Eleanor estaba en el invernadero de su madre, con unos guantes de cuero y una pala entre las manos. Aunque hacía mucho frío y estaba lloviznando, en el invernadero hacía calor. Eleanor nunca había sentido inclinación por las plantas, hasta el mes anterior, pero el invernadero de la condesa se había convertido en su refugio, donde podía trabajar en una atmósfera cálida y húmeda, aislada, con la única compañía de su corazón entumecido.

—¿Querida? —dijo Peter de nuevo, titubeante.

Eleanor se quedó quieta. No se volvió hacia él, consciente de que Peter estaba en la entrada del invernadero. Habían pasado treinta y dos días y seis horas desde que había visto a Sean en Kilraven Hill. En aquel tiempo, su prometido la había tratado con mucho respeto y cautela, como si tuviera miedo de que ella pudiera romperse si él decía la palabra equivocada o usaba el tono equivocado. Eleanor pasaba la mayor parte del tiempo en el invernadero, y cuando el tiempo lo permitía, se ponía una vieja camisa de Sean y unos pantalones y salía a cabalgar por las colinas. Dormía mucho, con aquella camisa de Sean entre los brazos. No habían tenido noticias de su padre, ni tampoco de lord Henredon.

Eleanor respiró profundamente, sonrió con firmeza y se volvió hacia Peter.

—Hola. ¿Se me ha vuelto a olvidar el tiempo? —le preguntó.

Sin embargo, sabía perfectamente qué hora era. Llevaba un pequeño reloj de bolsillo en el interior del corpiño, y en realidad, hacía treinta y dos días, seis horas y veinte minutos desde que había visto por última vez a Sean.

Peter sonrió. Entró en el invernadero, cerró la puerta y sonrió.

—Voy a Limerick con Rex. ¿Necesitas algo?

—Algo para leer sería maravilloso —respondió ella.

Peter asintió, observándola con atención.

—Pensaba que quizá quisieras otro libro —dijo él, con un esfuerzo evidente por parecer alegre—. ¿Cómo va la siembra?

—Muy bien —respondió Eleanor, señalando la mesa de trabajo que había tras de sí—. Tómate el tiempo que quieras, Peter, y disfruta en la ciudad —le dijo.

—Pararemos allí para tomar una cena ligera —le comentó él.

Con un gesto vacilante, le tomó la mano enguantada como si quisiera llevársela a los labios. Eleanor se puso tensa, pero enseguida se relajó, puesto que Peter no podía besarle la mano. El guante estaba lleno de tierra.

Peter la miró a los ojos y le besó ligeramente la mejilla.

—Eleanor, odio verte triste. Quizá el hecho de estar aquí esperando a conocer el destino de tu hermano no sea la mejor idea. Quizá debiéramos zarpar hacia Chatton. Estoy seguro de que a Cliff no le importaría llevarnos a Inglaterra.

Cliff se había quedado en el país; su barco estaba fondeado

en el puerto de Limerick. Eleanor estaba segura de que no se marcharía hasta que Sean hubiera sido perdonado, como también estaba segura de que pensaba sacar a Sean de la cárcel y llevárselo del país si aquel perdón era denegado. De hecho, había pasado varias noches en Askeaton con Devlin y Rex, y sabía que se había formado una conspiración para resolver el peor de los problemas. Por supuesto, Devlin se había marchado poco después de la captura de Sean; él también estaba en Londres, buscando apoyo para la liberación de su hermano en el Almirantazgo.

—No puedo marcharme –dijo Eleanor. Ni siquiera intentó sonreír en aquella ocasión–. Si tu hermano estuviera en la misma situación de peligro en la que se encuentra Sean, tú no lo abandonarías.

Peter tenía una expresión grave.

—Tienes razón, por supuesto. Pero esto está siendo muy largo. Sólo hemos recibido una breve carta de tu padre, en la que decía que esperaba lo mejor. Estoy empezando a preocuparme, querida.

Eleanor retiró la mano y se abrazó, sin preocuparse por la tierra.

—Los esfuerzos de tu padre y del mío no fracasarán –dijo con convicción–. Y además, Devlin también está en Londres, y él sigue siendo un héroe naval.

—Sé que estás intentando ser valiente, pero me rompe el corazón verte tan triste, Eleanor.

Peter no podía saber la causa real de su dolor.

—Pronto tendremos noticias –insistió ella–. Muy pronto. Estoy segura.

—¡Eres tan valiente! –exclamó él–. Al menos, Cliff ha encontrado a Flynn. Él es nuestro testigo ante los hechos de aquella noche terrible.

Eleanor asintió.

Un Cliff triunfante había llevado a Flynn a Adare dos semanas antes. Inmediatamente, le habían enviado un mensaje al conde para avisarlo.

—Estoy segura de que mi padre llegará en cualquier momento con buenas noticias —dijo.

Peter la tomó por el hombro, y ella se vio obligada a mirarlo a los ojos.

—Quiero alegrarte —le dijo él—. ¿Cómo puedo conseguirlo?

—Tráeme una novela nueva —respondió ella con una sonrisa—. Sabes que eso me alegrará mucho.

—Está bien. Entonces, nos veremos más tarde.

Eleanor titubeó, y después, se dejó llevar por un impulso.

—¡Peter!

Sorprendido, él se volvió hacia ella.

—Gracias por tu amabilidad y tu comprensión. Siento no ser más divertida.

Entonces, Peter la tomó entre sus brazos. Sorprendida, Eleanor se quedó rígida, porque no se habían abrazado desde su regreso.

—No quiero que disimules para hacerme feliz —le dijo él—. Sólo quiero ver cómo te brillan los ojos de alegría otra vez.

—Volveré a ser la misma, de veras. Sólo necesito saber que Sean será un hombre libre.

—Nuestros padres no fallarán —respondió él—. ¿Eleanor?

Eleanor vio su mirada y supo lo que iba a ocurrir. Era inevitable, después de todo. Peter y ella se casarían en cuanto obtuvieran el perdón de Sean, y ella debería compartir el lecho de su marido.

Peter la besó con ligereza; Eleanor consiguió sonreír y devolverle a Peter un beso suave, inseguro.

—No sé si debería ser tan atrevido ahora —susurró él.

—Si quieres ser atrevido, estás en tu derecho. Estamos prometidos —le dijo Eleanor con firmeza.

Después cerró los ojos y esperó otro beso. En aquella ocasión, lo correspondió con más fervor.

Finalmente, Peter se apartó, con una mirada confusa y enamorada. Le acarició la mejilla y le dijo:

—Eres preciosa, incluso cuando tienes las manos manchadas de tierra. Hasta la noche, entonces.

Eleanor asintió sin dejar de sonreír. Después, él se dio la vuelta y salió del invernadero. Entonces, oyó un suave ruido, no lejos de la puerta de entrada, pero a distancia de ella. Se volvió con los ojos muy abiertos, y vio a Cliff detrás de una palmera, observándola atentamente.

Eleanor no entendía cómo había podido entrar sin que ni Peter ni ella lo oyeran; debía de haberse colado por la puerta trasera. Su hermano caminó hacia ella, y Eleanor se le acercó ansiosamente.

Todos los días, alguien de la familia iba a Kilraven a visitar a Sean, con la única excepción de ella misma. No podía ir, porque si lo hacía, no recibiría una bienvenida por parte de Sean. Todos sus hermanos le contaban con sinceridad cómo estaba Sean cuando ella preguntaba. Por supuesto, ella sólo lo hacía en momentos de privacidad. En aquel instante, se retorció las manos.

—¿Cómo está?

—¿Y tú? ¿Estás bien? —le preguntó Cliff, arqueando las cejas.

—¿No acabas de visitar a Sean?

—No. Hoy han ido a verlo la condesa y Lizzie, y todavía no han vuelto.

Sintió una profunda decepción; sin embargo, nunca había nada nuevo que contar; Sean continuaba sintiendo ansiedad y brotes ocasionales de claustrofobia, pero aparentemente, estaba aprendiendo a controlar mejor aquellos momentos. Sus hermanos le decían a Eleanor que estaba animado. Eleanor estaba segura de que todos mentían y de que Sean estaba resignado a acabar en la horca.

Cliff le posó una mano sobre el hombro.

—Si no puedes besar a tu prometido, ¿cómo vas a tener hijos con él? —le preguntó en tono afectuoso.

Ella se ruborizó.

—Creo que eso se hace todo el tiempo.

—Entonces, ¿ahora eres una mujer del mundo?

—Me parece que todo el mundo lo sospecha.

Él se ruborizó, porque todos habían pasado por alto cuidadosamente el alcance de la relación de Eleanor con Sean; pero a Cliff se le oscureció la mirada.

—Él admitió la verdad ante mí, Eleanor. Estuve a punto de estrangularlo.

—Yo no soy la que necesita que me defienda. Es Sean.

—Tu honor sí necesita defensa, y lo sabes tan bien como yo. Éste no es el tema del que yo venía a hablarte, pero quizá no haya mejor momento que éste.

—No me arrepiento, Cliff. Le di a Sean mi corazón hace mucho tiempo, y nunca lo recuperaré. Sé que desapruebas lo que ocurrió en Cork, pero no me importa. Si estuviera en la misma situación, no cambiaría mi forma de actuar.

Él se cruzó de brazos.

—¿Estás embarazada?

—No creo —mintió ella.

La verdad era que no había tenido el periodo aún. Eleanor no se había atrevido a enfrentarse a la posibilidad de que pudiera estar embarazada de Sean. Ya tenía suficiente con preocuparse por su destino.

Cliff la miraba fijamente.

Eleanor se ruborizó y se dio la vuelta, pero él la tomó del brazo.

—¿Hay alguna posibilidad de que estés embarazada de Sean? —le preguntó con firmeza.

Ella enrojeció por completo, y él entendió cuál era la respuesta. Abrió los ojos desorbitadamente.

—¿Has pensado bien todo esto? —le preguntó con incredulidad.

—No puedo pensarlo ahora —dijo ella.

Sin embargo, no tenía que pensarlo conscientemente. Sabía que sería muy feliz si podía tener un hijo de Sean. Y también sabía que, si estaba embarazada, le diría a Peter la verdad. No sabía qué ocurriría después. Dudaba que Peter fuera capaz de perdonarle semejante ofensa. Él no querría criar al hijo de otro hombre como propio. Por otra parte, él la quería, y tenía el espíritu más generoso que Eleanor hubiera conocido. En cuanto a Sean, le había dejado las cosas claras: si lo liberaban se marcharía. Y si había un niño, quería que lo criara Peter.

—Será mejor que empieces a pensarlo —le dijo Cliff.

Y, de repente, Eleanor supo que tenía noticias. Entonces, lo agarró por la manga.

—¿Qué ocurre? ¿Por qué has venido? ¿Qué has venido a decirme?

Él la abrazó para sujetarla.

—Tengo noticias, Eleanor. Se ha avistado el barco de Devlin en la costa, y tenía las banderas izadas. El conde está con él, y tienen el perdón para Sean.


Sean ya no le tenía miedo al sueño. Desde que lo habían apresado aquella última vez, el sueño se había convertido en su aliado, porque de repente podía dormir profundamente y, durante la mayor parte del tiempo, sin sueños. Y cuando realmente soñaba, volaba a lugares del pasado, donde había calidez y calma, a lugares donde quería ir.

Eran días perezosos de verano, en los que perseguía a Eleanor por la hierba de Adare, días llenos de risas y esperanza; noches en Askeaton, noches en las que Elle y él estaban tan cansados después de trabajar tanto que caían rendidos, cada uno en su cama; había cenas y fiestas cuando ella venía a casa desde Londres. En sus sueños, él se maravillaba de su belleza y no entendía cómo podía haber estado tan ciego durante tanto tiempo. También había momentos de amor, durante los días que habían pasado en Cork, momentos salvajes, calientes, intensos...

—¡O'Neill!

Sean oyó su nombre, pero se negó a responder.

—O'Neill —repitió aquella voz.

Sean cedió. Se incorporó, dejando a un lado los sueños de Elle y de su hogar, y se enfrentó al capitán Brawley, que había entrado en su celda. Devlin estaba con él. Llevaba un mes sin ver a su hermano, porque Devlin había ido a Londres a suplicar por su vida. Gravemente, Sean se puso en pie; se había dado cuenta de que había llegado el momento de la verdad. Miró a su hermano, y Devlin le lanzó una sonrisa resplandeciente.

Oh, Dios, ¿sería posible que estuviera libre?

—Le han concedido el perdón —dijo Brawley.

Sean no podía creerlo.

—Es oficial. Es usted un hombre libre —le dijo el joven oficial, y le estrechó la mano.

Anonadado, Sean miró a Devlin.

—Es cierto —le confirmó su hermano, y se fundió en un abrazo con él—. Enhorabuena.

Era libre. Comenzó a asimilar la enorme sonrisa de Devlin y la expresión de satisfacción de Brawley. Era libre; no iban a colgarlo. Iba a vivir.

¡Tenía que contárselo a Elle!

—Todo el mundo ha venido a buscarte —le dijo Devlin,

dándole golpes en la espalda–. ¡Esta noche lo celebraremos!

Sean no salía de su asombro. De repente, estaba saliendo de la celda con su hermano, que no lo soltaba, como si supiera que estaba demasiado impresionado como para conducirse por sí mismo. En cuanto salió a la sala que había fuera del módulo de la cárcel, vio a su madre y al conde, ambos con una sonrisa en los labios. Después vio a Tyrell y a Lizzie, a Virginia y a Rex, y a Cliff. Todos sonreían, todos reían, todos estaban felices. Y después, Sean se dio cuenta de que Elle no estaba allí.

Elle no había ido.

Con un grito de alegría, Mary lo abrazó, llorando de alivio. Él rodeó a su madre con los brazos, asombrado por que Elle no estuviera allí. Sin embargo, el choque estaba amortiguándose; la realidad fría estaba ocupando su lugar. Claro que no había ido; estaba en su lugar, con Sinclair. ¿Se habrían casado ya? Él había tenido buen cuidado, durante aquel último mes, de no preguntar por ella.

—Sean, he rezado mucho para que llegara este día –le dijo la condesa–. ¡Estás tan delgado! ¿Vas a venir a casa, a Adare?

Sintió una sacudida en el corazón. Le tendió la mano al conde, pero su padrastro tiró de él para abrazarlo con fuerza.

—Bienvenido a casa, hijo –le dijo, con los ojos húmedos.

—Gracias, padre. Gracias por lo que has hecho.

El conde lo tomó de la mano y no se la soltó.

—Eres mi hijo. Daría la vida por ti, Sean; pero no habría tenido éxito sin Henredon. En Londres hicieron oídos sordos a mis súplicas, al principio –le dijo, mirándolo a los ojos.

Sean entendió. El padre de Peter había sido clave para conseguir aquella liberación. Por supuesto que había hecho todo cuanto estaba en su mano, porque Eleanor cumpliría su parte del trato.

—Entonces —le dijo al conde—, tengo una gran deuda con él y con su hijo.

—Sí —dijo el conde—. Sin embargo, también te debes a ti mismo una vida de alegría.

Sean sabía que en su vida no habría felicidad sin Elle. Pero así debían ser las cosas. Se dio la vuelta para enfrentarse a su hermano mayor.

Tyrell dio un paso adelante.

—Ya hemos tenido suficiente tristeza en esta familia. Creo que hay que celebrar esto por todo lo alto —dijo con una sonrisa—. Podemos hacer una gran fiesta en las vacaciones.

Rex se acercó cojeando.

—Bienvenido —le dijo a Sean, abrazándolo.

Cliff le dio unas palmadas en la espalda.

—Has sido perdonado —le murmuró al oído.

Asombrado, Sean lo miró.

—Pero tienes que reunirte con Eleanor —añadió suave pero firmemente, con un significado que sólo iba dirigido a Sean.

Sean no supo con seguridad qué quería decirle su hermano. Entonces, Virginia se acercó también a saludarlo, y por fin pudo conocer a la esposa de Tyrell.

Sean sonrió y miró a Devlin. Su hermano dijo:

—Creo que quizá Sean necesite pasar una noche tranquila en Askeaton. Y yo daré una fiesta para celebrar su regreso en unos días. Madre, ¿por qué no vienes con nosotros? ¿Edward? Quizá podáis pasar uno o dos días en mi casa.

—Encantada —respondió Mary, sonriendo.

Le dio la mano a Edward, que asintió.

Sean estaba aliviado. Debería celebrarlo, pero no quería. Sean miró más allá de los miembros de su familia, hacia las ventanas abiertas. Era noviembre, y el día era gris y pálido; unos cuantos soldados estaban caminando por el patio. Sin embargo, Elle no estaba allí fuera, esperándolo. Claro que él no esperaba que hubiera acudido; se había quedado con Sinclair, y eso era lo que él quería en realidad.

Sean se preguntó cuánto tiempo podría seguir mintiéndose.

Al final, hubo celebración. Se consumieron numerosas botellas de vino de Borgoña, y después, licores, pero ya había pasado la medianoche, y los condes, Devlin y su esposa se habían retirado. Sean estaba sentado a solas, en el salón, frente a la chimenea; observaba ausentemente las llamas.

Por fin estaba empezando a creer de verdad que era un hombre libre, y que el horror de los dos años pasados había terminado. Sin embargo, no encontraba la tranquilidad ni el alivio. Sólo sentía una pena profunda y oscura, y un agudo arrepentimiento. Necesitaba ver a Elle una última vez, pero tenía miedo de lo que podía suceder si se encontraban nuevamente.

Ella le debía el matrimonio a Sinclair; él debía cederle a Elle a aquel hombre, también.

Sinclair y Henredon eran quienes le habían salvado la vida. Él no podía ir a ver a Elle y decirle lo mucho que la añoraba, y lo mucho que la quería. Se había enterado de que se casarían en pocos días, durante el fin de semana, y él sabía que tenía que marcharse del condado antes de que aquello sucediera. Así pues, ni siquiera podría decirle adiós.

No. Ya se habían despedido, un mes antes, en la celda.

«¡Nunca te olvidaré! ¡Siempre serás mi mejor amigo... tú eres mi corazón, mi alma!».

La imagen de Elle le llenó la mente. Sean tenía muchas cosas que decirle. Quería tener una oportunidad más para verla. En aquella ocasión, le diría algo más que adiós; le diría que ella era su otra mitad, que era su mejor mitad, que la quería y que siempre la había querido, y que su vida siempre estaría sombría sin ella.

Se puso en pie, tomó una botella de brandy vacía y la estampó contra la pared. No podía ir a verla por que no confiaba en sí mismo. Quizá volviera a robar a la novia, y él era un hombre honorable, que quería hacer lo que era correcto.

Se marcharía de Askeaton, y en aquella ocasión, también dejaría Irlanda, para que ella pudiera ser libre. Con el tiempo, Sinclair la haría feliz, por mucho que ella lo negara.

—¿Sean?

Sean se volvió al oír la voz de su hermano. Devlin lo estaba mirando con curiosidad.

—No puedo dormir.

Devlin entró en la sala y, como de costumbre, nada se le escapó. Miró la botella rota y después le dijo a su hermano:

—Ahora eres un hombre libre. Es evidente que estás enamorado de Eleanor. ¿Por qué estás haciendo esto?

Sean emitió un sonido áspero.

—Ella hizo un pacto con Sinclair. Su matrimonio por mi vida.

Y, mientras miraba a Devlin, pensó que tenía razón. ¿Por qué estaba haciendo aquello? No podía soportar la idea de que Eleanor se casara con otro hombre. Él era el héroe de Elle, y nadie más podía tener aquel privilegio.

—Rómpelo —le dijo Devlin suavemente.

Sean no lo oyó; ya se dirigía hacia la puerta. Había llegado el momento de que Sinclair y él tuvieran una conversación. Tenía una gran deuda con aquel hombre, pero no podía cederle al amor de su vida. Sean tenía un futuro, y quería que Elle formara parte de él.

—Toma un carruaje —le dijo Devlin—. Las carreteras están mojadas.

Sean no respondió, ya se había marchado.

## 21

Sean había podido ir a Adare siempre que le apetecía. Después de cabalgar como un loco en la oscuridad, entró en la casa como si todavía viviera allí. Tuvo una rápida conversación con el lacayo de la puerta, por quien supo que Sinclair estaba en la casa. Sintió una inyección de adrenalina mientras caminaba por la casa dormida. La conversación que deseaba mantener con Sinclair no podía esperar hasta el día siguiente. Sean se dirigió apresuradamente hacia el ala este y llamó a la puerta de la habitación de Sinclair.

Pasó un breve momento y la puerta se abrió. Peter Sinclair estaba adormilado, confuso. No se conocían, y Sinclair se despertó al instante.

—¿Disculpe? ¿Hay un incendio?

Sean sabía que no debía despreciar a aquel hombre y, en realidad, no lo despreciaba. Sin embargo, estaba celoso, y lo sentía en el tuétano de los huesos.

—Sinclair, esto no puede esperar. Debemos hablar.

La expresión de Sinclair se endureció. Lo miró fijamente y pasó un instante antes de que preguntara:

—¿Es usted O'Neill?

—Sí.

—Espere cinco minutos, entonces —dijo, y entró a su habitación a vestirse.

Sean aguardó en el pasillo, paseándose de un lado a otro con los puños apretados, consciente de que su vida con Elle estaba en juego. La puerta de Sinclair se abrió de nuevo y el prometido de Elle apareció con unos pantalones y una bata. Sus miradas se cruzaron.

Sean se recordó a sí mismo que aquel hombre y su padre le habían salvado la vida.

—Tengo una deuda muy grande con usted y con su padre —dijo sin rodeos—. Y no hay manera de que pueda pagársela.

Sin apartar la vista de él, Sinclair se metió las manos en los bolsillos de la bata.

—Haría cualquier cosa por mi prometida —dijo—. No tiene que pagarme nada.

—¿De veras? —preguntó Sean—. ¿Por qué no?

—Pronto seremos hermanos —dijo Sinclair—. Así es como yo lo veo. Y, por supuesto, yo tengo que hacer todo lo posible para que no ajusticien a mi hermano.

—¿Y, si nos convertimos en hermanos por medio de un matrimonio, también seremos amigos?

—Por supuesto. No tenía que haber venido esta noche, O'Neill. Si deseaba darme las gracias por mis esfuerzos en su nombre, podía haber esperado hasta mañana.

—He venido a darle las gracias, sí. Pero hay más. Todo el mundo lo tiene en gran estima, Sinclair. Me han dicho que es un caballero, y un buen partido para Elle. Sé que la quiere. Y sé también que puede darle todas las comodidades que ella se merece, por no mencionar el título nobiliario. Yo he apoyado este matrimonio. También tengo una gran opinión de usted.

Sinclair se quedó rígido.

—Ha hablado en tiempo pasado —dijo lentamente.

—Conocí a Elle cuando era una niña de dos años, mimada y precoz. Desde aquel día, me he pasado la vida cuidándola. Protegerla está en mi naturaleza, y quiero lo mejor para ella. Por eso aprobaba su matrimonio con usted.

Sinclair enrojeció.

—He oído la historia familiar. Sé que estaban muy unidos. De lo contrario, ¿por qué habría estado ella tan devastada estas últimas semanas por su situación con las autoridades?

—Creo que usted conoce la respuesta.

—Eleanor es muy leal. Adora a su familia. Sobre todo, a usted, su hermanastro y su héroe.

—Es muy leal, sí. En ese punto estamos de acuerdo. Sinclair, es algo más que eso. Pero usted ya lo sabe, ¿verdad?

Sinclair estaba terriblemente contrariado.

—Por el amor de Dios… mi padre, a petición mía, ha movido montañas para salvarle la vida, O'Neill.

—¿Es eso lo que quiere realmente? ¿Un matrimonio basado en la gratitud? ¿El pago de una deuda?

—No lo comprendo, O'Neill.

—Yo crecí considerando a Elle mi hermanastra. Ya no la veo de ese modo.

Sinclair abrió unos ojos como platos.

—¿Cómo?

—Siempre he querido a Elle. Ahora la amo más profundamente que nunca, y es la mujer con la que quiero compartir mi vida.

Sinclair sacudió la cabeza.

—¡Maldita sea! ¡No haga esto ahora, O'Neill! ¡He hecho todo lo posible para conseguir su libertad, para que Eleanor no quedara destrozada! ¡Me lo debe!

—Sé que la quiere, y también sé que le debo la vida. Pero no puedo pagarle con la mujer a la que quiero. He venido por mi novia.

Sinclair se quedó destrozado. Se dio la vuelta, temblando, y después volvió a mirar a Sean.

—Ella también está enamorada de usted, ¿verdad?

—Sí.

—He intentado con todas mis fuerzas negar ese amor. ¡Por supuesto, he oído los rumores! ¿Y qué me quiere decir, en realidad? ¿Secuestró deliberadamente a mi novia para echar por tierra nuestra boda?

—No estaba planeado —le dijo Sean, sintiendo demasiada simpatía por aquel hombre—. Y yo no conocía el alcance de mis sentimientos por Elle hasta que las autoridades me apresaron en Cork.

—¿Me está pidiendo que le ceda a mi prometida?

—Sí.

Aquel momento fue interminable.

—¡No! —gritó Peter—. Ella me aprecia, y usted no tiene nada que ofrecerle; sólo una vida de dificultades. No tiene dinero, y ha caído en desgracia. Yo puedo cuidarla como si fuera una reina. Si realmente la quiere, debe renunciar a ella. Querrá que tenga la existencia que yo puedo ofrecerle.

Sean se puso furioso, porque Sinclair tenía razón. Pasó un instante antes de que volviera a hablar, y lo hizo con calma.

—¿Se casaría con ella sabiendo que está enamorada de otro hombre?

Peter se quedó en silencio. Sean se dio cuenta de que estaba luchando contra la complejidad de sus sentimientos. Sean también lo estaba haciendo.

Y Sean se dio cuenta de que aquel hombre estaba tan enamorado de Elle como él mismo.

—Peter —le dijo lentamente—, ¿qué haría si ella... va a tener un hijo mío?

Su intención no era sabotear la situación, pero tenía que saberlo.

Peter se quedó lívido, con los ojos desorbitados.

Sean rezó, sabiendo que sus plegarias no tendrían respuesta.

Peter negó con la cabeza y respiró profundamente.

–Maldito sea. Así es como me paga lo que he hecho. No puedo dejar de querer a Eleanor, del mismo modo que no puedo hacer que mi corazón deje de latir. Si ella está embarazada, que lo esté. Criaré a ese niño como si fuera mío. Lo querré y lo protegeré como si fuera mío. Tiene que irse, O'Neill. Y le sugiero que se vaya lejos, porque Eleanor y yo nos casaremos dentro de dos días.

Sean estaba fuera de sí. Sinclair no sólo quería a Elle, sino que estaba dispuesto a aceptar a su hijo. Él podía dárselo todo a Elle, y también al niño; y Sean le debía la vida. Sólo había una salida posible: honrar el pacto con aquel hombre.

Y Sean llevó a cabo la hazaña más grande de su vida: hizo una reverencia. Después, se dio la vuelta y se marchó.

Eleanor observaba su imagen en el espejo del tocador, consciente de que en su mirada se revelaban todas sus emociones. Sean era un hombre libre, y estaba a pocos kilómetros de la casa. Sin embargo, en dos días, ella iba a casarse con Peter Sinclair. No sabía qué podía hacer. Le resultaba difícil actuar de acuerdo con los dictados del orgullo y la cordura; le resultaba difícil seguir en Adare.

Alguien llamó a la puerta.

Eleanor se quedó sorprendida. Eran las ocho de la mañana. Supuso que alguno de sus hermanos habría ido a verla; así que se levantó y abrió la puerta. Al ver a Peter, su asombro fue enorme. Él tenía los ojos enrojecidos, como si hubiera estado despierto toda la noche, o como si hubiera estado llorando.

—¿Peter?

—Tenemos que hablar —le dijo él.

Y, de un modo inusitado en Peter, pasó por delante de ella al interior de la habitación, aparentemente, ajeno al hecho de que era impropio que un hombre estuviera allí, a solas, con ella.

Consciente de que él tenía algo muy importante que decirle, Eleanor cerró la puerta, completamente despreocupada de lo correcto.

—Peter, parece que estás muy disgustado. Por favor, no me des malas noticias.

Él sacudió la cabeza.

—Creo que la noticia que te traigo es buena.

—Pero, por tu expresión, parece que alguien ha muerto.

—No ha muerto nadie —le dijo él, y le tomó la mano—. Te quiero con todo mi corazón, Eleanor. Te he querido desde el primer momento en que nos conocimos, y siempre te querré.

Eleanor se sintió más alarmada entonces que nunca. Sabía que Sean era un hombre libre, y se sentía como si la estuvieran encerrando en un ataúd. No supo qué decir.

—Yo te aprecio mucho. Lo sabes, ¿verdad? —murmuró.

—Sss —dijo él, con una lágrima en la mejilla. Después se acercó a ella y la besó suavemente—. He venido a despedirme.

Ella creyó que lo había oído mal.

—¿Cómo?

—Soy un caballero, Eleanor. ¿Cómo voy a obligarte a que te cases conmigo si veo claramente lo mucho que quieres a otro hombre?

Ella emitió un gemido de angustia, con las mejillas ardiendo.

—¿No quieres admitirlo? Tú amas a Sean O'Neill. A mí me aprecias, como acabas de decir, pero eso es todo. Hace muchos años, le diste tu corazón a O'Neill, y sé que nunca podrás dármelo a mí.

Eleanor se tambaleó.

–Peter, tú has sido tan bueno... estoy dispuesta a casarme contigo el sábado, como hemos convenido. Estoy preparada para ser una buena esposa, perfecta, si es que puedo conseguirlo. ¡Le has salvado la vida a Sean! Y yo te aprecio mucho.

Él se secó los ojos con el dorso de la mano.

–Estás dispuesta a casarte, estás preparada para ser una perfecta esposa...

–Lo digo en serio –declaró ella.

–¿Porque me debes la vida de Sean?

Ella no supo qué responder.

–Sí –susurró.

–Yo te quiero lo suficiente como para dejarte libre. Él no puede darte la misma vida que yo, pero tú eres una mujer apasionada y sé, por mucho que no quiera admitirlo, que no serás feliz con una fortuna si el hombre al que quieres no está a tu lado. Estoy rompiendo nuestro compromiso, Eleanor, para que puedas estar con Sean.

–¡Peter! –exclamó ella, y le tomó la cara entre ambas manos–. No te dejaré si me dices que quieres casarte. Te lo debo. ¡Sean y yo te lo debemos! ¡Intentaré hacerte feliz!

Él negó con la cabeza.

–Creía que podría casarme contigo de este modo, como pago de una deuda, pero no puedo hacerlo. Creía que podría pasar por alto tu amor por otro hombre, pero no puedo. Te quiero, y quiero que seas feliz, aunque para eso tenga que entregarte a O'Neill.

Eleanor comenzó a llorar.

–Nunca había conocido a nadie tan generoso como tú.

–Y yo nunca había conocido a nadie tan apasionado y valiente como tú –respondió él–. O'Neill ha estado antes aquí. Será mejor que vayas con él, porque estaba muy disgustado cuando se fue.

Eleanor asintió. Antes de irse, abrazó a Peter Sinclair con fuerza, por última vez. Después, echó a correr.

Mientras recorría a galope la distancia que había desde Adare a Askeaton, pensó en que Sean había decidido que ella debía casarse con Sinclair. Después, recordó aquella noche de cuatro años antes, cuando él se había marchado sin prestarle atención a sus súplicas para que se quedara. Tenía miedo de su rechazo. Dos años en la cárcel y las muertes de Peg y de Michael lo habían convertido en un hombre oscuro, herido y complicado. Sin embargo, ella nunca se rendiría en lo referente a su futuro.

Su caballo estaba resoplando de agotamiento cuando llegaron a las puertas de Askeaton Hall. Eleanor corrió hacia la puerta principal, que se abriría en aquel momento. Por ella salía Sean, que comenzó a bajar las escaleras con una bolsa al hombro. Era algo que Eleanor ya había vivido antes.

Se detuvo, jadeante, y fijó la mirada en aquella maldita bolsa de viaje. Después, dirigió la vista hacia el rostro tenso de Sean.

—¿Adónde vas? —le preguntó con la voz entrecortada.

—Te dije que dejaba el país. ¿Y qué haces aquí? —le preguntó él a su vez, sorprendido.

—No puedes irte, Sean. ¡No puedes dejarme!

—No puedo quedarme. No confío en mí mismo lo suficiente como para quedarme —respondió él.

—¿Qué significa eso? —inquirió ella, y lo tomó de la mano. Para su sorpresa, él se la agarró con tanta fuerza que casi le hizo daño. Parecía que no estaba dispuesto a soltarla.

—Hace un mes robé una novia, y no creo que sea inteligente poner a prueba otra vez mi resolución —afirmó él con tirantez.

—No voy a casarme con Peter.

—Los dos se lo debemos. Y por eso me voy: para poder ser un hombre de honor.

En aquel momento, Eleanor se dio cuenta de que Sean quería llevársela del altar nuevamente.

—Sean, él ha roto el compromiso.

—¿Qué? Hablé con él hace unas horas, y me dijo que no pensaba hacerlo. Tiene la justicia de su lado, así que soy yo quien debe dejarte.

—No —le dijo Eleanor, sonriendo, porque se había dado cuenta de que Sean había ido a hablar con Peter para luchar por su futuro—. Peter ha roto el compromiso porque es noble y generoso, y sabe que te quiero.

Sean la miró con incredulidad. Durante aquellos instantes, Eleanor contuvo la respiración.

—¿Te va a dejar... por ti? ¿Por nosotros?

Ella asintió. Sean estaba empezando a sonreír, pero estaba aturdido.

—¿Qué le dijiste?

—Le dije que te quería. No como hermanastra, sino para compartir mi vida contigo, y todo mi futuro —dijo él, con una mirada suave—. Elle, te quiero. De hecho, no puedo vivir sin ti.

Eleanor comenzó a llorar y lo abrazó.

—Cuando me declaraste tu amor en Cork, después de que te capturaran los soldados, me pareció un sueño que había llegado demasiado tarde. ¡Cuánto tiempo he esperado para que pronunciaras esas palabras! —exclamó, llorando y riendo al mismo tiempo—. ¡He esperado toda una vida a que me declararas tu amor, Sean!

Él le tomó la cara entre las manos.

—Y yo he sido un idiota al no ver lo que he tenido ante la nariz durante los últimos veinte años.

—¿Cómo ibas a saber que una niña de dos años era tu destino? —bromeó ella.

Entonces, Sean se quedó serio y la observó con suma atención.

—Quizá lo supiera, y por eso pasé la vida cuidándote. Aún necesito cuidarte, Elle, por muy fuerte que tú seas... quiero pasar el resto de mi vida protegiéndote.

Su voz se había convertido en un susurro. Eleanor cerró los ojos cuando sus bocas se fundieron en un beso. Suspiró. No podía creer que aquello estuviera sucediendo de veras, que el futuro fuera suyo.

—¿Puedo hacerlo? —le preguntó él, rozándole los labios una vez más.

Ella se aferró a su camisa y respondió:

—Sólo si me conviertes en una mujer honesta.

Él arqueó las cejas.

—Pero si tú eres una mujer muy honesta...

Ella le tiró de la camisa como advertencia.

—¡Lo digo en serio! ¿Vas a casarte por fin conmigo, Sean?

Él sonrió con una alegría que le llenó la mirada.

—¡Demonios, Elle! ¿Es que no me vas a dejar preguntarlo a mí? ¡Las damas no piden el matrimonio!

—¡Yo sí! —dijo ella, con el corazón acelerado mientras esperaba su respuesta.

Él se puso de rodillas.

—¿Me harás el honor de convertirte en mi esposa? ¿Tendrás a mis hijos y llevarás mi hogar? ¿Me perdonas por no haber tenido sentido común hasta ahora?

Ella asintió, sin poder articular palabra, y él se incorporó. Finalmente, lo entendió: Sean la quería. Correspondía a su amor, y podían embarcarse juntos en el maravilloso viaje de la vida.

—Sean, esto es como un sueño. Te he estado esperando durante tanto tiempo...

Él la abrazó.

—Lo sé. Es sólo que no sabía que las cosas podían ser así entre nosotros. Fue muy difícil ver cómo te convertías en una mujer. Durante mucho tiempo no podía creer que estuvieras creciendo. Elle, te necesito. Necesito tu sonrisa y tu risa, necesito tu esperanza. Quiero apartarme de ese lugar de oscuridad y culpa. No quiero volver allí jamás. He encontrado la paz y la luz contigo.

—Nunca volverás a esas sombras, Sean —susurró ella—. Yo me aseguraré de que así sea.

—Entonces, ven conmigo al futuro. A nuestro futuro —le pidió Sean, sonriendo con ternura.

—¡No podrías impedírmelo aunque quisieras!

Eleanor sonrió. Con un sentimiento de infinita felicidad, lo rodeó entre sus brazos.

—Traté de hacerlo, como un tonto —dijo él, con verdadero arrepentimiento—. Elle, ¿crees que estás embarazada?

—Parece más probable cada día que pasa —respondió ella, y lo miró a los ojos, escrutando su expresión—. Sean, quiero tener a tu hijo tanto como quiero nuestro futuro.

Él recordó a Peg. De repente, la veía con claridad, con color, y para su sorpresa, sin culpabilidad, sin arrepentimiento, sólo con una vaga tristeza. Y pensó en Michael.

—Si es un niño, podemos llamarlo Michael.

—Eso me gustaría.

Eleanor le acarició la mejilla.

—Iré donde tú quieras —le dijo suavemente, y lo besó—. Y sé que no lo creerás, pero te seguiré, no te dirigiré.

Y Sean quiso reírse, porque no la creyó. Sin embargo, su cuerpo fuerte y cálido le estaba provocando muchos recuerdos, y él hizo una pausa antes de devolverle el beso.

—Me gusta que dirijas —le dijo—, siempre y cuando esté aquí para seguirte y arreglar lo que deshagas a tu paso.

Con impaciencia, Elle volvió a besarlo, larga, lenta, íntimamente.

—Ahora lo estoy haciendo, claramente.

Pasó un largo momento antes de que él pudiera hablar de nuevo.

—Dios —susurró—. Ahora, vamos a anunciar la noticia.

Y, tomados del brazo, entraron a buscar al conde y a la condesa de Adare para compartir su alegría, su buena nueva.

# Epílogo

*Kilvore, Irlanda, febrero de 1819*

El día era gris y frío; el viento soplaba con fuerza. Eleanor estaba sentada junto a Sean en la parte trasera de un carruaje. Sean había estado muy callado mientras atravesaban el pueblo, pero como ella le estaba agarrando la mano, sabía que no estaba tenso. Eleanor le colocó la palma sobre su vientre voluminoso, porque su hijo estaba dando patadas, y él sonrió con calidez.

—¿Estás bien? —le preguntó ella suavemente.

Él había estado observando la calle, flanqueada de casas blancas con tejados de paja. De vez en cuando, algún peatón pasaba apresuradamente por allí, luchando contra el viento y el frío.

—Estoy bien. Sé que debería sentirme triste, pero no es así. Estoy impaciente, Elle.

Ella sonrió, aliviada.

—Eso es estupendo —dijo.

Por fin, sus demonios se habían desvanecido.

Se habían casado el fin de semana en el que ella hubiera debido celebrar su boda con Peter. La ceremonia había sido íntima, con la asistencia de la familia más cercana. El conde había dado su aprobación, por supuesto, cuando ellos le habían anunciado sus intenciones. Lord Henredon se había puesto furioso y se había peleado con Edward. Peter Sinclair se había marchado de Irlanda, camino de América. Eleanor había oído decir que había ido al Oeste; como no necesitaba fortuna, se había convertido en un aventurero.

Elle le había roto el corazón, y Peter no se había quedado para asistir a su boda; sin embargo, se habían despedido como amigos. Eleanor le había dado nuevamente las gracias por su generosidad, y le había dicho que significaba mucho para ella. Peter le había deseado una vida llena de felicidad.

El carruaje se detuvo. El cochero abrió la puerta; Sean bajó y se volvió para ayudar a descender a Eleanor. Ella, con un ramo de flores en la mano, miró a su alrededor y encontró rápidamente el cementerio del pueblo. Tuvo una abrumadora sensación de tristeza; ya no odiaba a Peg, y deseaba que hubiera tenido un destino diferente. Sean la tomó de la mano y juntos entraron al camposanto en silencio.

Pasaron unos minutos antes de que Sean encontrara la tumba de Peg. Los habitantes del pueblo de Kilraddick habían puesto una pequeña lápida con una inscripción que decía:

*Margaret Boyle O'Neill*
*Amada hija y madre*
*1790-1816*

Eleanor dejó el ramo de flores sobre la tumba y miró a Sean. La misma tristeza que ella sentía se reflejaba en sus ojos. Con expresión de desconcierto, preguntó:

—¿Dónde está la tumba de Michael? ¿Por qué no está enterrado junto a su madre?

Aunque no hubieran encontrado su cuerpo, debería haber una tumba junto a la de su madre. Antes de que Eleanor pudiera responder, oyó un grito y se giró. Había un hombre delgado junto a la puerta del cementerio, y ella reconoció a Jamie Flynn al instante.

Se había llevado a cabo una minuciosa investigación en torno a lo que había ocurrido en Kilvore y Kilraddick. Asombrosamente, habían aparecido más testigos aparte de Flynn, y como resultado de sus declaraciones, el coronel Reed había sido juzgado por una corte marcial y expulsado del ejército. Sin embargo, antes de que pudiera celebrarse un juicio contra él por el asesinato de Peg Boyle y su hijo, había desaparecido. Corría el rumor de que estaba de camino hacia las Antillas, que se habían convertido en un refugio para militares convertidos en piratas.

Flynn se acercó, sonriendo.

—Me preguntaba cuándo llegaría, milord.

—¡Flynn! —dijo Sean, abrazándolo afectuosamente—. Soy el señor O'Neill, y lo sabe. No tengo título.

—Para mí es milord —afirmó Flynn obstinadamente—. Dijo que vendría en febrero, y ha cumplido su palabra.

Flynn se había marchado de Limerick dos meses antes, después de declarar.

—Sí, he vuelto con mi esposa. Y hemos venido a quedarnos.

Flynn se entusiasmó.

—¡Creía que sólo iba a venir a visitarnos!

—Tenemos otros planes —dijo Sean, y atrajo a Eleanor hacia sí.

—He oído decir que hay un nuevo señor en la casa, pero nadie lo ha visto todavía.

Sean intercambió una mirada con Eleanor. Ella tuvo que sonreír mientras él hablaba.

—Lo sé. Los tiempos han cambiado, Flynn. Es un nuevo día, una nueva era. No habrá más tiranía aquí.

—Milord... quiero decir, señor. ¿Cómo lo sabe? ¿Conoce al nuevo dueño? ¿Es un buen hombre?

Sean continuó sonriendo.

—Yo soy el nuevo dueño, Flynn. Compré la finca de Darby.

De hecho, había sido el conde quien había comprado la finca para ellos como regalo de bodas. Flynn estaba asombrado; tenía los ojos llenos de lágrimas.

—¡Milord, éste es un gran día! ¡Voy a contárselo a todo el mundo! —exclamó, y se secó los ojos con las manos—. Y señor, también es un gran día para usted.

—¿Qué quieres decir? —preguntó Sean, confundido.

—Mire hacia allá —le dijo Flynn, con una enorme sonrisa.

Eleanor se volvió en la dirección que había indicado Flynn. Un niño pasó junto a la puerta del cementerio. Llevaba un grueso abrigo y un gorro de lana, y se detuvo cuando Flynn lo llamó. El niño titubeó, y después comenzó a caminar hacia ellos.

—Tengo que darle la noticia a todo el mundo —dijo Flynn, y pasó junto al niño de camino a la salida.

—Oh, Dios —dijo Sean de repente.

Eleanor se alarmó.

—¿Qué te ocurre?

Pero él no la oyó.

—¿Michael? —dijo, dirigiéndose al niño—. Michael Boyle O'Neill, ¿eres tú? —Sean comenzó a correr.

Eleanor emitió un grito de alegría.

El niño asintió.

—Soy Michale Boyle O'Neill —confirmó en un susurro—. ¿Papá? ¿Has vuelto?

Sean lo abrazó sin poder contenerse. Y Michael, que

sólo tenía ocho años y no había visto a Sean durante los dos últimos, aceptó el abrazo sin una sola protesta. De repente, cuando se dio cuenta de lo que había podido significar aquella separación, Sean lo soltó.

–¿Sabes quién soy? ¿Te acuerdas de mí? –le preguntó después de ponerse de rodillas a su lado.

Michael asintió con seriedad.

–Te casaste con mi mamá. Eras mi papá. Flynn me lo dijo, pero yo también me acuerdo.

–Aún soy tu padre –dijo Sean, pellizcándole suavemente la mejilla–. ¡Creía que habías muerto en el incendio! ¿Qué pasó, Michael? ¿Dónde has estado?

–La familia O'Rourke me llevó a vivir a su casa después del incendio y nos mudamos a Raharney, donde hay más familia –dijo el niño, con una sonrisa–. Pero volvimos aquí en el otoño. Flynn me vio cuando volvió del tribunal. Dijo que tú volverías, y has vuelto. ¿Aún eres mi papá? La señora O'Rourke dice que es muy difícil darnos de comer a todos. Tiene cinco hijos.

Sean se puso en pie, llorando, y asintió. Después se metió la mano al bolsillo y sacó el pequeño barco de madera. Michael abrió los ojos de par en par. Sean lo tomó por el hombro.

–¿Te acuerdas de esto? Es tuyo.

Michael asintió.

–Lo he tenido en el bolsillo desde el incendio. ¿Lo quieres?

Michael asintió nuevamente. Tomó el barquito y lo sujetó con fuerza contra su pecho.

Sean tomó de la mano al niño y se volvió hacia Eleanor.

–Elle –le dijo con la voz ahogada–. Es Michael, mi hijo.

A Eleanor le latía el corazón aceleradamente. Algunas veces, pensó, la vida era justa. Y al mirar al niño, sintió una inmensa alegría y un inmenso amor. Le dio gracias a Dios por aquel milagro.

—Hola —le dijo a Michael—. Me llamo Eleanor. Me alegro mucho de conocerte, Michael.

Michael la miró, y después miró a Sean, y luego la miró a ella de nuevo.

—¿Vas a vivir también con mi papá? —le preguntó con curiosidad.

—Me encantaría, si a ti no te importa.

Él se ruborizó.

—No me importa —dijo, y miró a Sean—. Es alta —dijo, y Sean se rió—. Y guapa.

—Es muy alta y muy guapa —convino Sean, y tomó de la mano a Michael—. Y ahora es mi esposa, Michael. ¿Te importa?

—No —dijo el niño—. No me importa.

Sean le dio unos golpecitos en la espalda.

—Entonces, vamos a ver nuestra nueva casa —le dijo, y se volvió hacia Elle—. Gracias.

Ella le tomó la otra mano y le dijo:

—No tienes nada que agradecerme.

—Todo tengo que agradecértelo a ti —la corrigió él—. ¿Vamos?

Tomados del brazo, comenzaron a ascender por la calle; Michael corría delante de ellos, jugando y señalando todas las casas y a las personas con las que se cruzaban. Los habitantes del pueblo salían a saludarlos, los hombres sonriendo y levantándose el sombrero, las mujeres haciendo reverencias. Sean y Eleanor recibieron saludos como milord y milady, pese a que intentaran enmendar el error.

Al poco tiempo dejaron la última casa atrás. Frente a ellos, se erguían dos muros de piedra con unas puertas de hierro forjado. En la colina que había tras los muros estaba la gran casa.

Estaba calcinada por el incendio de la noche fatídica, pero la piedra y las ventanas resultaban extrañamente acogedoras. Eleanor miró a Sean, y sus ojos quedaron atrapados. Tardarían muchos meses en reconstruir aquella casa, en arreglar la finca, pero cuando hubieran terminado, su casa sería tan bella como Askeaton, de aquello no había duda. Eleanor pensó en su hijo caminando entre aquellos muros, y pensó en Michael persiguiendo a su hermano o hermana antes de que se cayera.

Y, por primera vez, Eleanor supo que iba a tener una niña.

—Está quemado —dijo Michael con sobrecogimiento—. ¡Y dicen que hay fantasmas!

—Dudo que haya fantasmas —respondió Sean con una sonrisa—. Y vamos a reconstruirla, Michael, habitación por habitación, entre los tres. ¿Nos vas a ayudar a Elle y a mí?

Michael asintió con vehemencia.

Y mientras atravesaban las puertas, Eleanor miró la inscripción que había en la placa de bronce que habían encargado para la finca. La habían bautizado de nuevo, en honor de Peter. Se llamaba Sinclair Hall.

## Títulos publicados en Top Novel

*Reencuentro* – Nora Roberts
*Mentiras en el paraíso* – Jayne Ann Krentz
*Sueños de medianoche* – Diana Palmer
*Trampa de amor* – Stephanie Laurens
*Resplandor secreto* – Sandra Brown
*Una mujer independiente* – Candace Camp
*En mundos distintos* – Linda Howard
*Por encima de todo* – Elaine Coffman
*El premio* – Brenda Joyce
*Esencia de rosas* – Kat Martin
*Ojos de zafiro* – Rosemary Rogers
*Luz en la tormenta* – Nora Roberts
*Ladrón de corazones* – Shannon Drake
*Nuevas oportunidades* – Debbie Macomber
*El vals del diablo* – Anne Stuart
*Secretos* – Diana Palmer
*Un hombre peligroso* – Candace Camp
*La rosa de cristal* – Rebecca Brandewyne
*Volver a ti* – Carly Phillips
*Amor temerario* – Elizabeth Lowell
*La farsa* – Brenda Joyce
*Lejos de todo* – Nora Roberts
*La isla* – Heather Graham
*Lacy* – Diana Palmer
*Mundos opuestos* – Nora Roberts
*Apuesta de amor* – Candace Camp

www.ingramcontent.com/pod-product-compliance
Lightning Source LLC
LaVergne TN
LVHW030337070526
838199LV00067B/6326